Die Hexe von Tondern

Das Buch

Als Ketel Redlefsen mit seinem Schiff in Tondern festmacht, beschleicht ihn ein seltsames Gefühl. Eine dunkle, geheimnisvolle Stimmung herrscht in der Stadt. Wenig später wird einer seiner Seeleute tot aufgefunden, und Redlefsens düstere Vorahnungen verdichten sich. Gerüchte über Hexen, die wieder ihr Unwesen treiben, gehen in der Stadt umher – und ein furchtbarer Verdacht: Die Pest sei ausgebrochen, heißt es. Redlefsen glaubt, die Stadt bald mit einer Ladung Ochsen verlassen zu können, doch da lernt er die liebreizende Inken kennen – und er gerät in den Strudel der Ereignisse um Hexen, Wahn und Aberglauben.

Die Autorin

Kari Köster-Lösche, geboren 1946 in Lübeck, aufgewachsen teils in Schweden, teils in Frankfurt am Main, hat Veterinärmedizin studiert. Heute lebt und arbeitet sie als freie Schriftstellerin in Nordfriesland. In unserem Hause sind von ihr außerdem erschienen: *Das Deichopfer*, *Hexenmilch*.

Kari Köster-Lösche

Die Hexe von Tondern

Roman

List Taschenbuch

List Taschenbücher erscheinen im Ullstein Taschenbuchverlag,
einem Unternehmen der
Econ Ullstein List Verlag GmbH & Co. KG, München

Originalausgabe
2. Auflage 2001

Umschlagkonzept: Büro Meyer & Schmidt, München – Jorge Schmidt
Umschlaggestaltung: Thomas Jarzina
Titelabbildung: AKG, Berlin
Lektorat: Wolfgang Neuhaus/RR
Satz: Josefine Urban – KompetenzCenter, Düsseldorf
Druck und Bindearbeiten: Ebner Ulm
Printed in Germany
ISBN 3 548 60184 7

Inhalt

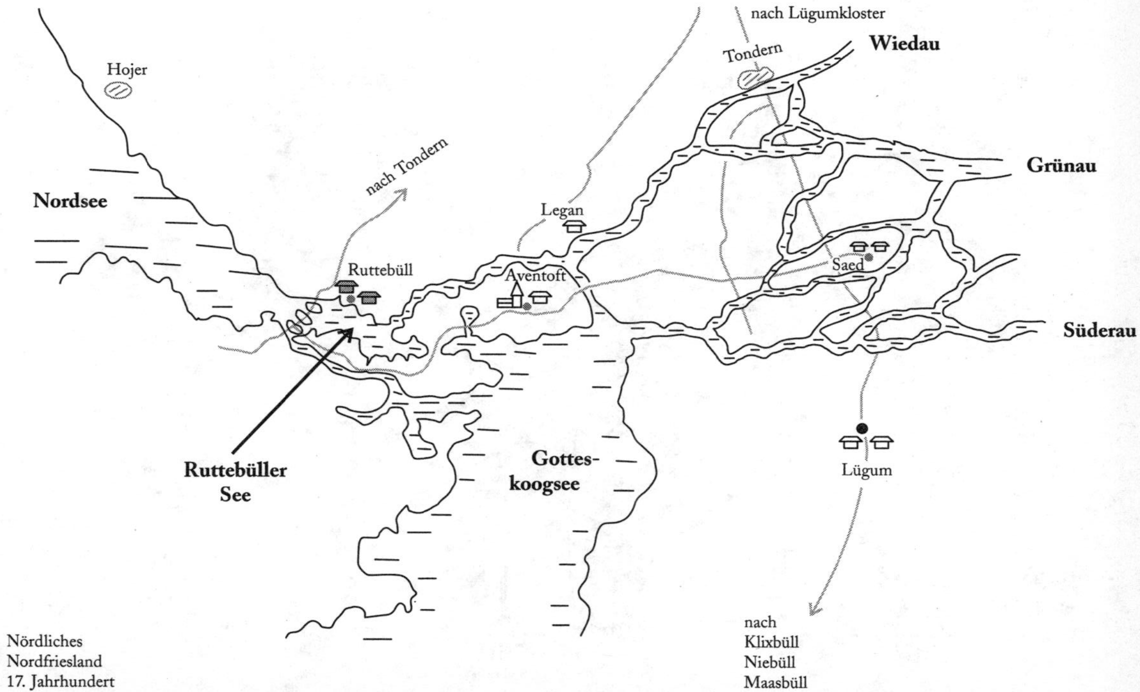
nach Lügumkloster
Wiedau
Tondern
Hojer
Grünau
nach Tondern
Nordsee
Legan
Ruttebüll
Aventoft
Saed
Süderau
Ruttebüller See
Gottes-koogsee
Lügum
nach Klixbüll Niebüll Maasbüll
Nördliches Nordfriesland 17. Jahrhundert

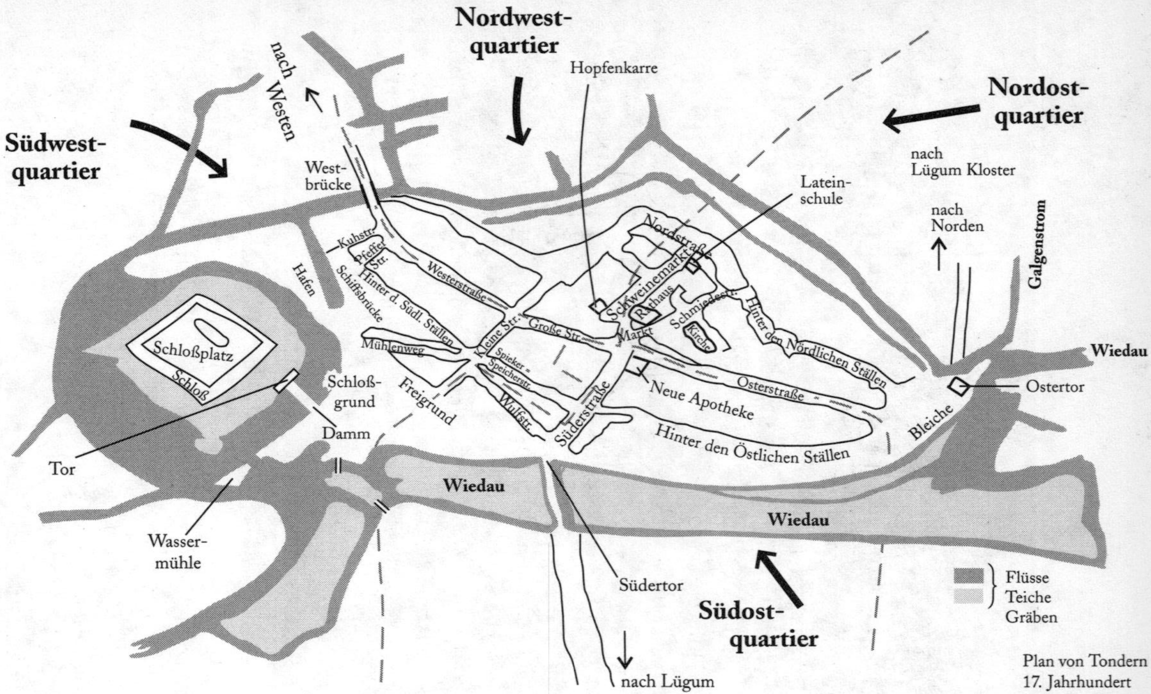

Plan von Tondern
17. Jahrhundert

Prolog

Grau und trübe begann der Michaelistag im Jahre des Herrn 1650 im Norden Frieslands. Er unterschied sich in nichts von allen anderen Tagen der letzten Wochen. Die Feuchtigkeit durchdrang Kleidung, Möbel, Gerätschaften; der Ofen in der Wohnstube war morgens naß vom Wasser, das sich darauf niederschlug.

Und der Wind nahm seit Tagen zu.

Für gewöhnlich kam ein Sturm in dieser Jahreszeit aus Südwest, wurde stärker und drehte auf Nordwest, um dann allmählich abzuflauen.

Diesmal war es kein richtiger Sturm, und er war von anderer Art.

Tagelang hatte er aus Nord geweht, dann war er plötzlich eingeschlafen. Zwei Tage vor Michaelis war es ganz still geworden, so daß man die Möwen in den abgeernteten Feldern hatte hören können. Am Abend wurde der Himmel blutrot, doch ein wenig später ballte sich eine große düstere Wolke zusammen. Ihr schwärzester Teil lag über der kleinen Stadt Tondern im Herzogtum Schleswig. Sie war wie ein Hammer über einem Amboß geformt.

Müller Nes im Dörfchen Lügum südlich von Tondern konnte hinter die Dinge sehen. Er wußte, daß ein großes Unglück die Gegend heimsuchen würde. Am Anfang des Jahres waren zur Warnung der frommen Menschen zwei Sterne in den Wald von Tondern gefallen.

Jetzt aber stand das schreckliche Unglück kurz bevor. Müller Nes bemerkte als einziger, daß hinter der Wolke ein großes Schiff erschien, das mit sämtlichen Segeln an seinen zwei

Masten aufrecht und schnell vor dem Wind dahinglitt. Einen Augenblick später brach es auseinander und verschwand.

Seither ging Nes mit vibrierenden Nerven umher, obwohl er ein vierschrötiger Kerl war, unter dessen Füßen der Boden dröhnte, wenn er mit dem Sack in die Mühle stapfte.

Am Michaelistag lud Nes wie gewöhnlich das Korn auf der hölzernen Plattform vor dem Eingang ab und hielt über das flache Land nördlich des Mühlenhügels hinweg Ausschau. Unter der dichten Wolkendecke zeichneten sich in der Ebene dunkel die Häuser der Stadt Tondern ab. Und davor funkelte eine weite Wasserfläche, die es an dieser Stelle sonst nicht gab. Dort mußte er hindurch, wenn er den Amtmann des Amtes Tondern warnen wollte.

Nes schüttelte sich und schlug verstohlen das Kreuz, wie es früher Brauch gewesen war, damals, bevor der neue Glaube um sich gegriffen hatte und die Mönche aus Tondern vertrieben worden waren. Frevel war es gewesen, ihr Kloster abzureißen. Seitdem blühten Hexenkunst und Teufelswerk allerorten.

Und der Wind nahm weiter zu.

Erster Tag

1. In Lügum

»Mutter, Inken ist hoffärtig und eitel.«

Tade schüttelte den Kopf. Was war jetzt wieder los? Ständig nörgelte seine jüngste Tochter Petrine an Inken herum, seiner älteren. Petrine schlug überhaupt wenig nach ihm; wäre es nach Tade gegangen, hätte sie mehr Fleiß darauf verwendet, Nützliches zu lernen, wie schreiben und lesen.

Durch die geschlossenen Fensterläden hörte er ein Murmeln; seine Frau beschwichtigte das eifersüchtige kleine Mädchen mit sanften Worten. Mit verschränkten Armen blieb Tade stehen und betrachtete sein Haus. Es war sein Besitztum, von einem Baumeister aus Dithmarschen gebaut, der sein Handwerk weiter im Süden gelernt hatte. In dieser Gegend war es noch nicht üblich, zum Bau dörflicher Häuser gebrannte Ziegel zu verwenden, und so hatte Tade sich den Zorn seiner Nachbarn zugezogen.

Das Haus war gut und fest, ebenso wie der Stall. Bald würde Tade seine Ochsen hereinholen müssen. Noch waren sie draußen auf der Fenne, von der er nach seinem morgendlichen Rundgang soeben zurückkehrte. Als er durch die dunkle Diele zur Küche schritt, hörte er seine Frau Kaike hantieren und roch das Feuer, über dem der Brei köchelte.

»Ich gehe heute nach Tondern«, verkündete Tade entschlossen, »besser wird das Wetter in den nächsten Tagen ganz sicher nicht. Ich muß unbedingt mit Arne Mickelsen wegen der Ochsen reden.«

Kaike nickte mit einem tiefen Seufzer. Ihr Mann fühlte sich frei und unabhängig wie alle Friesen, und er beharrte darauf, die Ochsen, die er fett mästete, nach Gutdünken zu verkaufen. Es war nicht geradezu verboten; aber die Kaufleute der Stadt und der Graf betrachteten diesen Handel als ihr Privileg.

»Und die guten Schuhe! Darf sie die tragen?«

Kaike achtete vor lauter Besorgnis nicht auf ihre Zehnjährige. Ihr eigener Vater und Großvater hatten Ochsen gemästet und, wie es üblich war, an die Aufkäufer der Kaufleute abgegeben, die auch die Preise festlegten. In Lügum war Tade der einzige, der die Ochsen selbst verkaufte. Häufig mußte er sich die Anfeindungen der Männer anhören; sie selbst litt unter dem schweigsamen Mißtrauen anderer Frauen und fürchtete sich davor, daß die Obrigkeit ihren Mann eines Tages schärfer ins Auge fassen könnte.

»Ich dachte daran, Inken mitzunehmen.«

Kaike schöpfte einen Löffel Brei in eine Holzschale und stellte sie auf den Tisch, während Tade den Kopf unter der schrägen Decke einzog und sich setzte. Ihre stille Besorgnis wuchs.

»Sie wartet schon so lange darauf, ihre Tante zu besuchen. Es wird sie freuen. Und Margaretha auch.«

Petrine hob ihren Löffel und zeigte zur Tür, indes der Brei auf den Tisch kleckerte. »Mutter, Inken ist hoffärtig und eitel«, wiederholte sie eigensinnig. »Sie hat schon wieder die roten Bänder! Und wie kann man sich nur auf einen Besuch bei der ollen Tante Margaretha freuen!«

»Petrinchen.« Doch der Tadel von Kaike blieb milde. Den siegesgewohnten Blick ihrer jüngsten Tochter bemerkte sie nicht.

Inken stand reisefertig in der Tür zur Diele.

Sie hatte ihre Feiertagstracht angezogen und rote Bänder in die blonden Zöpfe eingebunden, die lose zum Kranz um den Kopf geschlungen waren. Kaike war überzeugt, daß Tade ihr vorher nichts gesagt hatte. Und trotzdem erschien sie nicht wie jeden Morgen in ihrer alltäglichen Kleidung. Wie so oft, versetzte die enge Beziehung zwischen Vater und Tochter Kaike in Erstaunen.

»Du sollst nicht falsch Zeugnis ablegen wider deinen Nächsten, du Betschwester«, versetzte Inken. »Mutter würde mich nicht reisen lassen, wenn ich unvollständig angekleidet wäre.«

»Inken«, sagte Kaike entrüstet. »Sie ist deine kleine Schwester! Wenn du ihr gegenüber doch ein wenig christliche Duldsamkeit zeigen würdest!« Sie schaute ihre ältere Tochter bekümmert an. Inken schlug nach ihrem Vater, und das machte ihr Angst. Ein wenig mehr Demut und Frömmigkeit hätten ihr gut angestanden. Sie hätte längst verheiratet sein und Kinder haben sollen; das hätte sie ruhiger gemacht. Doch ihr Gemüt war unruhig und ihre Zunge scharf, und sie lehnte jeden jungen Mann von Lügum ab. »Mach uns keine Schande bei den Verwandten«, mahnte sie kurz angebunden. »Frage nicht ständig, und gehe deiner Tante zur Hand.«

»Sie mag Fragen. Und sie hat vier Mägde, die ihr zur Hand gehen«, antwortete Inken. »Für mich ist an diesen Händen gar kein Platz mehr.«

Kaike schnappte nach Luft; sie war ihrer Tochter nicht gewachsen, und sie wußte es.

Tade lachte und blinzelte ihr zu. Dann stand er auf, nahm seiner Frau den Löffel aus der Hand und drückte sie herzhaft. »Laß mal gut sein«, sagte er. »Mich hast du ja auch geheiratet.«

Kaike schenkte ihm ein zärtliches Lächeln. Kurze Zeit später sah sie ihrem Mann und ihrer Tochter nach, die sich zu Fuß auf den Weg ins Dorf machten. Sie waren ein stattliches Paar: Inken war einen Kopf kleiner als ihr Vater, und beide hatten die hellen blonden Haare der Hansens, nur daß sich bei Tade die ersten weißen Strähnen darin mischten.

Von den Bäumen tropfte das Wasser, während der graue Tag langsam vom Hügel herunterkroch. Kaike schauderte. Ein scheußliches Wetter, nicht selten im Friesischen, so dicht an der See. Es war ein Tag, an dem die Gottlosen draußen in den Marschen und Kögen wieder ihr Spiel mit den Frommen treiben würden.

Klappernde Hufe störten die Stille. Zwischen den Holundersträuchern und dem Weißdorn tauchte der Kopf des feisten Müllers auf, der auf seinem massigen Braunen den Mühlbergweg herabtrabte. Kaike zog sich in die Diele zurück. Sie mochte den Mann nicht. Ein Spökenkieker: Zuweilen schien es ihr, daß er an dem Spuk beteiligt war, den er prophezeite.

»Moin, moin, Tade Hansen«, brummte Nes, erleichtert, daß er auf dem einsamen, wenngleich nicht weiten Weg ins Dorf Begleitung haben würde, und parierte unelegant sein Pferd zum Schritt durch. »Bis Lügum können wir uns wohl Gesellschaft leisten, wir zwei. Oder haben wir noch ein weiteres Stück Weg gemeinsam?«

»Das weiß ich nicht«, sagte Tade. »Ich will in Geschäften nach Tondern.«

Der Müller riß an den Zügeln. Das paßte ihm gut, da wollte er auch hin. »Tondern. Michaelismarkt, was? Du beteiligst dich wieder am Handel mit deinen Ochsen? Bauer oder Händler, was bist du eigentlich?« fragte er spöttisch. »Sieh nur zu, daß du dich nicht in Schwierigkeiten bringst.«

»Was meinst du damit schon wieder?« fragte Tade verdrossen. Auf diese Begleitung legte er keinen Wert, aber es gab kein Entkommen. Zum Dorf führte nur dieser Weg.

»Ach, man hört so allerlei«, sagte Nes geheimniskrämerisch. »Der Herzog kümmert sich zwar nicht um Leute deines Schlages, aber mit dem Amtmann könntest du leicht aneinandergeraten.«

Tade schwieg. Der Müller würde auch ungefragt weiterreden.

»Die Kaufleute sind beim Amtmann schon vorstellig geworden. Sie heizen ihm ein, etwas gegen den Ochsenhandel der Bauern zu unternehmen. Das wußtest du wohl nicht?« fragte Nes lauernd. »Es ist gegen jeden Brauch, wenn Leute deines

Schlages auch Handel treiben. Du wirst schon sehen, wohin das führt, Tade Hansen.«

»Ich handele schon lange mit Ochsen, wie du weißt, Müller. Seit hundert Jahren versuchen die Tonderaner Kaufleute dem Herzog das Alleinverkaufsrecht abzutrotzen und haben es immer noch nicht geschafft. Ich hoffe, es bleibt so.« Tade gab ein Schnauben von sich, das sich in den argwöhnischen Ohren des Müllers kritisch anhörte. »Du solltest brav deinen Mund halten, Nes. Du bist doch versorgt, ob du mahlst oder nicht. Und wenn du heute keinen Wind hast, dann eben morgen oder in zwei Wochen, was schert's den Herzog. Der Bauer steht geduldig an deiner Tür und wartet, er kann nicht zu einer anderen Mühle ausweichen. Ausgerechnet ein Müller sollte nicht meckern, wenn ein anderer sich umtut, um aus der Armut herauszukommen.«

Die Abfuhr brachte den Müller nicht dazu loszugaloppieren, wie Tade gehofft hatte. Nes blieb in verhaltenem Tempo an seiner Seite, winkte mit seiner fleischigen Hand dem Gemeindevorsteher zu, der sich als einziger auf der Dorfstraße zeigte. »Der Herzog wird schon wissen, warum er die Müller mit Privilegien ausgestattet hat«, sagte er hochmütig. »Du und ich gehören nicht zu den Leuten, die die Ordnung der Dinge anzweifeln sollten.«

Tade seufzte verstohlen.

Der Wind brauste in Stößen durch die hohen Ulmen an der Kirche. Erste Blätter rieselten; der Holunder wurde allmählich gelb.

»Hast du schon gehört, daß bei Broder Brodersen in Westre zwei Kühe verendet sind?« begann Nes das Gespräch wieder, als der Kirchhof hinter ihnen lag. »Ihnen muß wohl jemand die *Klebende Seuche* an den Hals gehext haben, und ich kann mir auch denken, wer ...«

»Waren sie krank?« fragte Tade knapp.

»Nein, eigentlich nicht, sie haben nur gehustet. Und davon

können sie ja wohl nicht sterben! Broder hat ihnen noch einen geteerten Hering in den Hals gesteckt, genau wie es der Schweineschneider im vorigen Jahr riet.«

Dummes Zeug, dachte Tade. Es fiel ihm schwer, nicht harsch auszuweichen, als der Müller sich plötzlich zu ihm herunterbeugte und er dessen knollige Nase unversehens vor Augen hatte. Zwischen den rötlichen Augenbrauen perlten Schweißtropfen. Der Mann schien ja richtig Angst zu haben.

»Der Teufel fuhr auch gleich aus den Tieren heraus, wie nicht anders zu erwarten. Er röchelte und seufzte, aber es war bereits zu spät. Die Kühe waren schon zu sehr in DESSEN Hand«, flüsterte Nes geheimnisvoll.

»So ein Quatsch!« antwortete Tade unverblümt. »Wer da röchelte, war bestimmt nicht der Teufel! Wie würd's dir denn ergehen, wenn man deinen Rachen mit 'nem Hering zustopfte? Erst röcheln und dann ersticken, genau wie die Kühe.«

Wenn man bedachte, daß Menschen schon an einer Gräte im Hals sterben konnten ... Nes' Erklärungen schlagen seltsame Umwege ein, überlegte Inken und stellte sich einen Fischkopf im Mund vor, während sie achtlos ein Hölzchen zwischen den Fingern zerbrach.

»Meinst du?« fragte Nes verunsichert, hievte sich wieder in den Sattel und griff sich an die Kehle. »Nein, damit hat es nichts zu tun. Das war Hexenwerk! Der BÖSE ist überall. Der Pastor sagt es auch.« Er sah sich verstohlen um.

»Es war kein Hexenwerk«, entgegnete Tade scharf. »Hast du noch nie bemerkt, wie das mit der Brustseuche ist? Irgendein Tier bekommt sie, woher, weiß ich auch nicht, doch plötzlich ist sie da und breitet sich aus. Aber wie es dann weitergeht, das weiß ich! Da kommen die größten Schwätzer und die neugierigsten Dummköpfe herbeigerannt, wenn ein Ochse im Sterben liegt, und halten neben ihm Maulaffen feil. Und wenn sie nach Hause kommen, haben sie wenige Stunden später ein krankes Tier im eigenen Stall.«

Dem Müller entglitten die Zügel. Mit offenem Mund starrte er auf Tade hinunter.

Inken spielte mit dem Gedanken, den Wallach in der Flanke zu kitzeln. Andererseits hatte das Tier keine Schuld daran, daß sein Besitzer so beschränkt war.

»Die Neugier ist schuld«, setzte Tade seine Rede fort. »Ich würde mich nicht wundern, wenn der Schweineschneider selbst die Seuche herumtrüge. Jedenfalls gehe ich nie in Ställe, in denen ein Ochse krank ist. Und meine Ochsen bleiben gesund.«

»Na ja.« Nes zögerte, in hörbar überlegenem Ton. »Ich will dich nicht erschrecken, aber manche meinen, es kann nur eine einzige Erklärung dafür geben, daß du deine Tiere immer gut über den Winter bringst. So gesund. Und fett. Du kannst dir ja wohl denken, was ich meine.«

»Nein, kann ich nicht«, antwortete Tade entschieden. Eine Anschuldigung dieser Art konnte gefährlich sein.

»Was fällt dir ein! Vater ist doch nicht mit dem Teufel im Bunde«, rief Inken wütend.

Nes zerrte an den Zügeln und versuchte sein Pferd zu beruhigen. Er bekreuzigte sich. »Der Herr bewahre mich vor einer so gottlosen Sprache! Deine Tochter hat wohl vor nichts Ehrfurcht. Selbst mein Pferd hat mehr Frömmigkeit als sie.«

Tade warf Inken einen unwilligen Blick zu. Er hatte ihre schnelle Handbewegung und das Ästchen sehr wohl bemerkt. »Für die Seuchen muß es eine Erklärung geben. Und dir, Nes, rate ich, mich nicht noch einmal mit Hexerei in Verbindung zu bringen«, sagte er.

Der Müller schien sich im Augenblick lediglich mit seinem Pferd zu befassen. Er starrte auf den Widerrist, öffnete und schloß die Fäuste und klopfte mit den Hacken an die Seiten. Nach langem Bemühen bog das schwere Tier widerwillig den Nacken durch.

Tade grinste still. Der Mann hatte sich ein barsches Verhalten angewöhnt, weil er mit Bauern zu tun hatte, die dem Mühlenzwang unterlagen und sich fügen mußten. Sein Pferd wußte davon nichts und wehrte sich. Tade selbst aber suchte keinen Streit mit dem Müller. »Wer mit dem Teufel im Bunde ist, würde doch gewiß erst einmal an seinen Geldbeutel denken«, sagte er gelassen. »Dem Teufel fällt es nicht schwer, jemanden reich zu machen – hört man.«

»Genau! Zuerst baut er dem, der sich ihm verschrieben hat, ein Haus – hört man auch.« Nes kaute auf seinen Lippen, als hätte er zu viel gesagt.

Da weht der Wind also her, dachte Tade erbittert. Ein eigener Kopf – und Erfolg. Das machte einen Mann bereits verdächtig. »Es ist besser, du reitest vor«, sagte er ruhig. »Bevor ich mich vergesse.«

Der Müller grunzte etwas Unverständliches und warf Tade einen bitterbösen Blick zu. Dann trat er dem Pferd in die Seiten, bis es nachgab und sich in einen langsamen Trab setzte. Die Kleiflocken flogen um die Hufe und verklebten die langen Haare an den Fesseln. Noch in Sichtweite fiel der Braune wieder in Schritt.

»Weit kommt er nicht«, sagte Tade mit schmalen Lippen. »Aber ich möglicherweise auch nicht.«

Irgendwie hatte dieser erfreuliche Tag gar nicht so erfreulich angefangen, fand Inken und blieb schweigsam, bis sie die armseligen Häuschen von Struxbüll erreichten. Dahinter erstreckte sich eine Wasserfläche, aus der einzelne grüne Reste der Weide wie Inseln herauslugten. Die Süderau und die Grünau waren über die Ufer getreten und bildeten mit ihren Nebenarmen einen einzigen riesigen See, der bis nach Tondern zu reichen schien.

Nes war schon eine Weile vor ihnen angelangt und verhandelte vom Pferderücken herab mit einem Mann, dessen Wachshose, die an die Holzschuhe angenagelt war, ihn als Fischer auswies. Der Mann war dabei, zwischen Pfählen ein Netz zum Trocknen aufzuspannen.

»Du kommst mit dem Pferd nicht durch, Müller«, sagte Jens Fischer in seiner ruhigen, zuverlässigen Art. »Selbst wenn du wüßtest, wo die Brücken und Furten sind – das Wasser strömt zu schnell. Aber ich kann dich mit dem Boot hinbringen.«

Nes schüttelte sich entsetzt. »Mich bekommen keine zehn Pferde in ein Boot. Schon gar nicht heute, wo man vor lauter Wasser gar nicht mehr weiß, wo oben und wo unten ist.«

Inken zog sich ihren Umhang straffer um den Körper. Die Wolken hingen noch tiefer als im Morgengrauen, und es hatte zu nieseln begonnen. Nicht einmal die Turmspitze der Christkirche von Tondern konnte man sehen.

»Aber mich kannst du hinübersegeln, Jens«, sagte Tade und fügte schmunzelnd hinzu: »Ich weiß, wo oben und unten ist.«

»Du weißt es am allerwenigsten«, versetzte Nes in gehässigem Tonfall und zerrte das Pferd herum.

Tade schaute dem breiten Rücken des Müllers nachdenklich nach. Das Hexenunwesen im Amt nahm zu, doch es überraschte ihn, wie schnell ein unbescholtener Mann in die Gerüchteküche hineingeraten konnte und dann beim geringsten Ärger zum Ziel von Verdächtigungen wurde. Ein Müller hatte darüber hinaus viel Gelegenheit zu schwatzen. Und es gab genügend Männer, die ihm glaubten.

Jens hängte schweigend die letzten Ringe des Fischernetzes am Bund über einen Haken und ging zum Fuß der Warft hinunter, wo sein Boot in einem Abzugsgraben vertäut war. Tade und Inken folgten seinen langen Spuren aus niedergetretenem nassem Gras.

Der Fischer machte das Boot klar, reichte seinen Fahrgästen die Hand und half ihnen hinein. Nachdem er es einige Bootslängen gegen den Wind gestakt hatte, setzte er Segel und nahm hoch am Wind Kurs auf Tondern.

Das Wasser stand auf den Weiden nicht sehr hoch, doch die

kurzen, harten Wellen machten die Sicht auf den Grund schwierig. Jens segelte konzentriert, zuweilen entlang einem der vielen schmalen, reetgesäumten Flußläufe, dann wieder über überflutetes Grasland. Tade grübelte vor sich hin, während Inken verträumt nach ertrunkenen Heckenrosen und Gräsern ausspähte, deren Ähren neben dem Boot aus dem Wasser herausschauten.

Erst als sie sich dem Steindamm vor dem Stadttor näherten, wurde Jens Fischer gesprächiger und weckte Tade aus seinen Gedanken. »Da haben die Kaufleute aber Glück gehabt, daß sie die Stadt noch erreicht haben«, sagte er. »Die hohen Karren der Hopfenhändler wären schon gestern nachmittag nicht mehr durchgekommen.«

»Früh für das Jahr«, bemerkte Tade.

»Es ist ein Unglücksjahr«, murmelte der Fischer. »Ich wüßte nicht, daß es zum Michaelismarkt einmal solche Schwierigkeiten gegeben hätte.«

Tade brummte eine Erwiderung, doch Jens brauchte keine Antwort, um genau Bescheid zu wissen. Er setzte Tade und Inken bei der Fenne zu *Den sieben Schweden* ab.

Sie winkten ihm kurz nach und wandten sich dann zum südlichen Stadttor. Es stand jenseits der Holzbrücke über die Wiedau und besaß mit seinen zwei Stockwerken eine beachtliche Höhe.

»Warum stehen so viele Menschen auf dem Damm?« fragte Inken verwundert. »Das Tor muß doch geöffnet sein.«

»Ich weiß es nicht. Das Tor ist seit dem Morgengrauen offen«, antwortete ihr Vater. »Horch, die Glocke der Christkirche läutet den Michaelismarkt ein. Es ist zehn Uhr.«

2. *Kauffahrer*

»Anluven«, rief der Schiffsführer auf dem Achterschiff. Er kannte das Gewässer zwischen den friesischen Inseln und dem Festland gut, aber es war der Sände wegen nicht einfach zu besegeln und erforderte häufige Lotungen und ständige Kursänderungen.

Der Steuermann nickte wortlos und stemmte sich gegen die Pinne. Er hörte, wie die Stengen sich knarrend auf den neuen Kurs einstellten und fühlte das veränderte Brummen im Holz unter seiner Hand. Der Kapitän war jung, er pflegte wie der Teufel zu segeln, und das Glück war stets auf seiner Seite. Trotzdem war die Sache mit dem Segelmacher merkwürdig und beschäftigte ihn immer noch.

Ketel Redlefsen achtete darauf, daß die *Hoffnung* sich gut vom Morsum-Kliff und seinen Untiefen freihielt. In der Ferne leuchtete das Kliff bei Emmerleff weiß auf, und davor ahnte Redlefsen schon die weite Mündung der Wiedau. Sie fuhren immer noch unter Vollzeug, obwohl es weiter aufbriste. Aber immerhin segelten sie im Schutz der Insel Sylt; die Wellen konnten hier nicht mehr hoch auflaufen. Er sprang den Niedergang hinunter und eilte in seine Kajüte, um einige Eintragungen in das Logbuch zu machen.

Nachdenklich schlug er die letzte Seite auf. Die *Hoffnung*, die Tondern anlaufen sollte, hatte Fliesen und Mühlsteine als Ballast geladen und dazu die Waren, die den eigentlichen Wert der Sendung ausmachten: Gewürze, Tabak, Tonpfeifen, Kleiderstoffe, erlesenes Mobiliar und Wein. Mauersteine, Dachpfannen, Kalk und Kacheln überließ sein Handelsherr den kleineren Schiffen.

Vom Beginn der Fahrt in Enkhuizen an hatten sie gegen den Wind an der holländischen und deutschen Küste kreuzen müssen. Die Stimmung seiner Mannschaft war trotzdem wie immer gut. Redlefsen sorgte für seine Leute. Sie wurden ordentlich beköstigt, und über die Heuer brauchte sich keiner zu beklagen, sofern er willig arbeitete. Geschlagen wurde nicht.

Um so eigenartiger war der plötzliche Tod des Segelmachers gewesen. Mitten in der Arbeit war er beim Nähen umgefallen. Als sie ihn auf den Rücken drehten, stellten sie fest, daß er tot war. Er hatte sich vorher nicht beklagt und auch keine Beschwerden gehabt. Bootsmann Larsen nähte den Leichnam in Segelleinwand ein und legte ihn auf eine breite Planke.

Danach hatte man den Kapitän hochgerufen. »Der Herr sei mit ihm«, sagte Redlefsen wortkarg und gab das Zeichen, die sterblichen Reste des Segelmachers über Bord zu geben. »Vater unser...«

Er starrte auf die Eintragung in das Logbuch vor vier Tagen. Der Wille des Herrn war unergründlich.

Es klopfte an der Tür zur Kapitänskajüte. Als Redlefsen aufsah, stand Larsen in der Öffnung. Zwischen Daumen und Zeigefinger baumelte an einem langen kahlen Schwanz ein schwarzes Tier. »Ich will nicht stören, Käpt'n«, sagte er grollend. »Aber was soll das hier sein? Eine türkische Riesenmaus? Oder eine zu klein geratene Bisamratte?«

Redlefsen erhob sich und trat näher, die Hände auf dem Rükken, um das Tier zu betrachten. »Es ist eine Hausratte, Larsen«, bestätigte er. »Wahrscheinlich in Enkhuizen angemustert. Holland wird von Schiffen aus aller Welt angelaufen. Wirf sie über Bord. Sind da noch mehr?«

»Solche mickrigen Dinger nicht«, antwortete der Bootsmann und rümpfte die Nase. »Unsere gewöhnlichen grauen Ratten, vier oder fünf tote Riesen. Die sind wenigstens ordentlich ernährt. Auf Reede werden wir den Frachtraum gründlich säubern und lüften.«

»Das tut«, sagte Redlefsen und lauschte nach oben. Der Mann an der Pinne änderte wieder den Kurs. Es wurde Zeit, Segel herunterzunehmen. Er nickte Larsen zu und enterte nach oben.

An Deck war alles in Ordnung. Nach weniger als drei Stunden von der Einfahrt in die Inseln an gerechnet, stand die *Hoffnung* im Hojer-Tief. Die Segel waren schon gekürzt worden, und die Fahrt verlangsamte sich. Der Kapitän sah sich um. Im Westen ballten sich die Wolken zu einem schweren Sturm. Ein Glück, daß die Reede von Tondern einigermaßen geschützt war. Immerhin lag die Insel Sylt zwischen ihr und den gewaltigen Wellen der Nordsee bei Sturm. Schlimmstenfalls würde man die *Hoffnung* auf die Reede bei List verholen müssen.

Eine halbe Stunde später rauschte der erste Anker ins Wasser und hielt das Schiff zwischen Ebbstrom und Wind. Redlefsen ließ vorsichtshalber einen zweiten Anker ausbringen.

Es lagen noch mehr Schiffe auf Reede vor Ruttebüll; alle großen mußten ihre Fracht auf kleinere Flußboote umladen lassen. Es herrschte ein geschäftiges Treiben; während eines Sturms würde die Arbeit weitgehend eingestellt werden. Auch auf der *Hoffnung* begann man sofort mit der Arbeit.

»Macht die Jolle klar!« Larsen überwachte das Abfieren des kleinen Bootes. Er brauchte keinen Befehl von Redlefsen. Jedermann wußte, daß der Kapitän sich jetzt zu einem Plauderstündchen mit den Leuten von der Zollbehörde aufmachen würde. Diese Zeit war stets gut angelegt.

Ketel Redlefsen tauschte die Pluderhosen und die weiten Seestiefel gegen Kniehosen und Schuhe. Er wusch sich und kämmte seine weißblonden Haare. Mit langem Mantel und hohem Hut machte er den Eindruck eines Mannes vom Stande, als er in die Jolle sprang und an den Schlickbuckeln vorbei in den Trichter der Wiedau ruderte, deren Ufer auch seewärts der Schleuse von Schilf bestanden waren.

Er fand den Zöllner in seinem Haus, einer kleinen Hütte aus Grassodenwänden und Reetdach. Es gab nur zwei Räume, und die Kinder krochen auf dem gestampften Fußboden des Dienstzimmers umher. Die Kinder hatten schnodderige Nasen, und eines nieste.

»Moin, Iwen«, sagte der Kapitän. »Feuchtkalt hier, findest du nicht? Es wird Herbst.« Mit Umsicht holte er eine Flasche mit scharfem holländischem Schnaps aus seiner Manteltasche.

»Sieht nicht gut aus mit dem Wetter, was?« fragte der Zöllner, als ob er den Kapitän erst gestern gesehen hätte, und langte nach den Gläsern in einem Schränkchen. Seine struppigen roten Augenbrauen hoben sich erwartungsvoll.

»Nein, es legt zu«, bestätigte der Kapitän. »Nach mir wird wohl kaum noch einer einlaufen, die werden gleich bei List in Schutz gehen müssen. Ich hoffe, wir bekommen das Wichtigste noch an Land.«

»Hmm«, brummelte Iwen. »Dann beeile dich. Vorige Woche versuchte ein Holländer über die Watten hereinzukommen. Ist ihm tüchtig danebengeraten. Die zehn Mann Besatzung haben sie gerettet, aber die Fracht war verloren.« Er lachte schadenfroh. »Überhaupt: Der Winter kommt zu früh.«

Verblüfft blickte Redlefsen den Zöllner an, während er auf eine Erklärung wartete. Er kannte Iwen schon lange, und es sah ihm nicht ähnlich, sich über das Unglück anderer zu freuen.

»Der Amtmann soll getobt haben, als er die Nachricht bekam. Er brauchte dringend das Baumaterial und muß nun zusehen, wo er es herbekommt. Am Schloß wird mächtig gebaut, Kalk aus der Ostsee, Balken aus Norwegen. Du weißt, wie es ist. Und in Tondern gab's für viele Bürger was zu lachen. Lesen und schreiben kann er nicht, aber Amtmann ist er«, sagte Iwen verächtlich. »Kein Mensch versteht den Herzog. Was findet er an diesem Mann?«

»Ich habe schon davon gehört«, warf der Kapitän ein, »aber

ich kann es nicht glauben. Es ist schlichtweg unmöglich, daß ein Amtmann des Herzogs nicht schreiben kann.«

»Du sagst es.« Iwen stieß mit dem Finger auf die Tischplatte. »Aber Amtmann Lydwardus Hestorf aus Lübeck kann es nicht. Ich schwör's dir! Überhaupt – es geht bergab im Land.«

»Darauf trinken wir.«

Der Zöllner nickte düster. »Die Verhältnisse sind alles andere als rosig. Die Angst im Lande wächst. Es braut sich was zusammen. Man weiß nur nicht, was.«

Ketel nickte, lehnte sich in seinem knackenden Besucherstuhl zurück und wirbelte die Daumen erwartungsvoll umeinander.

»In letzter Zeit kommt der Scharfrichter kaum zur Ruhe. Es gibt immer mehr Räuberei und Totschlag. Ich mache weite Umwege, damit ich nicht am Hochgericht vorbei muß.« Iwen lehnte sich zu seinem Besucher hinüber. »Die Galgenfenne ist ganz schwarz von Vögeln, die nicht mal mehr auffliegen, wenn man sich ihnen nähert. Sie stehen unter dem Schutz des Bösen«, flüsterte er.

»Unsinn, Iwen«, brummte Ketel und nippte am Branntwein.

Iwen setzte sich wieder aufrecht und sagte in normalem Tonfall: »Tatsache aber ist, daß da mehr Leichen herumliegen als je, und es stinkt, daß es einen grausen kann.«

»Ja, das glaube ich dir«, sagte Ketel nüchtern. »Es sind bloß Leichen, und die Vögel haben Hunger. Weder der Gestank noch die Vögel haben etwas mit dem Bösen zu tun.«

»Mag sein«, gab Iwen widerwillig zu, »aber die Leute glauben es. Und sie glauben außerdem, daß der Teufel den Amtmann in seinen Klauen hat. Ich auch. Seitdem wir ihn haben, geht im Amt nichts mehr gut. Gar nicht zu vergleichen mit den Zeiten, in denen du hier öfter gewesen bist.«

Ketel äußerte sich nicht. Im großen und ganzen war es immer das gleiche; das Volk klagte, und die Fürsten lebten fürstlich. Doch in diesem Herbst schien alles ein wenig schlimmer zu sein, obwohl der Krieg vorbei war und sich ein wenig Hoffnung ausgebreitet hatte.

Bald darauf verabschiedete sich der Kapitän und ging. Iwen sah nicht auf; er schenkte sich noch ein Glas ein und blickte trübsinnig hinein.

Es dauerte eine Weile, bis Redlefsen die Jolle gegen den Wind zur *Hoffnung* zurückgerudert hatte. Zwei Frachtsegler aus dem Fluß lagen längsseits, schon beladen und klar zum Ablegen. In einem saß der Bootsmann, der sich bereit erklärt hatte, die Seekiste des toten Segelmachers zu dessen Familie zu befördern.

Der Kapitän bestieg mit seinem Seesack den zweiten Prahm. Als er die Festmacheleine sah, wandte er sich zu dem Seemann an Deck: »Versucht alles an Lastkähnen zu mieten, was ihr bekommen könnt. Wenn es sein muß, überbietet andere.«

»Warum, Käpt'n?« fragte der Seemann erstaunt, während er zu einem Staken griff, um den Prahm von der *Hoffnung* abzuhalten. »Liegt etwas Besonderes an?«

»Wenn ich das selbst wüßte«, murmelte Redlefsen beunruhigt, setzte sich und schoß das Tau auf, das er gerade eingeholt hatte. »Irgendwie wäre ich heute lieber in London.«

»Ich dachte, Ihr haßt London?«

»Ja, aber es gibt vermutlich Orte, die noch schlimmer sein können...« Ketel Redlefsen rückte sich im Bug zurecht und blickte nach vorne, den Schleusentoren entgegen. Weit dahinter im Binnenland lag Tondern. Irgend etwas gab ihm das Gefühl, daß Tondern im Augenblick zu diesen Orten gehören konnte.

3. Tod auf der Wiedau

Die Flußschiffer kamen vor dem Wind mit Hilfe weniger Ruderschläge schnell an die Schleuse. Deren drei Tore waren geöffnet, damit das Wasser der Wiedau abfließen konnte.

Hinter der Schleuse schlugen die Fischer die Bändsel los, mit denen die Spriete an die Masten gebunden waren. Die Segel entfalteten sich, und die Prähme gewannen an Fahrt.

Redlefsen saß im Bug des ersten und sah die armseligen Hütten von Ruttebüll an sich vorüberziehen, davor jeweils ein schwarz geteertes Boot. Er war schon einige Zeit nicht mehr hier gewesen; meistens ankerte er bei Südwesthörn und brachte die Waren von dort nach Tondern. Doch hier hatte sich nichts geändert.

Der Fischer an der Pinne konzentrierte sich schweigend auf die Schiffsführung; er fuhr die beiden Segel aus der Hand und verkürzte oder verlängerte die Schoten in raschem Wechsel. Erst als sie aus dem weiten, schilfbestandenen See in die Mündung der Wiedau einfuhren, spuckte er verächtlich ins Wasser. »Verfluchte Deiche«, hörte Ketel ihn murmeln.

Der Deich zur linken Seite war so hoch, daß der Kapitän nicht über den Kamm hinwegschauen konnte. Kaum vorstellbar, daß der Wasserstand jemals hoch genug sein würde, den Deich zu überfluten.

»Und sie bauen immer noch. Sogar die Pläne für einen Kanal zwischen Nord- und Ostsee haben sie noch nicht aufgegeben.«

»Aber die Deiche schützen doch auch euer Land«, entgegnete der Kapitän erstaunt, während er das Unterliek des vorderen Segels festhielt, das in den unberechenbaren Abwinden zu knattern begonnen hatte.

»Land, Land! Wessen Land? Doch nicht unseres«, erwiderte der Fischer böse. »Wem nutzen denn die Deiche? Doch nur dem Adel und den reichen Bauern in den Kögen. Die werden noch reicher davon, wollen immer mehr Deiche. Die Kaufleute von Tondern waren anfangs dagegen, weil ihr Hafen von der See abgeschnitten wurde – aber hinterher waren sie trotzdem die Gewinner. Und mit ihnen der Amtmann und der Herzog. Es heißt, daß sie eine Menge Steuern mehr einnehmen. Wir Fischer wollten diese Deiche und die Schleusen nie.«

Der Kapitän betrachtete den Mann am Ruder: Er war groß wie alle Friesen und hatte breite Schultern und arbeitsgewohnte Hände. Seine Kleidung war alt und geflickt und an manchen Stellen so dünn, daß ein weiteres Ausbessern unmöglich schien. Er war alles andere als ein junger Hitzkopf, doch die Erfahrung vieler Jahre machte ihn offenbar gesprächig, auch einem Fremden gegenüber.

»Wir werden mit jedem Jahr ärmer«, knurrte er. »Im Frühjahr hungern hier viele, vor allem, wenn der Herzog wieder eine neue Steuer erhebt – für seine Hochzeit, für ein neues Schloß, für Schanzarbeiten, für was weiß ich. Ihm fällt immer etwas ein. Aber ich weiß bald nicht mehr weiter. Fischen und Fische verkaufen, Lasten fahren – das alles reicht kaum aus, um die Familie zu ernähren. Aber wenigstens arbeitet jetzt mein Sohn mit.« Mit einer Kopfbewegung wies er hinüber zum Boot, das ihnen folgte.

Der Kapitän nickte nachdenklich. Die Unzufriedenheit im Land war offenbar allgemein.

»Und die Fischgründe nehmen immer mehr ab. Was konnten wir hier früher fischen! Sogar der Butt kam noch herein. Jetzt müssen wir schon auf See hinaus.«

Und die Seefischerei, das wußte Ketel, war etwas ganz anderes als die Flußfischerei. Ketel wollte dem Fischer gerade etwas erwidern, als seine Aufmerksamkeit abgelenkt wurde. Beide Boote näherten sich einander in diesem Augenblick bis auf

Schiffslänge, und Ketel bemerkte, daß sein Bootsmann sich gemütlich in den Bug gelegt hatte. »Larsen!« rief er scharf. Faulheit duldete er nicht. Der Kerl war noch im Dienst.

»Euer Mann ist krank, glaube ich!«

Redlefsen leistete dem Bootsmann im stillen Abbitte. Hände wurden überall gebraucht, auch an Bord eines Prahms, doch Krankheit entschuldigte ihn. Da die Kurse die Prähme wieder auseinanderführten, formte der Kapitän die Hände zu einem Schalltrichter. »Was hat er denn?«

»Ich weiß es nicht, er spricht nicht«, rief der junge Schiffer zurück. »Ich kann jetzt nicht zu ihm, weil ich die Pinne nicht loslassen kann. Bei Aventoft ist die Wiedau breiter, da sehe ich nach ihm.«

Ketel nickte beunruhigt. Er zog den Mantel am Hals straffer und kauerte sich wortlos zusammen. Der Deich auf der Backbordseite verlief mal näher, mal ferner, und zwischen Deich und Wasser befand sich ein breiter Schilfgürtel. Dahinter mußte Tondern liegen, in der Marsch vor der Geest, doch die Stadt blieb Ketels Blicken verborgen. Auf der Steuerbordseite schimmerte überall im Schilf Wasser; zuweilen gab es dazwischen breite Schlickflächen ohne jeden Bewuchs und Sandbänke. Um hier zu segeln, mußte man den Fluß genau kennen.

Endlich kam ein Kirchturm in Sicht, und die Wiedau wurde breiter. Redlefsen drehte sich um.

Im anderen Boot stieg der Prahmführer schon über die Säcke und Kästen der Ladung hinweg nach vorn, während das Boot ein wenig schwankte, doch mit festgelaschter Pinne seine gerade Bahn vor dem Wind zog. Ketel sah, wie der junge Mann Larsen an den Haaren packte, seinen Kopf hob und ihm besorgt ins Gesicht starrte. »Kapitän Redlefsen, Euer Mann scheint tot zu sein!«

»Verflucht«, murmelte der alte Fischer. »Mit einer Leiche kommen wir nicht in die Stadt.«

Der Kapitän brauchte einige Zeit, um den Schrecken zu verdauen. »Wie sollten die Leute es denn merken?« fragte er schließlich.

»Bei Aschesodde kontrollieren sie neuerdings jedes einlaufende Boot. Die Stadtväter sind nicht zimperlich, wenn's darum geht, unerwünschtes Volk aus Tondern fernzuhalten. Verbannte Bürger, fremde Krüppel, ortsansässige Bettler und städtische Verbrecher werden in regelmäßigen Abständen vom Armenvogt und vom Scharfrichter an die Stadtgrenze befördert. Euch würden sie ohne Federlesens aus der Stadt weisen, wenn sie Euch mit einer Leiche erwischten«, erklärte der Fischer in nüchternem Tonfall. »Könnt Ihr ihn denn nicht woanders begraben lassen? Es muß doch nicht gerade Tondern sein!«

»Das ist ein vernünftiger Gedanke«, räumte der Kapitän ein. »Zumal der Mann aus Niebüll stammt.«

»Dann gibt es keine Probleme«, erklärte der Fischer erleichtert. »Es wird nicht so schwierig sein, jemanden zu finden, der in die Bökingharde segelt und bereit ist, gegen gutes Geld einen Toten mitzunehmen. Wir unterbrechen in Legan, Knut!« rief er zu seinem Sohn hinüber, der nickte.

Legan war nicht weit von Aventoft entfernt. Kurz hinter der alten, jetzt unbenutzten Schleuse von Grippenfeld steuerten die Fischer in das viereckige Hafenbecken, in dem etliche kleinere Segel- und Ruderboote festgemacht waren. Der Prahmführer hatte den Palstek noch nicht über den Pfosten geworfen, als Redlefsen bereits bei ihm an Bord war.

Larsen war im Bug über der Ankerleine zusammengesunken. Als der Kapitän ihn vorsichtig an den Schultern gepackt und umgedreht hatte, schrak er zusammen.

Bis vor wenigen Stunden war der Bootsmann ein drahtiger, gesunder Kerl gewesen, braungebrannt und wettergegerbt wie alle Seeleute. Jetzt waren seine Wangen eingefallen, die Haut fahlgelb wie eine Muschel. Am Kinn verdeckten die schwarzen

Barthaare bläuliche Flecken. Die toten Augen waren wie in panischer Angst aufgerissen.

Der junge Mann, der die Festmacher inzwischen belegt hatte, tat vor Schreck einen Schritt zurück und stürzte über ein Fäßchen. Mit offenem Mund starrte er den Toten an und vergaß aufzustehen.

»Habt ihr einen Sack?« fragte Ketel unbewegt.

Der alte Fischer hatte mit argwöhnischem Gesichtsausdruck vom Heck seines Bootes zugesehen. »Was immer der Mann hatte, Kapitän, ich frage Euch gar nicht danach. Vielleicht wißt Ihr es ja auch gar nicht. Aber im Krug solltet Ihr lieber erklären, der Seemann sei von der Rah gestürzt, und dabei hätte er sich den Kopf zerschmettert. Das wäre nicht ungewöhnlich. Aber dieser Tod ist ungewöhnlich. Der Mann war frisch und gesund, als er an Bord stieg. Und jung.«

Redlefsen widersprach ihm nicht und nahm dankbar den Sack entgegen, den der Fischer ihm reichte. Er stülpte das rauhe Tuch über Larsens Kopf und verschnürte es mit einem Bändsel, das er unter dem Seitendeck fand. »Ich weiß nicht, woran mein Bootsmann starb«, erklärte er knapp.

»Hm«, brummte der alte Fischer bloß und begann den Deich hochzusteigen, hinter dem die Schenke lag.

Ich weiß es wirklich nicht, dachte Redlefsen, während er dem Fischer auf dem ausgetretenen, glitschigen Trampelpfad folgte. Und wenn es nun die Pest ist? Zwei Tote in so kurzer Zeit!

Er blieb auf dem Deichkamm stehen und schaute sich um, während er seine Angst niederkämpfte. Unterhalb des Deiches lag ein baufälliges Haus, dessen Fensterläden trotz der herbstlichen Luft sperrangelweit offenstanden. Ein Weg endete am Gasthaus, der sich zwischen Büschen nach Tondern schlängelte. In der Ferne war der Kirchturm der Stadt zu erkennen, umgeben von der dunklen Silhouette von Bäumen.

Mit schnellen Schritten folgte Redlefsen dem Fischer, der sich an der Tür nach ihm umsah. Im Krug war die Luft schwer vom Rauch, der aus dem gemauerten Bilegger drang, vom verschütteten Bier auf den Tischen und von den Ausdünstungen der Fischer und Bauern in ihren nassen Jacken. Der Lärm der Männer schlug wie eine Woge über Ketel zusammen. Als man ihn bemerkte, wurde es so lange still, bis feststand, daß er sich in vertrauenswürdiger Gesellschaft befand; dann stieg der Lärmpegel wieder.

Die beiden Prahmführer wählten einen Tisch, an dem mehrere andere Männer saßen. Kurze Zeit später war der alte Fischer bereits mit einem Maasbüller handelseinig geworden, der nichts gegen einen zusätzlichen Verdienst auf der Rückfahrt von Tondern nach Maasbüll einzuwenden hatte. Redlefsen protestierte nicht gegen den hohen Betrag, der ihm abverlangt wurde. Er fühlte sich bloß seltsam unbehaglich und wußte nicht, warum.

Zusammen gingen sie hinaus und luden den toten Seemann um. Der Maasbüller würde vor der alten Schleuse in die Süderau einbiegen und das Dörfchen Niebüll am Nachmittag auf einem der Abzuggräben entlang der Geest erreichen. Er bekam genaue Anweisungen, wo die Familie des Bootsmanns zu finden war.

Nachdem er den Lastkahn mit einem kräftigen Fußtritt aus Legan flußabwärts auf die Reise geschickt hatte, machte der alte Prahmführer kein Hehl mehr aus seinem Mißtrauen gegen Redlefsen. »Jetzt Ihr noch, Kapitän, und dann will ich von dieser Sache nichts mehr wissen«, knurrte er.

Ich am liebsten auch nicht, dachte Ketel, als er wieder in den Prahm sprang. Auf dem letzten Teil der Fahrt sprachen sie kein Wort miteinander. Der Kapitän war erleichtert, als sie den Hafen Aschesodde ohne Probleme passiert hatten und im Stadthafen von Tondern anlegten, der nur aus einem verbreiterten Kanalbecken bestand.

»Für ein Bier gegen den Schrecken«, sagte Redlefsen und bezahlte über die vereinbarte Frachtrate hinaus. »Danach bringt ihr die wertvollsten zwei Gegenstände höchstpersönlich zum

Ratsherrn Mickelsen, ein Altarbild und einen Schrank. Alles andere kann in den Lagerschuppen. Ich werde dort Bescheid sagen, daß Waren von mir für ein paar Tage eingestellt werden.«

Als Redlefsen wieder aus dem Prahm stieg, sah er, daß die Fischer dem Krug *Zum Löwen* zustrebten. Er selbst machte sich auf den Weg zu seinem Partner, dem Kaufmann Arne Mickelsen, um ihm zu berichten, daß er mit der Fracht aus Holland eingetroffen sei.

4. In der Stadt

Es waren zwei Dutzend Elendsgestalten, die der Armenvogt von Tondern noch vor der Marktöffnung aus der Stadt gekarrt hatte. Die Kaufleute aus Ripen, Apenrade und Flensburg, die zum Michaelismarkt nach Tondern gekommen waren, sollten ordentliche Verhältnisse vorfinden, damit sie nicht beim Herzog und beim König erneut eine Beschneidung der städtischen Rechte erwirkten. So hatten es die Ratsherren dem Armenvogt mitteilen lassen, und er gehorchte.

Während Inken entsetzt die abgerissenen Menschen betrachtete, kam ihnen ein Mann in besserer Kleidung entgegengerannt. »Halt, Fischer!« rief er und winkte. »Nimm mich mit! Ich kann bezahlen.«

»Zu spät«, sagte Tade Hansen bedauernd. »Er hört Euch in den Böen nicht.«

Der Mann umklammerte das Gelenk seiner rechten Hand, die mit blutigen Fetzen verbunden war, und schaute Tade an. »Wie soll ich denn hier fortkommen?« wollte er von Tade wissen.

Tade wunderte sich, daß er gefragt wurde, blickte sich aber forschend um. Der einzige Weg aus diesem Stadttor führte nach Süden. Derzeit endete der Weg im Wasser. Tade wiegte unschlüssig den Kopf. »Ich weiß es auch nicht. Vielleicht auf dem Deich entlang der Wiedau . . .«

»Auf dem Deich? Blödsinn! Überall Wasser! Ich kann's gar nicht fassen. Der Rat weist Leute aus der Stadt, aber es gibt keinen Weg hinaus . . .« Der Tonderaner wandte sich an den Mann auf dem Karren, der die Unterhaltung grinsend vom Bock herunter verfolgte. »He, du Lump von Armenvogt! Was haben die

Erbgesessenen für den Fall einer Überschwemmung vorgesehen?«

Sofort fuhr ihm die Peitschenschnur um die Ohren. Zwei dicke rote Striemen zeichneten sich auf seiner Haut ab.

»Für dich bin ich Meister Walther! Du schnauzt nicht mit mir herum, verstanden? Du bist kein gemeiner Bürger von Tondern mehr! Für Männer, die einen falschen Eid schwören, gibt's hier keinen Platz. Ich wette, du hast dir früher über diese Dinge keine Gedanken gemacht.«

Inken hatte die ganze Zeit unverhohlen die Hand des Tonderaners betrachtet, die ihr ziemlich unvollständig zu sein schien. Allmählich verstand sie, daß alle diese Leute aus irgendeinem Grund in Tondern nicht erwünscht waren.

»Was habt Ihr geschworen, und wie viele Finger habt Ihr eingebüßt?« fragte sie neugierig.

Der Bürger nahm die gesunde Hand von der Wange und starrte Inken an wie eine Maus, die sich in seinen Keller verirrt hatte. Er würdigte sie keiner Antwort.

»An der wirst du noch Freude haben, Bauer!« Der Armenvogt gluckste vor Lachen. »Die drei Schwurfinger, junge Frau. Paß auf, daß dir nicht dasselbe geschieht. Aber Frauen, die falsch schwören, werden von Meister Paye meistens lebendig begraben. Das tut anfangs nicht so weh, ist aber viel tödlicher.«

Inken fuhr entrüstet zu ihm herum. »Euer Stadtrat hätte überhaupt kein Recht an mir!«

Der Armenvogt musterte sie aus schmalen Augen wie einen jäh entdeckten Feind, während in seinem Rücken die Ausgewiesenen herbeischlurften.

Unter den Männern und Frauen waren auch zwei Kinder. Alle waren abgemagert, spärlich bekleidet und manche krank; vielleicht war auch der eine oder andere Spitzbube unter ihnen. Einer, der beherzter war als die anderen, nahm den Fetzen von Mütze ab, den er auf dem Kopf trug. »Meister Walther, wo sollen wir denn hingehen, wenn der Weg überschwemmt ist? Wir können doch auch nicht hier bleiben ...«

»Die Stadtwache hat Befehl, euch nicht einzulassen, also laßt euch ja nicht einfallen, zurückzugehen«, erwiderte der Armenvogt barsch.

»Und was ist, wenn das Wasser noch höher steigt?« fragte eine schrille Frauenstimme. »Wollt ihr uns hier ertrinken lassen?«

Meister Walther zuckte die Achseln und tüpfelte dem Maultier mit der Peitsche auf den Rücken, wendete das Tier am kurzen Zügel. »Nicht mein Problem«, sagte er, bevor das Tier in Trab fiel.

»Es gibt vieles im Land, für das niemand zuständig sein will«, sagte Tade leise zu Inken. »Komm, wir wollen uns beeilen.«

Die Männer der Stadtwache ließen den ordentlich aussehenden Mann und die junge Frau das Tor und die Zugbrücke passieren, ohne sie aufzuhalten. Ein Bauer dagegen, der kurz vor ihnen auf der anderen Seite des Steindeiches von einem Boot abgesetzt worden war, wurde mit seinem Flechtkorb, in dem Hühner mit den Flügeln schlugen, zum Schloß verwiesen. »Und laß dir ja nicht einfallen, dich an der Zollschranke vorbeizuschummeln«, rief einer der Stadtknechte hinter ihm her. »Wir finden dich! Dann würdest du nicht nur den Zoll bezahlen müssen, sondern dazu noch hart bestraft!«

»Früher ist es mir gar nicht aufgefallen, daß sie so streng sind«, sagte Inken zu ihrem Vater, der sich mit langen Schritten zum Marktplatz aufmachte.

Tade brummte vor sich hin. »Es wechselt. Aber dieses Jahr sind alle Menschen außer Rand und Band, wie mir scheint.«

Inken nickte, denn ihr Interesse war abgelenkt, und begeistert sah sie dem Trubel in der Süderstraße entgegen. In diesem Jahr war der Michaelismarkt noch um den gewöhnlichen Viehmarkt eines jeden Freitags erweitert. Inken kam seltener in die Stadt, als sie gern gewollt hätte, und meistens war dann nicht Markttag.

In der Süderstraße war überall Vieh an den Ringen angebunden, die in die Hauswände eingelassen waren. Nur in der Mitte der Straße war noch ein Durchgang für die Interessenten frei, meistens Städter, die sich ein oder zwei Tiere in den Stall stellten, um sie im Winter zu schlachten. Ochsen, Kälber, Ziegen und Schafe wechselten hier die Besitzer, und größere Verkäufe wurden mit einem Schnaps begossen.

Tade nahm den Arm seiner Tochter, die stehengeblieben war. »Komm«, sagte er und zog sie um einen Dungfladen herum. »Hätten die Eigentümer der Ringe nicht das Recht zum Ausschank, wäre ich öfter hier. Aber wie die Dinge nun mal liegen, ist der Markttag nichts für junge Mädchen. Jedenfalls sagt das deine Mutter.«

»Das sagt sie nur, weil sie nicht gerne hingeht«, erwiderte Inken und knuffte ihrem Vater in die Rippen. »Guckt mal! Ich glaube, die Ziege hat mehr Verstand als ihr Käufer. Hoffentlich hat der Bauer ihr gesagt, wo er wohnt, bevor er sich besoff.«

»Aber Inken! Wenn das deine Mutter hören würde!«

»Sie hört's aber nicht. Daß sie das fromme Gesäusel von Petrine viel lieber mag, weiß ich auch. Aber ich bin froh, wenn ich mal keinen Knoten in der Zunge haben muß.«

Tade seufzte tief. Zum Glück enthob ihn das Gewühl einer Antwort. Es wurde noch dichter, als sie den großen Marktplatz erreichten, auf dem sich Stand an Stand reihte. Es wimmelte von Tonderanern. An diesem ersten Tag des Michaelismarktes hatten die Städter das Recht, sich mit allem zu versorgen, was ihr Herz begehrte; erst der dritte war der Tag der Großaufkäufer.

Inken horchte, ließ die Blicke schweifen und sog die Atmosphäre förmlich in sich auf. Sie kamen kaum vorwärts. Tade schmunzelte und ließ seine Tochter gewähren, obwohl er lieber sofort seinen eigenen Geschäften nachgegangen wäre. Er machte sich nicht viel aus den Schuhen, Hüten und Truhen, die hier verkauft wurden.

Statt dessen betrachtete er die Fassaden der Bürgerhäuser, die alle Seiten des Rathausplatzes einnahmen. Ihre geschwungenen Giebel waren mit den Jahren immer aufwendiger gestaltet worden, und Säulen in Spiralform schmückten manches Portal. Hier hätte der Müller mehr Grund zum Nörgeln gehabt als angesichts seines alles in allem doch bescheidenen Hauses. Die reichen erbgesessenen Bürger von Tondern aber scheuten sich nicht, ihren Reichtum auch im behauenen Stein zu zeigen.

»Kommt, Vater«, sagte Inken in sein Ohr und riß ihn aus seinen Betrachtungen. »Seid nicht so langweilig. Wir wollen endlich zur Tante.« Sie wühlte sich durch die Menge hindurch, klopfte im Vorübergehen den steinernen Löwen der *Neuen Apotheke* auf den Kopf und sprang die drei Stufen des Beischlages hoch, der zum Haus der Verwandten gehörte.

Tade schaute seiner Tochter nach. Woher hatte sie nur dieses respektlose Wesen?

In diesem Augenblick öffnete sich die Tür, und Inken fiel ihrer Tante, die gerade ausgehen wollte, stürmisch in die Arme. Unbekümmert zerknautschte sie den würdevollen Aufzug von Frau Margaretha, die mit Flügelhaube, Halskrause und dem kaum gegürteten schwarzen Kleid altmodisch und streng wirkte.

Lachend schüttelte Frau Margaretha ihr Gefieder wieder auseinander und schob ihre Nichte auf Armeslänge von sich. »Ich glaube, du bist noch gewachsen. Und noch hübscher geworden. Wie ich mich freue, dich zu sehen, Inken!« Dann richtete sie sich an ihren jüngeren Bruder. »Du bist zwar weder gewachsen, noch bist du hübscher geworden, aber ich freue mich trotzdem.«

»Das wollte ich dir auch geraten haben«, sagte Tade knapp. »Du mußt mich jetzt entschuldigen, Margaretha. Wir sehen uns später. Weißt du, ich muß sofort …«

»Zu einem Ochsen, natürlich«, sagte Margaretha und tätschelte dem Bruder die Wange, bevor der sich lachend umdrehte und die Stufen hinuntersprang.

»Bis heute abend«, rief er und verschwand im Gewühl.

Margaretha schüttelte den Kopf über ihren kleinen Bruder. »Dein Vater ist noch genauso unvernünftig wie damals, als ich ihm den Hintern putzen mußte.«

Inken gluckste vor Lachen. »Meint Ihr nicht, daß man ihn bei Gelegenheit daran erinnern sollte, Tante? Ich würde es durchaus gern selbst übernehmen ...«

»Oh, oh, Kind. Tade wird doch nicht über die Ochsen deine Erziehung vernachlässigt haben?« Margaretha sah Inken strafend an. »Zu seinem Vater sagt man solche Dinge nicht.«

Inken mußte noch lauter lachen. »Tante«, sagte sie schließlich. »Stellt Euch bloß vor, die Schwester eines Ratsherrn würde über dessen ehemals braunen Po lästern! Vermutlich würde man sie lebendig begraben und ihr vorher die Zunge abschneiden. Ich könnte wetten, es gehört sich auch für Schwestern nicht, über das Hinterteil ihres Bruders zu sprechen. Und ich glaube, der Stadtrat würde Eure Zunge lange nicht für so vorbildlich halten wie Eure Kleidung, so ohne Samtstreifen und all den anderen Luxus, den der Rat verbietet.«

Es glitzerte verräterisch in den Augen der Tante; dann brach sie in ein schallendes Gelächter aus. »Du hast recht«, gab sie zu, »weder für dich noch für mich gehört es sich, solche Körperteile gewissermaßen in den Mund zu nehmen.«

Der Apotheker, der von seinem eigenen Beischlag aus dem Treiben auf dem Marktplatz zusah, schüttelte mißbilligend den Kopf. Diese respektlose Person war eine Schande für die Stadt. Und völlig ungeeignet als Nachbarschaft für eine Apotheke, in der alle Ratsleute und Ratsverwandten – die angesehensten Familien der Stadt, wenn er einmal von Mickelsen absah – einkauften.

Kapitän Redlefsen ging ohne Umwege zum Haus des Großkaufmanns und Ratsherrn Arne Mickelsen, für den er die *Hoffnung* fuhr. Er wurde von einem Knecht hereingelassen, der ihn sofort erkannte und ihn mit pfiffigem Gesichtsausdruck bat, einen Augenblick zu warten. Der Mann schob dem Kapitän einen Stuhl in der Diele hin.

Hinter der Wand des von der Diele abgeteilten Kontorraums hörte der Kapitän Stimmen. Nach einer Weile erschienen Mikkelsen und ein würdevoller Mann in der Tracht eines Ratsherrn, den der Kaufmann zur Haustür hinauskomplimentierte. Redlefsen deutete eine Verbeugung an, als die Männer vorübergingen.

Als Arne Mickelsen zurückkam, erhob Redlefsen sich höflich. Einmal mehr wunderte er sich, daß der Stadtrat einen so jungen Mann überhaupt aufgenommen hatte. Darüber hinaus gab er sich schon durch den knappen Kragen und die scharfe Rasur als fortschrittlich zu erkennen.

Mickelsen bedeutete Ketel mit einer Handbewegung, ihm ins Kontor zu folgen, wo er ihm einen Sessel anbot, während er selbst auf einem Stuhl Platz nahm. Mickelsen schnappte erleichtert nach Luft. »Gottlob habe ich einen Knecht, der nicht auf den Kopf gefallen ist. Er meldete mir einen Besucher mit unaufschiebbaren Nachrichten. Er glaubte sogar, das herzogliche Siegel auf Eurer Rolle gesichtet zu haben, sagte er. Collega Büsing ließ daraufhin sofort seinen großen Respekt erkennen und beendete unverzüglich unsere unwichtige, sterbenslangweilige Unterredung. Ich freue mich, daß Ihr heil angekommen seid.«

»Ich auch«, sagte Redlefsen grinsend und übergab dem Kaufmann die Rolle. »Meine Nachrichten sind vielleicht nicht unaufschiebbar, aber alles andere als langweilig. Zuerst aber die Handelsware! In der Liste ist alles einzeln aufgeführt. Den Kabinettschrank und das Fliesentableau nach einem Kupferstich von Romeijn de Hooghe habe ich im Prahm mitgebracht.

Meine zwei Fischer sind damit bereits auf dem Weg in Euer Lager. Es ist fraglich, wie schnell wir die anderen Sachen entladen können. Wie Ihr wißt, ist der Wind hart und frischt noch auf. Die Schleuse wird vermutlich für mehrere Tage geschlossen.«

»Ja, ich weiß«, sagte der Ratsherr bedrückt. »Wir haben an die Bürger und Einwohner bereits die Empfehlung ausgegeben, für genügend Wasser in den Häusern zu sorgen. Und das an Michaelis! Die Stadt ist voll von Gästen.«

Der Kapitän nickte gleichmütig. Das Trinkwasserproblem von Tondern war bekannt. Sämtliche Boote, die noch Frachtraum hatten, beförderten Fässer mit Trinkwasser von Aventoft in die Stadt. Das Brunnenwasser taugte nur zum Waschen. »Ich habe es gesehen. Irgendwann wird die Stadt für eine Lösung sorgen müssen«, sagte er. »Anderswo führen sie Wasser über Röhren herbei.«

Mickelsen verzog den Mund. »Hier ist man stolz auf das Althergebrachte und versucht es um jeden Preis zu bewahren. Wir haben noch mehr Probleme als die Wasserversorgung, wichtigere sogar. Ich muß sie behutsam angehen, um wenigstens einen Bruchteil des Notwendigen zu erreichen ...«

»Ich beneide Euch nicht«, sagte der Kapitän. »Ich brauche mir nur vorzustellen, ich müßte mich mit meiner Mannschaft über den Kurs und die Ladung bereden. Bis wir fertig wären, könnten wir längst auf eine Untiefe aufgelaufen sein.«

»Genau das befürchte ich auch«, murmelte Mickelsen. »Untiefen! Auch Städte können einen falschen Kurs steuern.«

Redlefsen hob wenig überrascht die Augenbrauen. Die wievielte Andeutung künftigen Unglücks war es, die er sich heute anhören mußte? Er beschloß, darauf lieber nicht einzugehen. »Ich möchte Euch einen Vorschlag machen, der Euch vielleicht aufmuntert«, sagte er. »In Holland herrscht in diesem Herbst Futtermangel. Bei den meisten kleinen Bauern wird das Heu nicht mal bis zum Frühjahr reichen. Man kann sich ausrechnen, daß die meisten ihr Vieh also bis Januar verkaufen müssen. Das bedeutet, daß die Ochsen im Frühjahr mit Gold aufgewogen werden. Wenn Ihr es schafft, noch eine Ladung zusammenzustellen... Man könnte gutes Geld verdienen.«

Mickelsen blickte ihn nachdenklich an. »Ich habe selbst schon daran gedacht, wußte allerdings nichts von dem Futtermangel. Aber die Kapitäne haben ihre Verträge für den Konvoi leider alle schon abgeschlossen.«

»Das kann ich mir denken«, entgegnete der Kapitän. Seine Augen funkelten unternehmungslustig. »Ich meinte etwas anderes. Ich meinte ein Schiff, das sich allein auf die Fahrt macht und vor dem Konvoi eintrifft. Die Frage ist nur: würdet Ihr es wagen?«

Mickelsen lehnte sich vor. Ein Kaufmann setzte sein Geld, manchmal sein ganzes Vermögen aufs Spiel, der Kapitän aber sein Leben. »Würdet Ihr es wagen?«

»Ich hätte den Vorschlag sonst nicht gemacht. Euch ist doch klar, daß ich dafür einen höheren Anteil beanspruche?« fragte Redlefsen ohne Umschweife.

»Andernfalls würde ich Euch für beschränkt halten.« Sie lächelten sich an. Mickelsen rief nach Wein und überlegte dann laut: »Wo wir die Tiere kaufen und die Ladung zusammenstellen, muß ich mit Tade Hansen aus Lügum absprechen. Ich werde ihn benachrichtigen lassen. – Was gibt es sonst Neues in der Welt?«

Der Kapitän seufzte verhalten. »Die politische Lage gibt Anlaß zur Sorge. Sie wirkt sich ausgerechnet im Kanal aus. In letzter Zeit sind schon mehrere holländische Handelsschiffe von den Engländern gehindert worden, in ihren Häfen zu landen. Ich weiß nicht, wo diese Entwicklung noch hinführen soll. Aber eins steht fest – sie hat System.«

Der Ratsherr krauste die Stirn. Er hatte bereits davon gehört. Zusammen mit anderen flüchtigen Mitteilungen und Beobachtungen ergab sich ein bestimmtes Muster. »Die Maßnahmen der

Engländer scheinen sich gegen Handelsschiffe zu richten, die fremdländische Ware bringen. Vielleicht beabsichtigt England, den Zwischenhandel zu übernehmen. Im schlimmsten Fall müssen wir uns auf einen Kaperkrieg oder eine Blockade gefaßt machen«, grübelte er. »Das ist eine Nachricht, die ich sogar dem Rat zur Diskussion vorlegen werde.«

In diesem Augenblick öffnete der pfiffige Knecht die Tür zu einem Spalt und murmelte einen Namen.

»Er kommt mir wie gerufen«, antwortete der Ratsherr und sprang auf. »Bring noch einen Stuhl herein.«

Tade Hansen betrat den Raum. Mickelsen verkündete tatendurstig: »Ich habe Pläne, die ich mit dir besprechen muß.« Der Bauer zog die Brauen in die Höhe und setzte sich.

Ketel Redlefsen lehnte sich zurück und beobachtete den Mann, von dem er nur wußte, daß er jener Ochsenzüchter war, der dem Kaufmann das meiste Vieh lieferte. Im Unterschied zu anderen Bauern verkaufte er außerdem auf eigene Rechnung und trug entsprechend das Risiko selbst, wenn etwa die Preise fielen oder – Gott behüte – das Schiff sank, das die Ochsen nach Holland brachte.

Mickelsen erklärte und warb, doch der grauhaarige Bauer schüttelte abweisend den Kopf. Zu Redlefsens Enttäuschung stand ihm die Ablehnung deutlich ins Gesicht geschrieben.

»Da will ich nicht mitmachen, Arne«, sagte Tade kurz und bündig. »Ohne den Schutz durch den Konvoi ist es viel zu gefährlich. Wenn das Schiff gekapert wird, habe ich mein ganzes Vermögen verloren. Ich könnte dann nicht einmal mehr Jungvieh kaufen. Nein, da mußt du dir einen anderen Partner suchen. Tut mir leid.«

Der Ratsherr verzog enttäuscht das Gesicht.

Redlefsen sah von einem zum anderen. Hinter der Zurückhaltung des Bauern mußte etwas Bestimmtes stecken. »Wenn ich Euch recht verstehe, Tade Hansen, habt Ihr hauptsächlich Bedenken wegen der Kaperer. Ist das richtig?«

»Das ist der Kern des Problems, ja. Ich zweifle nicht im geringsten, daß Ihr ein Schiff gut nach Amsterdam bringen könnt. Aber die Seeräuber sollen noch mehr Schiffe bemannen als bisher, hört man.«

»Merkwürdig. Ich höre zum ersten Mal von diesem Gerücht«, sagte Redlefsen verwundert. »Wo habt Ihr es her?«

»Oh, das weiß hier jeder«, warf der Ratsherr ein. »In Tondern und in Hojer spricht man von nichts anderem.«

»Dazu muß ich zwei Anmerkungen machen«, sagte der Kapitän entschieden. »Erstens werden Kaperzüge natürlich nicht wie ein Feldzug geplant und in Marsch gesetzt. Zweitens ist zur Zeit ein ganz anderes Gebiet als die friesischen Inseln interessant, und das ist der englische Kanal. Ich sagte es ja schon. Für Seeräuber gibt es dort zur Zeit denkbar günstige Verhältnisse. Ihr müßt Euch mal in die Lage dieser Handelsschiffe aus Übersee versetzen! Wochenlang sind sie unterwegs, und dann werden sie – unter Land schon, sie sehen bereits den Hafen – von den schnellen Fregatten der Engländer mit Kanonen wieder auf die offene See gezwungen. Zurück nach dort, von wo sie kamen, können sie nicht, denn Wasser und Proviant gehen zu Ende. Wo also sollen sie hin? Sie müssen nach Frankreich oder Holland ausweichen, und genau dort würde ich mich als Kaperer auf die Lauer legen. Was bedeuten schon unsere paar Ochsen gegenüber den kostbarsten Handelsgütern aus Übersee. Ja, ich glaube alles in allem, daß die Zeit für einen Alleingang vor dem Konvoi außerordentlich günstig ist...«

Tade nickte verblüfft. Der junge Seemann schien kein Dummkopf zu sein. Was er sagte, leuchtete ihm ein.

»Noch etwas. Dieses Gerücht ist in den Ohren eines Seemanns so unwahrscheinlich, daß es sich anhört, als hätte jemand es in Umlauf gesetzt. Jemand, der verhindern will, daß wagemutige Kaufleute Schiffe auf eigene Faust losschicken. Fällt Euch dazu etwas ein?« Redlefsen zog die Brauen in die Höhe.

Der Bauer und der Kaufmann blickten einander an und sagten wie aus einem Mund: »Der Amtmann!«

Der Ratsherr nickte bedächtig. »Amtmann Hestorf«, erklärte er dem Kapitän, »hat in diesem Sommer gegen jeden Brauch seine Kommissionäre auf alle Höfe geschickt. Sie haben die Bauern eingeschüchtert, damit diese ihren langjährigen Handelspartnern absagen und statt dessen dem Amtmann liefern. Anderen Bauern hat er seine Magerochsen auf die Weide gestellt und mitteilen lassen, sie möchten seine Ochsen aus gutem Willen grasen lassen. Wenn sie es nicht könnten, wollte er ihnen die Weide bezahlen. Die meisten Bauern haben solche Angst vor Hestorf, daß sie sich beeilen, ihm ihren guten Willen zu beweisen. Tade kann es Euch bestätigen.«

Tade nickte.

Redlefsen stieß einen leisen Pfiff aus. »Das hört sich nach einer Gaunerei an, zu der die Gerüchte passen«, meinte er. »Ich wußte noch gar nicht, daß Euer Amtmann auch mit Ochsen handelt.«

»Er befaßt sich mit allem, was Geld bringt«, sagte der Ratsherr grimmig. »Würden demnächst die Pferdeäpfel teuer – er würde sie zu Gold machen.«

Der Bauer aus Lügum setzte nachdrücklich seine Faust auf den Tisch. »Ihr habt euren Partner gefunden. Wenn es so ist, mache ich mit. Hoffentlich legt der Herzog dem Schurken mal das Handwerk!«

»Das wird er leider nicht tun«, murmelte der Ratsherr. »Der hohe Adel läßt sich von Leuten wie Hestorf die Drecksarbeit erledigen.«

Tade sah ihn ausdruckslos an. »Die Welt ist eine merkwürdige Einrichtung«, sagte er. »Der Amtmann kann nicht lesen und schreiben, regiert aber im Namen des Herzogs. Ich kann lesen und schreiben, darf aber eigentlich nicht einmal meine Ochsen für eigene Rechnung verkaufen. Meine Tochter möchte die Schule besuchen, aber auf dem Dorf wird es ihr verwehrt. Ich kann nicht glauben, daß der Herrgott die Welt wirklich so wollte. Manchmal möchte man Ihm ein wenig unter die Arme greifen – sie wenigstens ein Mal auf den Kopf stellen.«

»Fragt sich nur, was deine Ochsen zu einem Amtmann in ihrem Stall sagen würden.«

»Muh«, antwortete Tade mit schiefem Lächeln. »Für Hestorf wäre viel entscheidender, was meine Frau sagen würde. Sie würde ihn nämlich mit dem Besen hinauskehren, Amtmann hin, Amtmann her. Bei mir haben Fremde keinen Zutritt zu den Tieren wegen der Rinderpestilenz.«

Der junge Seemann musterte ihn interessiert. Nicht einmal in Holland war ihm ein so ungewöhnliches Exemplar von einem Bauern begegnet.

Der Ratsherr pflichtete Hansen im stillen bei. Die kleinen Bauern traf es stets am härtesten. Aber andere waren nicht ausgenommen. »Jeder wird auf seine Weise eingeengt, Tade. Mir werfen die Tonderaner Kaufleute Verrat am Kaufmannsstand und an den Interessen der Kaufleute vor. Sie wären mich am liebsten los. Sie haben sogar schon den Herzog um Hilfe angerufen, damit er euch Bauern den Marsch bläst. Man weiß nicht, wo das hinführen wird.«

»Wartet ab«, sagte der Kapitän mit zusammengebissenen Zähnen. »In den Niederlanden ist eine Entwicklung im Gang, die vielleicht einmal zur persönlichen Freiheit jedes Menschen führen könnte. Und auch hier wird es einmal so kommen, glaubt es mir. Die Welt ist im Umbruch.« Er erhob sich und reichte dem Ratsherrn und Hansen die Hand.

Tade Hansen sah ihm erstaunt nach. Er hatte nicht gewußt, daß es auch anderswo Menschen gab, die die Schranken zwischen den Ständen für ungerechtfertigt hielten und sich dagegen aufzulehnen wagten. Und schon gar nicht, daß sie solche Gedanken in die Tat umsetzen könnten.

5. Im Krug zum Löwen

Im *Löwen* saßen die beiden Fischer auf harten Bänken am Ende eines langen Tisches. Vor sich hatte jeder einen Krug vom billigsten Bier, es waren mittlerweile schon mehrere geworden.

Ihre Beklemmung wich allmählich. Der junge Knut schwatzte hin und wieder mit den Neuankömmlingen am Tisch oder mit den Männern, die sich hinter ihm durchdrängten, doch sein Vater blieb nachdenklich. Über den Toten im Prahm hatten sie kein Wort verloren.

Der alte Fischer nahm einen tiefen Schluck, ohne den Blick von einem vornehmen Mann zu nehmen, der sich zusammen mit einem jüngeren in diese Hafenkneipe verirrt haben mußte.

Anscheinend waren sie fremd in Tondern, und der alte Herr brauchte einen Platz zum Ausruhen. Er griff sich mit der Hand immer wieder unter den Umhang und stöhnte leise. Seine Halskrause stammte aus der Zeit, als auch der Fischer noch jung gewesen war, dazu passend trug er kurzes Haar und einen Vollbart.

Dem jüngeren widmete der Fischer kaum einen Blick. Ein Geck. Der Fischer wußte nur, daß die Mode mit den weißen Halstüchern und den albernen langen Haaren aus Holland stammte und bei den Vornehmen der neueste Schrei war. Der Jüngling führte geziert ein Taschentuch an seine aristokratische Nase und machte auch kein Hehl daraus, daß seine Ohren sich vom Lärm beleidigt fühlten.

Der Fischer brummte in seinen Krug hinein. Es war ganz klar, daß der Geck in dieser Umgebung Ärger anzog wie der Köder den Aal. Die Männer flüsterten schon so auffällig unauffällig.

Dabei hätte er nach dem Schrecken ganz gern seine Ruhe gehabt.

»Du bist dir wohl zu gut für uns hier«, schleuderte ein schmächtiger Kerl am Nachbartisch dem jungen Fremden entgegen. Seine Sprache war so grob wie sein narbiges Gesicht und sein löcheriges Wams. Der Angesprochene blickte ein wenig verunsichert in die Runde.

»Der versteht uns doch gar nicht«, brüllte ein anderer quer durch den Raum, »der sieht wie ein hochwohlgeborener von und zu Deutscher aus.«

»Stimmt das, du Bürschchen mit der Pferdemähne?« Ein langer blonder Mann sprang auf und machte mit höhnischer Miene unter dem brüllenden Gelächter der Gäste die Andeutung eines höfischen Kratzfußes. »Versteht ihr kein Dänisch? Soll ich wiehern?«

Der junge Mann begriff, daß er gemeint war, und erhob sich wütend, obwohl der Ältere versuchte, ihn zurückzuhalten.

»Guck dir das an, bewaffnet ist er auch noch«, murmelte ein Mann neben dem Fischer, als zwischen den aufklaffenden Falten des Rockes eine Pistole sichtbar wurde.

»Ist es hier Sitte, fremde Kaufleute anzupöbeln?« fragte der erregte Jüngling in plattdeutscher Sprache, die alle im Raum verstanden, ob Dänen, Friesen oder Deutsche. »Da, wo ich herkomme, würde man Leute wie euch schnell ins Loch stecken.«

»Wo ist denn das Loch, wenn's erlaubt ist zu fragen?«

»Es ist erlaubt«, antwortete der junge Kaufmann hochnäsig und unempfindlich für den Spott. »In Wismar, das zur norddeutschen Hanse und dem wendischen Münzverein gehörte. Sehr bekannt an der Ostsee.«

»Und warum geht ihr Vereinsmitglieder nicht in die *Hopfenkarre* oder in den *Ratskeller*, wo ihr hingehört? Passen eure Nasen dem Rat nicht? Oder der Bart deines Alten? Haben sie euch rausgeschmissen?« Wieder lachten die Männer brüllend.

Der Wismaraner sah sich irritiert um. »Wir haben mit dem Stadtrat wegen Bier verhandelt. Aber sie lehnen Einfuhren aus Wismar ab.«

»Uns könnt ihr das Bier ruhig vorsetzen, wir sind nicht so wählerisch wie die Ratsherren: *Rostocker* und *Hamburger* können wir uns sowieso nicht leisten. Unsereins trinkt *Kakkebille* aus Eckernförde, wenn er mal ein bißchen Geld übrig hat«, meinte ein anderer.

Noch gereizter als zuvor, erwiderte der junge Kaufmann: »Unser Bier steht dem *Rostocker* in nichts nach. Aber der Rat will es nicht wahrhaben. Er hat dem Pächter des Ratskellers untersagt, Bier aus Wismar oder Stralsund auszuschenken.«

Der alte Kaufmann schüttelte kraftlos den Kopf. Es war völlig sinnlos, dänischen Fischern und Schauerleuten die Kränkung zu erklären, die ihm und seinem Neffen von der deutschen Ratsversammlung der Stadt Tondern zugefügt worden war. Von den politischen Hintergründen ganz zu schweigen. Aber er war zu krank, um den Heißsporn zurückzuhalten.

»Ja, das sieht dem Rat ähnlich«, sagte eine Stimme im Hintergrund. »Die machen da sicher einen Kuhhandel nach dem Motto: Kaufst du meine Klöppelspitzen, darfst du hier dein Bier verkaufen. Wahrscheinlich hat einer der Ratsherren besonders gute Beziehungen zu Rostock.«

»Matthiasen.«

»Was kümmert's uns!« Der abgerissene Hetzredner stemmte sich zwischen zwei Schultern auf die Sitzbank, bis er stand. Sein schmutziger Zeigefinger mit einem klauenartig gebogenen Nagel richtete sich auf den Fremden. »Kaufmann bleibt Kaufmann, gleich ob aus Wismar oder Tondern, und die deutschen Kaufleute halten alle zusammen. Ihr braucht mit denen kein Mitleid zu haben; wenn sie ihr Bier hier nicht verkaufen, dann eben woanders. Von dem, was die an einem einzigen Faß verdienen, lebt ihr mit Weib und Kindern wochenlang.«

»Jawohl, schert euch hier raus!«

Die Stimmung wurde bedrohlich. Bankfüße scharrten auf dem Boden, als einige Männer sich erhoben. Sie behielten die Bierkrüge in den schwieligen Händen und leerten sie, während sie sich zum Tisch der Wismaraner vordrängten.

Der alte Fischer, mit einem gesunden Haß auf die Kaufleute von Tondern und viel Verständnis für die Leiden des Alters, faßte die Hafenarbeiter fest ins Auge. Ruhig und mit Nachdruck sagte er: »Hört auf, die Kaufleute anzupöbeln. Der alte Mann will sowieso nur in Ruhe gelassen werden. Ihr seht doch, daß er krank ist.«

Der Wortführer brüllte erbost: »Was kümmert's dich denn? Wir regeln unsere Angelegenheiten auch ohne deine Mithilfe! Du bist doch genauso fremd hier wie die Bierverleger!«

Der Fischer stand gelassen auf und ließ seine große, wuchtige Gestalt auf die Zuschauer wirken. »Hör mal, du kleine Hafenratte, soviel ich weiß, genießt du hier auch nur Gastrecht. Bist du nicht Claus Hasenfuß aus der Wulfstraße, die zum Amt und nicht zur Stadt gehört?«

Der Mann schob den Unterkiefer vor wie ein tollgewordener Hund, als aus dem Hintergrund Stimmen laut wurden, die den Fischer johlend verbesserten: »Claus Hinkefuß heißt er!«

Doch Claus war nicht mehr aufzuhalten. Unter dem schadenfrohen Grinsen der anderen sprang er von der Bank herunter. Er zog einen Fuß nach, als er sich zum Sitzplatz des Fischers bewegte, der ihm abwartend entgegensah.

Claus Hinkefuß langte über den Tisch, riß den Bierkrug des Fischers an sich, leerte ihn und blickte den Fischer höhnisch grinsend an. »Füll noch mal nach, Wirt!« rief er. »Auf Rechnung des friesischen Aalstechers!«

Der Fischer kräuselte die Oberlippe und kletterte bedächtig aus der Enge von Tisch- und Bankbeinen heraus. Als er sich endlich befreit hatte, hatte der Unruhestifter sich an die nächste Wand zurückgezogen. In der Rechten hielt er ein kurzes Messer mit blankgeschliffener Klinge. Der Friese fixierte ihn mit zusammengezogenen Augenbrauen. Man machte ihm freiwillig Platz, und mit wenigen Schritten durchquerte er den Schankraum.

»Über solche Spielzeuge lachen sogar meine Aale«, knurrte er und schlug dem Hafenarbeiter die Klinge aus der Hand. Er packte ihn an der Jacke und stemmte ihn in die Höhe. »Ich könnte dich an der Wand zerquetschen, ist dir das klar?« fragte er drohend. »Du läßt jetzt den kranken Kaufmann in Ruhe. Und damit er sich nicht aufzuregen braucht, auch den Jüngling mit dem Firlefanz am Hals! Hast du mich verstanden?«

Hinter dem Fischer hatte sich ein Halbkreis von Zuschauern gebildet. Sie lachten schadenfroh, als er den Hafenarbeiter plötzlich losließ. Claus plumpste wie ein Sack auf den Boden; hörbar entwich Luft aus ihm, und er blieb mit verwundertem Gesicht sitzen. Nicht wenige gönnten dem vorlauten Hinkefuß eine Abreibung. Dem Sieger klopften sie auf die Schultern, kehrten schwatzend an ihre Plätze zurück und brüllten nach dem Wirt.

Der Friese schickte sich an, auf seinen Platz zurückzuklettern. Die Hände auf dem Rücken seines Sohnes, schoß ihm plötzlich durch den Kopf, daß Knut sich in dieser kurzen Zeit doch nicht derart hatte betrinken können. Doch der Kopf des jungen Mannes lag zwischen den ausgestreckten Armen auf der Tischplatte. »Knut?« fragte der Vater ahnungsvoll und rüttelte an den schlaffen Schultern.

Knut war tot.

In der plötzlichen Stille am Tisch hörte man, wie der Fischer scharf die Luft einsog. »Hat jemand gesehen, wie er starb?« fragte er mit gepreßter Stimme.

Die Männer schüttelten ratlos die Köpfe.

Der Fischer starrte bleich und bekümmert auf Knuts grobgewebte Jacke, und allmählich zeichnete sich in seinem Gesicht wachsendes Entsetzen ab. »Es ist die Pest«, flüsterte er, »ich wußte es!«

Der alte Kaufmann folgte mit matten Augen dem Geschehen am Nachbartisch. Er war dem Friesen dankbar für die Hilfe und schrak zusammen, als dieser die Pest erwähnte. Er hörte auch die höhnischen Lacher im Hintergrund, die Ungläubigkeit bekunden sollten, jedoch von heimlicher Angst sprachen. »Gerhard, wir müssen hier weg, sofort«, flüsterte der Alte seinem Neffen ins Ohr. »Wenn die dem Fischer glauben, dann gnade uns Gott, dann richten sie ihre Wut auf uns.«

»Aber wir haben doch nichts damit zu tun«, antwortete Gerhard störrisch. Er würde es auskosten, hier sitzen zu bleiben, solange es ihm beliebte.

»Dummkopf! Unser Leben ist in Gefahr. Komm jetzt.« Der Kaufmann rang um Atem, während er sich ächzend hochstemmte.

Gerhard sah, daß die Lippen des alten Herrn bläulich anliefen, und er ärgerte sich, daß der Alte trotz der Schwäche, die ihn nach dem Gespräch mit den Ratsherren befallen hatte, immer noch seinen Willen durchsetzen mußte. Widerwillig folgte er ihm. Im Vorbeigehen warf er dem Wirt eine kleine Münze auf den Schanktisch; mehr war sein schlechtes Bier nicht wert.

Den leisen Luftzug, der entstand, als der alte Kaufmann aus Wismar behutsam die Tür aufdrückte, bemerkte keiner der Gäste, deren Erregung sich erneut dem Siedepunkt näherte.

»Die Pest gibt es doch schon lange nicht mehr! Seit Jahren ist keiner mehr daran gestorben.«

»Wahr, wahr«, rief ein Chor von Stimmen.

»Die Toten sehen auch anders aus. Die Pest kann man leicht erkennen. Den Friesen hier hat bestimmt der Schlag getroffen.«

Ein Dritter wußte dieses zu berichten, ein Vierter jenes, und bald darauf redeten alle durcheinander.

Dem Friesen liefen Tränen über die Wangen, während er stumm von seinem Sohn Abschied nahm. Erst als er seine

Fürbitten abgeschlossen hatte, brachte er das Geschwatze zum Schweigen. »Der Herr erbarme sich seiner. Er hat beschlossen, meinen Sohn als zweites Opfer der Pest an diesem Tag zu sich zu nehmen. Es ist die Pest, so wahr ich hier vor euch stehe.«

Mancher fragte sich, wer das erste Opfer gewesen war, und hatte im stillen das Empfinden, daß der Friese sich glaubwürdig anhörte. Doch das laute Gelächter des Claus Hinkefuß ließ sie ihre Meinung für sich behalten. Außerdem hatte es etwas für sich, was Hinkefuß sagte.

»Der alte Friese macht sich doch nur wichtig! Woher will er es denn so genau wissen? Sieht so ein Pesttoter aus? Nein! Jedermann weiß, daß ein Pesttoter Beulen hat. Und wie riecht ein Pesttoter? Er riecht überhaupt nicht, er stinkt! Dieser stinkt auch ...«

Die Männer, die ihm wie gebannt zuhörten, wichen zurück, bis Claus die Spannung mit einer Handbewegung beendete. »Aber nach Fisch!« rief er mit Häme. »Ja, Fischer war er; deshalb stinkt er wie ein toter Fisch. Und was hat er getan, als er noch lebte? Er schwatzte nach rechts und nach links. Wie jeder andere! Tut das ein Pestkranker? Nein! Er stöhnt, schwitzt, ist bleich oder wechselt die Farbe wie ein Krebs, der gekocht wird, und hat hohes Fieber. Das alles hatte dieser Fischer nicht. Nein, ich will euch sagen, was ihm fehlte!«

Während Hinkefuß eine seiner bewußten Pausen einlegte, damit die Zuhörer Zeit fanden, seine Rede zu überdenken und zu bewundern, wurde der Friese durch die nach vorn drängenden Männer geschubst und gestoßen und fand sich schließlich neben der Tür wieder. Wenn er es recht bedachte, so hatte Knut am Tisch viel weniger gesprochen als sonst, was ihm gar nicht ähnlich sah. Wahrscheinlich hatte die Pest ihn da bereits in ihren Klauen gehabt.

»Ich will euch sagen, was ihm fehlte«, wiederholte Claus Hinkefuß vernehmlich flüsternd. »Der alte Wismaraner hat ihn behext. Aus Rache, weil ihr ihn aus dem Krug werfen wolltet.«

»Nun verdrehe das nicht! Du wolltest ihn raushaben!«

»Sei nicht so spitzfindig!« herrschte der Schauermann ihn an. »Das ist doch ganz egal. Wo ist er überhaupt?«

Die Kaufleute saßen nicht mehr an ihrem Tisch.

»He, die haben sich aus dem Staub gemacht!« riefen mehrere zugleich, und Claus betrachtete sie wohlgefällig wie ein Lehrer seine guten Schüler.

»Denen wurde der Boden unter den Füßen heiß«, warf der Wirt ein, der sich immer noch mächtig über die dürftige Bezahlung ärgerte. »Aber ihr konntet ja nur schwatzen, statt etwas zu unternehmen.«

Hinkefuß bedachte ihn mit einer verächtlichen Geste. »Das ist der Beweis, daß sie schuldig sind! Sucht sie! Ihnen nach!« hetzte er die anderen auf. »Hexenzauber wollen wir in unserem Tondern nicht haben. Wir sind fromme Leute hier.«

Die Männer drängten aus der Tür auf die Straße.

Die Kaufleute waren nicht zu sehen, nur Einheimische, die man kannte. Fischer verkauften ihren Fang an Hausfrauen und Mägde, und am Hafenkran schleppten Männer Säcke und rollten Tonnen, die aus den Frachtkähnen gehievt wurden.

»Kommt mit, Hexen fangen«, brüllten die Wirtshausbesucher und rannten winkend und johlend am Hafenbecken entlang. Sie teilten sich in mehrere Gruppen, die die Stadt auf verschiedenen Wegen durchkämmen sollten. Von allen Seiten strömten ihnen Neugierige zu.

Der friesische Fischer spähte den Leuten aus der Tür nach, ohne sich zu zeigen. Erst als alle verschwunden waren und ihr Geschrei von den Nebenstraßen aufgesogen wurde, schlüpfte er aus dem *Löwen.* Er zwang sich, zu seinem Boot zu schlendern, wie jedermann, den ein Geschäft nach Tondern geführt hat und der nach einem wohlverdienten Bier zurück auf sein Schiff und nach Hause will.

Nur der glückliche Umstand, daß die beiden Kaufleute sich in den *Löwen* verirrt hatten, hatte die Leute davon abgehalten, ihn zu beschuldigen. Wenn die Kaufleute nicht gewesen wären... Er hätte nicht einmal nachweisen können, daß Knut sein Sohn war.

»Moin, moin«, grüßte er zu dem Mann hinüber, der am Ausleger des Krans hantierte. Dann machte er in dumpfer Trauer seinen Prahm klar. Den Rest auszuladen schaffte er nicht mehr. Er wollte nur noch fort aus Tondern. Er würde sich irgendwo außerhalb des Stadtgebietes im Uferschilf verbergen, bis diese Leute vom Scharfrichter und vom Stadtvogt unschädlich gemacht waren und er den Leichnam seines Sohnes in Würde holen konnte.

6. *Hafenratten*

Seitdem Ketel Redlefsen die *Hoffnung* mit den ersten Handelsgütern verlassen hatte, frischte der Starkwind zu einem stürmischen Südwester auf und drückte die Nordsee in die Wiedau. Der Schleusenmeister von Ruttebüll schloß die drei Tore; die Nordsee lief so hoch auf, daß er sie nicht einmal nach dem Kentern der Tide öffnen konnte.

Das Wasser der Wiedau, die in mehreren Armen um Tondern herumfloß, begann sich aufzustauen.

In allen Gräben, Kuhlen, Teichen und Flußbetten von Tondern stieg das Wasser. Bald lagen im Hafen die Bordkanten der Boote bündig mit dem Straßenniveau; der Mühlengraben wurde zum strömenden Mühlenfluß, die Müllerkuhle ein großer See, in dem die Mühle schwamm, abgeschnitten vom festen Land.

Auch die Sommerdeiche der Wasserläufe wurden überschwemmt, nicht wie sonst, daß höchstens einmal einzelne Wellen hinüberkrochen, deren Wasser dann jenseits des Dammes versickerte, sondern das Wasser floß in der ganzen Länge des Deiches an der Stadt entlang über die Deichkrone. Vor dem Südertor lag noch ein kurzes Stück des Steindamms trocken, doch es war abzusehen, daß das Wasser bald unter den Toren durchlaufen und wie immer als erstes den Armenblock in der Süderstraße unter Wasser setzen würde.

Die erbgesessenen *Bürger* von Tondern wurden vom steigenden Wasser nie nennenswert belästigt. Wasser in den Straßen der Stadt kam immer einmal wieder vor; meistens erreichte es ihre Giebelhäuser in den Straßen um Marktplatz, Kirche und Lateinschule gar nicht. Die gemeinen Bürger in den tiefergelegenen Buden klagten darüber gelegentlich, jedoch ohne Erfolg beim Stadtrat; und die *Einwohner* ohne Stadtrecht in den dicht am Wasser gelegenen Hütten zählten ohnehin nicht.

Die Ratten aber waren aufgeregt. In den letzten Stunden vor Ausbruch des Sturms hatte sich nicht nur die Bevölkerung der hafennahen Häuser um die Rattenfamilien vermehrt, die sonst an den Kaimauern und im schilfbestandenen, sumpfigen Gelände auf der anderen Hafenseite wohnten; sie waren zusammengerückt. Es mußte sein; sie waren eine soziale Gemeinschaft.

Die jungen Ratten, die sich nicht mehr bei ihren Müttern aufhielten, aber noch ohne die Würde von Erwachsenen waren, rannten zwischen den Familien umher, beschnüffelten einander, kämpften hier und da probeweise mit Altersgenossen und fanden die neuen Verhältnisse phantastisch aufregend.

Inmitten dieser Unruhe kletterte eine kleine schwarze Ratte aus einem Boot, das erst vor kurzem angelegt hatte. Bei dem hohen Wasserstand war es nicht schwierig, an Land zu kommen, obwohl sie sich nicht wohl fühlte. Während der Überfahrt auf See war sie noch munter gewesen; sie hatte sich versteckt, als die Männer sich darangemacht hatten, unten im Schiff zu räumen und zu entladen.

Die Ratte roch das Land. Mit gesträubtem Fell und trüben Augen hangelte sie sich von Bord, auch ohne ihren Schwanz zu Hilfe zu nehmen, der so seltsam schwer geworden war.

Sie taumelte vorwärts, weg vom Wasser, und erreichte schließlich den schmalen, schmutzigen Gang zwischen dem *Löwen* und seinem Nachbarhaus. Das leise Fiepen kam von Artgenossen, und die Ratte hatte nur noch den Wunsch, sich in einem warmen Knäuel einer freundlichen Rattenfamilie zusammenzurollen und auszuruhen.

Die unbeholfenen Schritte der schwarzen Füße und das Schleifen des nackten Schwanzes auf dem Erdboden ließ die grauen Ratten in der *Schlippe* neben dem *Löwen* aufmerksam werden. Viele dunkle Augen beobachteten den Fremdling, der aus den verschleierten Augen nichts sehen konnte und dessen Geruchssinn von immer mehr Schleim in den Nasengängen beeinträchtigt wurde.

Die Ratte, die schon einen weiten Weg aus südlichen Ländern zurückgelegt hatte, ohne daß sie zu Schaden gekommen war, merkte nicht, daß diese Verwandten nervös und gereizt waren.

Die zunächst kauernden Grauen witterten in die Luft. Hier war nicht nur der Duft der schwarzen Ratte zu spüren, sondern noch etwas anderes. Aber was? Es war unbekannt, fremd und roch gefährlich. Es versetzte sie in Angst und Zorn.

Ein großer grauer Familienvater schätzte die Entfernung ab und sprang. Der mickrige schwarze Artgenosse wehrte sich nicht, als er ihm die Nackenwirbelsäule durchbiß. Er war sofort tot.

Danach zog der Graue sich in den Kreis seiner Familie zurück, weiterhin mißtrauisch und aufmerksam witternd, denn das, was seine Angst ausgelöst hatte, war nicht verschwunden. Im Gegenteil, es schien stärker geworden zu sein.

Allmählich übertrug sich die Unruhe des Grauen auch auf seine Familie. Die Köpfe der Ratten am *Löwen* gingen aufgeregt hin und her, die rosa Nasenflügel pulsierten, und die Barthaare hörten nicht zu vibrieren auf. Sogar die Jungtiere des jüngsten Wurfs im Jahr, die noch gesäugt wurden, spürten die Anspannung.

Während die Weibchen sich ängstlich zusammenkauerten, versuchten die älteren Jungtiere, auf eine andere Weise mit der ungewohnten Situation fertig zu werden: Sie verließen ihre Familien und huschten auf verborgenen Wegen in die Umgebung.

Die vor dem Tor ausgesetzten Bettler drängten sich auf dem immer kleineren trockenen Bereich des Steindeichs zusammen.

Sie schrien den Stadtknechten wüste Beschimpfungen zu, als diese die Zugbrücke hochkurbelten und die Stadttore schlossen.

Dann waren sie mit sich, dem pfeifenden Wind und dem steigenden Wasser allein.

7. Stadtbettler

Meister Walther hatte seinen Karren zu seiner Kate vor dem Ostertor zurückgebracht und war zum Scharfrichter hinübergeschlendert. Meister Payes *Bodelie* war eingezäunt, weil er als unehrlich galt. Er hatte deswegen im Ratskeller und in der Kirche einen gesonderten Platz; trotzdem war sein Haus für gewöhnlich gut besucht, weil er das Recht auf einen kleinen Ausschank besaß.

Walther hatte Glück. An diesem Tag war die Büttelei leer wie eine Hühnerschale, abgesehen von Paye, der am Herd stand und in einem Topf rührte.

»Ich kann jetzt nicht. Schenke dir selber ein«, sagte Paye. »Diese Salbe ist empfindlich. Gottlob hatte der Mann viel Fett um die Nieren, eine Seltenheit heutzutage.«

Meister Walther holte sich den braunen Krug mit dem Bartmännchen über dem Henkel an den wackeligen Tisch und ein Gläschen dazu, dann goß er sich reichlich ein und trank. »Scharf, das Zeug«, sagte er und stieß einen Rülpser des Wohlbehagens aus. »Ich will hoffen, daß in deinem Branntwein keine am Leib Gestraften enthalten sind.«

»Ach, was. Alles klar wie Wasser. Sogar das Wasser stammt aus Aventoft und nicht aus dem Galgenstrom.« Der Scharfrichter streute eine Prise in den Topf, rührte wieder und beendete sein mächtiges Gelächter, als er die Nase in den Topf senkte, um zu schnuppern. Nach genau bemessener Zeit hob er den Tiegel mit Schwung vom Feuer und goß den Inhalt in ein kupfernes Gefäß, das er zum Abkühlen auf die Fensterbank stellte.

»Wofür ist das?« fragte Walther.

»Für Gelenke, die von Gicht befallen sind. Nichts heilt besser als das Fett eines Gehenkten«, antwortete Paye zufrieden. Er kam mit einem leeren Glas an den Tisch, um sich gegenüber dem Armenvogt hinzusetzen.

»Hoffentlich bekomme ich nie Gicht«, sagte Meister Walther düster. »Ich mag keine Diebe, und den Tycho Popsen konnte ich schon gar nicht leiden. Mir hat er die Peitsche gestohlen, und der Rat verweigerte mir eine zweite in dem Jahr. Ich mußte sie selber bezahlen.«

Paye brach in schallendes Gelächter aus. »Mir hat er eine Salbe gestohlen. Gegen Gicht. Jetzt steckt er selber darin.«

Walther sah ihn verblüfft an, bis er begriff. Dann trommelte er vor Begeisterung mit den Fäusten auf den Tisch und wand sich vor Lachen.

»Ruhe!« verlangte eine Stimme hinter der Bretterwand kläglich. »Habt ihr gar keine Ehrfurcht vor dem Tod?«

»Aber sein Fett war ausgezeichnet, gelblich und geschmeidig wie Butter«, erläuterte der Scharfrichter, ohne sich um das Geschrei aus der Gefangenenzelle zu kümmern, und schenkte sich gemächlich ein. Als der letzte Tropfen gefallen war, sah er alarmiert auf. »Wolltest du sonst noch etwas? Ich habe heute keine Zeit, ich muß dem Bürgermeister ein Pflaster für sein Geschwür bringen und dann das Rad für den nächsten freimachen.« Seine Kopfbewegung deutete dahin, wo das Geschrei hergekommen war. »Pünktlich nach dem Ausläuten des Michaelismarktes ist er dran.«

»Ich komme schon allein zurecht. Ich habe gerade eine Fuhre Bettler hinausgeschafft, und nun ist erst einmal Ruhe.« Meister Walther erhob sich und klopfte mit den Fingerknöcheln auf den Tisch. »Bis später.«

Er ging grußlos am unansehnlichen Weib des Büttels vorbei, das im Garten Kohl erntete. Er selber hatte kein Eheweib, das wäre ihm nicht eingefallen. Die Frau, die ihm den Haushalt führte, durfte sich hin und wieder in seinem Bett aufwärmen, das war Lohn genug.

Mürrisch versuchte er die Tür seiner Kate zu öffnen. Bei diesem Wetter war natürlich das Holz gequollen. Er stierte auf die faulenden unteren Enden der Bohlen und gab der Tür zur Strafe einen Tritt. Als sie aufflog, schob sie einen kleinen Wall von Lehm vor sich her.

Walther haßte sein Amt und die Ratsherren noch mehr.

Er war als junger Mann nach Tondern gekommen, um ein Handwerk zu lernen; König Christian IV. hatte die Zunftbeliebungen aufgehoben, und der Weg ins Handwerk schien für alle offen. Dann war er jedoch belehrt worden, daß kein Meister ihn als Lehrling aufnehmen wollte, weil er seine eheliche Geburt nicht nachweisen konnte. So hatte Walther, nur um in der Stadt leben zu dürfen, zugegriffen, als man ihm das Amt des Armenvogts anbot. Spät hatte er begriffen, daß er nie mehr aus dieser Fron herauskommen würde.

Lustlos warf er sich auf seine Pritsche, um einige Zeit zu dösen. Besseres als Schlaf und Branntwein hielt das Leben nicht für ihn bereit.

Zwei Stunden später stapfte Meister Walther den aufgeweichten Weg zur Straße entlang. Er räusperte sich und hustete, wie immer nach dem Aufstehen. Dann spuckte er ausgiebig über den Zaun in Payes Gemüsegärtchen und traf zielgenau einen Kohlkopf.

Ein dürftig bekleideter Mann mit verhärmtem Gesicht schlurfte ihm entgegen und blieb mit gesenktem Kopf vor ihm stehen. »Was willst du?« fuhr er ihn an. »Du weißt genau, daß heute Markt ist und ich von Amts wegen dort sein muß.«

»Ich wollte Euch nochmals bitten, mir eine Bettelmarke zu gestatten, Euer Gnaden«, bat der Mann demütig. »Ich habe Hunger.«

»Euer Gnaden! Was soll das heißen?« Aber die respektvolle Anrede gefiel dem Armenvogt trotz seiner üblen Laune nicht schlecht. Er verzichtete darauf, sich des Mannes mit einem Fußtritt zu entledigen und würdigte ihn immerhin einer Antwort. »Du willst dich wohl vor dem Arbeiten drücken? Du siehst doch ganz gesund aus. Du bekommst keine Marke!« Er schob den Mann so nachdrücklich aus dem Weg, daß dieser über seine eigenen Beine stolperte und fiel.

»Ich bin zu schwach«, jammerte er. »Ich war lange krank, und jetzt nimmt mich niemand, auch nicht zu Hilfeleistungen.«

»Na, du wirst ja auch wieder kräftiger!«

»Aber wie denn, wenn ich nichts zu essen habe?« Der verzweifelte Mann rappelte sich mühsam hoch. Seine Ärmel entblößten Muskeln und Sehnen, die dürr wie Efeuwurzeln unter der Haut hervorstachen.

»Also gut«, sagte der Armenvogt gelangweilt und grinste boshaft, während er einer plötzlichen Laune nachgab. »Geh zum Hospital und sage, ich schicke dich. Die sollen dir weiterhelfen.« Um das Gespräch nachdrücklich zu beenden, schlug er mit der Peitsche gegen die Beine des Bittstellers, der sich laut klagend davonmachte.

»Danke, Euer Gnaden«, rief er abwechselnd mit den Schreien, die trotz allem ein wenig Hoffnung enthielten.

Walthers Laune hob sich, als er sich den Tobsuchtsanfall ausmalte, den die Hospitalmutter bekommen würde. An den Kragen gehen konnte sie ihm nicht, denn sie war genau so abhängig von den Stadtvätern wie er selbst. Pfeifend wanderte er am Graben entlang zum Ostertor. Seine Aufgabe war, die Bürger vor Bettlern zu schützen. Aber mehr Spaß brachte es, sie alle gegeneinander aufzustacheln.

Die Osterstraße war keine Marktstraße, aber trotzdem belebt, weil über diese Straße die ersten Bauern bereits die Stadt verließen. Der Armenvogt brachte sich vor ihren kleinen trabenden Pferden hinter Brunnen oder Kellerhälsen in Sicherheit; sie hatten keinen Respekt vor ihm, weil sie Standrecht und städtische Genehmigung besaßen.

Endlich erreichte er den Marktplatz, auf dem schon Hochbetrieb herrschte. Meister Walther knallte mit der Peitsche und begab sich widerwillig in das Gedränge, an dem er im Unterschied zu den Käuferinnen keine Freude hatte, denn wo es am dichtesten war und am heißesten herging, waren auch die meisten Bettler und Krüppel. Immer in Scharen anwesend, wenn er noch nicht da war, hackten sie mit ihren schmutzigen Klauen nach den Gewändern der Bürger und wetzten ihre Schnäbel an deren Mägden.

Während Walther dorthin drängte, wo er die Bettler heute vermutete, bedachte er die einkaufenden Bürgerinnen mit einer höflichen Verneigung, die fast nie erwidert wurde und darum auch nur knapp ausfiel.

Ein gellender Pfiff übertönte den Lärm der Ausrufer und das Feilschen der Käufer, die Geräusche der rollenden Karren und das Blöken des Viehs. Walther lief vor Wut rot an. Schon wieder dieser Laurens, dachte er. Der hatte ihm gerade noch gefehlt.

Laurens, Anführer von Bettlern, Lumpen und zwielichtigen Gestalten. Immer, wenn er in Tondern auftauchte, gab es für Büttel und Armenvogt besonders viel Arbeit. Ein Tonderaner war der Mann nicht und hatte keine Ansprüche auf Armenhilfe. Regelmäßig beförderte Walther ihn an die Stadtgrenze, worauf er für einige Wochen verschwand, um bald wieder aufzutauchen, immer an den großen Markttagen zu Pfingsten, zu Bartholomäus und zu Michaelis und häufig genug zwischendurch.

Laurens mußte mit dem Teufel im Bunde sein. Oder mit einem Ratsherrn. Oder mit einem Herrn, der noch weiter oben saß; da konnte es einem Armenvogt schon mal schwindeln. Sooft Walther ihn beim Rat als Rädelsführer bei Aufruhr und unter ähnlichen Anklagen abgeliefert hatte, war er wieder freigekommen.

Der Vogt ließ seine Peitschenschnur energisch wirbeln, bis er vor diesem impertinenten Mann stand, dem der eine Arm fehlte.

Laurens, umgeben von einer prächtigen Schar zerlumpter

Leute, thronte erhöht auf dem steinernen Rand eines Brunnens, dort, wo die Große Straße auf den Markt mündete.

Walther mußte zu ihm aufsehen. Er spürte sofort, wie erniedrigend die Lage für ihn war und wurde noch gereizter. Seine Peitsche strich haarscharf an Laurens' Beinen vorbei. Ihn zu treffen, hätte er nicht gewagt. Denn Laurens war ein stattlicher Mann in mittlerem Alter, der wie ein Seemann in weite Pluderhosen und eine Jacke gekleidet war. Obwohl der Vollbart in Tondern ein Privileg war, das den Ratsmitgliedern vorbehalten war, zwang ihn niemand, ihn abzulegen. Außerdem erzählte man sich, daß der Bettler nicht nur Plattdeutsch, Hochdeutsch, Friesisch und Dänisch, sondern auch Englisch sprach.

Laurens sah der Peitschenschnur vor seinen Beinen nach und schüttelte mit strenger Miene den Kopf. »Vogt, wie kommt es, daß du jetzt erst erscheinst? Der Markt ist schon lange offen. Nennst du das eine ordnungsgemäße Erfüllung deiner Pflichten?«

Die Lumpengestalten, die Laurens umgaben, kicherten verhalten.

Der Vogt beachtete sie nicht. Seine buschigen Augenbrauen, die tief über die Augen herabhingen, zogen sich drohend zusammen. Mit Wut und Amtsgewalt allein war diesem Bettler nicht beizukommen. »Seit dem Morgengrauen tue ich nichts anderes. Aber was dich betrifft, du bist ja schnell wieder zurückgekehrt, nachdem ich dich erst in der vorigen Woche aus der Stadt hinausgeworfen habe.«

»Auch mich rufen meine Pflichten, Vogt«, erwiderte Laurens gelassen. Erneutes Gelächter ging durch seinen Stab.

Der Armenvogt faßte die Leute ins Auge. Kein einziger war ein zugelassener Stadtbettler mit Bettlermarke. Er kannte die Männer überhaupt nicht. Für Bettler waren sie zu jung und zu kräftig, und solange sie nicht bettelten, hatte er keine Verfügungsgewalt über sie. Für solche Leute war der Büttel zuständig, aber der säuberte jetzt das Rad. Walther bedauerte schon jetzt, daß er sich hatte herlocken lassen.

Aber es war zu spät für einen Rückzieher. »Wie wäre es, wenn deine Pflichten dich nunmehr vom Rathausplatz in die weniger vornehmen Gegenden rufen würden?« fragte er mit plumpem Spott.

»Oh, das wäre sehr schlecht. Ich kann doch meinen Arbeitsplatz nicht verlassen«, meinte Laurens freundlich.

»Selbst wenn ich sehen könnte, womit du dich beschäftigst, du hast hier keine Arbeitserlaubnis, auch nicht vorübergehend, auch am Markttag nicht. Also mach, daß du von deinem Hochsitz herunterkommst, bevor ich dir einen anderen vor dem Osttor zuweisen lasse.« Der Vogt hielt mit Mühe seinen Zorn zurück.

»Doch nicht etwa den Galgen, Vogt? Ohne Anklage? Du wirst doch nicht behaupten wollen, daß der Stadtrat von Tondern zum Gesetzesbruch bereit wäre. Na, na. Schämst du dich nicht?« Laurens betrachtete den Armenvogt mit vorwurfsvoller Miene.

Der Armenvogt machte ein Gesicht, als hätte er in einen sauren Apfel gebissen.

»Wir wollen nicht mehr darauf zurückkommen«, versprach der einarmige Bettler wohlwollend und dachte grübelnd nach. »Kannst du lesen?« fragte er schließlich.

»Ein wenig«, antwortete der Vogt zögerlich.

»Gut«, lobte Laurens und zog ein Papier aus einer Innentasche. Er faltete es mit einer Hand auf den Knien auseinander und winkte den Vogt zu sich heran.

Der Armenvogt drehte seinen Kopf und blickte auf das Schreiben, das wie ein Dokument aussah und eine lange Liste von Worten enthielt.

»Es handelt sich um den *Kleinen Zoll.* Unser Herzog ist nicht zufrieden mit den Einnahmen. Die Leute schummeln sich an der Schloßpforte vorbei. Ich bin von ihm beauftragt, die Wagen zu zählen, die zum und vom Markt passieren. Hier ist meine

Genehmigung und eine genaue Aufstellung, was gezählt werden soll«, setzte Laurens als Erklärung hinzu. »Ich erlaube dir, beides zu lesen, aber du mußt den Mund halten.«

Der Vogt nahm das Papier vorsichtig entgegen. Seine Augen fuhren die Reihen entlang bis zur letzten. »So ist das also«, murmelte er. »Aber die anderen Lumpen hier müssen gewiß nicht zählen, also macht, daß ihr fortkommt. Sonst kümmere ich mich ganz besonders um euch.«

Ein anderer junger Vagabund sagte grinsend: »Für mich gilt ebenso, was auf dem Papier steht.«

»Genau«, sagte Laurens und nickte den übrigen zu. Ohne ein Wort zu verlieren, trollten sich die Männer.

Der Armenvogt traute Laurens zwar nicht über den Weg und witterte eine Schurkerei, obwohl er wußte, daß die Klagen über den entgangenen Kleinen Zoll vom herzoglichen Sekretär notorisch erhoben wurden. Aber er sah keinen Sinn darin, sich selbst Schwierigkeiten beim Rat zu machen. Mit einer Kaskade von Peitschenknallen zog er ab.

Der junge Mann, der bei Laurens geblieben war, fragte ihn neugierig: »Was steht denn auf dem Papier?«

Laurens grinste von einem Ohr zum anderen und drehte es herum.

»Schiffsliste«, buchstabierte der Jüngling. »Fünf Mühlsteine, dreißig Tonnen holländischer Hering ... Eine Ladeliste! Woher wußtest du ...?«

»Ich wußte es nicht. Aber wenn ein Landesherr sich nicht ausbedingt, daß sein Amtmann lesen kann, kann es der Armenvogt von Tondern erst recht nicht. Außerdem kommt der vom Dorf, wie man hört. Da konnte ich das leicht riskieren.«

»Du hast wohl keine gute Meinung vom Amtmann, obwohl du ...«

»Halt den Mund«, fauchte Laurens. »Nicht hier, wo uns jeder hören kann. Wir müssen uns übrigens dringend an die Arbeit machen. Wissen die anderen, wo der Treffpunkt ist?«

»Ja, es ist alles abgesprochen.« Der Jüngling tippte mit dem Finger an die Stirn und wanderte lässig auf der Osterstraße davon. Laurens schlenderte in die entgegengesetzte Richtung.

Unterdessen trieb der Armenvogt wirkliche Arme auf. Sie hatten tatsächlich die Stirn, auf den Stufen vor des Bürgermeisters Haus in der Großen Straße zu sitzen und an den Kleidern von Passanten zu zerren, die nicht mehr ausweichen konnten. Die Bürger wischten die Arme der schmutzigen und kranken Gestalten mit angeekelten Gesichtern beiseite.

Der Rat hatte versucht, Ordnung in die Bettelei zu bringen, indem er eine wöchentliche Bettelprozession organisierte, an der die lizenzierten Bettler der Stadt teilnehmen durften. Aber trotzdem stellte das Gesindel den Passanten seine Gebrechen zur Schau, um Geld zu erpressen.

»Macht, daß ihr hier wegkommt!« rief der Armenvogt. Seine Peitsche fuhr zischend auf den Rücken einer Frau.

»Habt Erbarmen, Meister Walther«, jammerte sie, »Ihr wißt, wie wenig die Bürger geben! Laßt es uns doch wenigstens am Markttag bei Bauern und Händlern versuchen!«

»Und ihr wißt, was der Rat euch befohlen hat und werdet euch daran halten! Wenn nicht, werdet ihr ausgewiesen«, sagte der Vogt barsch.

Die Leute sahen ein, daß sie ihn heute nicht milder stimmen konnten, und zogen langsam in Richtung auf den Marktplatz ab.

»Laßt euch nicht einfallen, dort stehenzubleiben!« rief Meister Walther ihnen nach. »Ich überprüfe später das ganze Nordostquartier!« Er selbst ging zuerst die Westerstraße weiter in Richtung auf die Westerbrücke. Zu seinem wachsenden Ärger tauchten überall auswärtige Bettler auf, als hätte er nicht gerade eine Fuhre hinausgebracht. Sie strömten tatsächlich schneller zum Wester- und Ostertor herein, als er sie am Südertor hinausbefördern konnte.

Als er gerade an der Mündung der Kuhstraße vorbei war, hörte er das unbestimmte Geräusch, das größere Menschenmengen von sich geben. Es kam aus der Hafengegend.

Meister Walther wandte sich dorthin. Menschenmassen fielen in sein Aufgabengebiet. Außerdem war er neugierig. Die Leute näherten sich. Schon hörte Walther das Scharren und Trampeln von Füßen und Rufe.

»Hexen! Sucht sie, Leute!«

Die Kuhstraße, die den Hafen mit der Westerstraße verband, war an diesem Tag außerordentlich belebt. Wie der Armenvogt schauten alle zufälligen Passanten zu der breiten Front von Männern, die ihnen entgegenkam.

Walther konnte schon von Amts wegen riechen, wer Bürger, wer Einwohner und wer Fremder war. Diese nicht genehmigte Versammlung bestand hauptsächlich aus Leuten aus dem Freigrund und dem Schloßbereich, die ihm nicht unterstanden, weil sie zum Amt und nicht zur Stadt gehörten.

Er ließ sie an sich vorüberziehen.

Als er einige fremde Bettler und Dirnen entdeckte, schloß er sich der Menge an, vorbeugend gewissermaßen. Der Zug sog noch in der Kuhstraße einige bessergestellte Städter auf und bog dann in die Westerstraße ein.

Inzwischen hatte Walther erkannt, daß auch einige Betrunkene mit marschierten, und er hatte Männer gesichtet, die vor kurzem noch in Laurens' Trupp gewesen waren. Während sie in breiter Front durch die Westerstraße zogen, wurde die Angelegenheit Meister Walther immer rätselhafter. Offensichtlich suchte man nach einer Hexe, aber wen er auch in seiner Nachbarschaft fragte, zuckte mit den Schultern und wußte genausowenig wie der Armenvogt.

»Glaub mir, der Rat hat schon lange verdient, daß man ihm die Meinung sagt«, knurrte ein hagerer Bursche und schwenkte demonstrativ seinen Spieß.

Der war auf den Straßen der Stadt verboten, doch Walther

übersah ihn geflissentlich – zu seiner eigenen Sicherheit. Überhaupt wurden hier am Ende des Zuges einige drohende Worte laut.

Ohne daß der Armenvogt es wissen konnte, waren durch die Spiekerstraße und die Wulfstraße ebenfalls Menschen unterwegs. Und da der Viehverkauf allmählich zu Ende ging, kamen auch die Bauern aus der Süderstraße zum Marktplatz. Allmählich füllte sich der Platz vor dem Rathaus; Stände und Wagen wurden beiseite geschoben. Der Markttag war unversehens zur Kundgebung geworden.

8. Die Lumpenprozession

»Sagtest du nicht, Inken sei hier?« fragte der Kaufmann, als seine Frau mit einem Arm voller frischer Wäsche an ihm vorbeiging. »Und Schwager Tade nicht zu vergessen. Ich habe beide noch nicht gesehen.«

Frau Margaretha blieb am Treppenabsatz stehen und nickte. »Du weißt ja, wie Inken ist«, sagte sie weich. »Sie wollte sofort zu dir. Sie muß es vergessen oder einen so großen Umweg gemacht haben, daß sie noch nicht angekommen ist. Und Tade mußte unverzüglich zu Arne.«

»Seit ich ihn kenne, machen die Ochsen ihm Feuer unter dem Hintern«, brummte der Kaufmann. »Ein bemerkenswert unruhiges Gewerbe, die Ochsenzucht. Gottlob macht Tade nicht selber schon *muh,* aber bestimmt fehlt nicht mehr viel.« Er verschwand in seinem Geschäftsraum, der zur Straße gelegen war, und Margaretha konnte einen Blick auf den älteren seiner Lehrlinge erhaschen, der an einem Pult stand und schrieb.

Lächelnd stieg Margaretha die gewundene hölzerne Treppe hinauf, wo sich außer dem Lagerraum für Spezereien und den Schlafkammern der Mägde auch zwei Gästezimmer befanden. Sie machte sich daran, die Räume herzurichten, zu lüften, um den Geruch nach fremden Gewürzen und Tabak zu vertreiben, die Betten zu beziehen und die Kerzen zu schneuzen.

Sämtliche Mägde waren auf dem Markt; sie wollten so leidenschaftlich gern dorthin, daß Margaretha jeder eine Aufgabe zugeteilt und sie losgeschickt hatte. Unter Schwatzen und Lachen waren sie aus dem Haus gestürmt. Für Margaretha selbst war dies eine geruhsame Abwechslung in ihrer gewohnten Tätigkeit. Immerhin war tagtäglich ein großer Kaufmannshaushalt zu organisieren und die Einnahmen und Ausgaben mit penibler Buchführung zu überwachen.

Hinter Margaretha polterte es. Sie erschrak und drehte sich um.

Inken nahm zwei Stufen auf einmal und stürmte mit roten Wangen in das Zimmerchen, in dem sie zu schlafen pflegte. »Tante Margaretha, der Onkel hat mir gerade eine Flasche und ein Schälchen aus Eisglas gezeigt, die er aus Venedig gekauft hat! Die Glashütten hüten das Geheimnis der Herstellung, und wenn einer von den Glasbläsern es geschafft hat, in eine andere Stadt zu gelangen, wird er von gedungenen Mördern umgebracht, damit er die Kunst des Glasblasens nicht ausplaudern kann. Stellt Euch das nur vor!«

»Ja, die Welt ist voll von merkwürdigen Dingen, Inken. Hat der Onkel dir auch den wundervollen Humpen aus Glas gezeigt? Den mit dem Hochzeiterpaar und der Kutsche mit sechs Pferden davor?«

»Wer mich austrinkt zu jeder Zeit, dem gesegnet's die heilige Dreifaltigkeit«, zitierte Inken die fremdklingende Inschrift auf dem Pokal und rümpfte die Nase.

Frau Margaretha stemmte die Hände in die Hüften. »Ich weiß schon«, sagte sie vergnügt, »wenn man in deiner Gegenwart das Heiraten anspricht...«

Inken blickte sie zärtlich an. Sie liebte ihre Tante innig. Margaretha ließ ihr viel mehr Freiheit als die strenge Mutter. Sie war eine wirklich vornehme Bürgerin von Tondern, und es war fast nicht zu glauben, daß sie, Inken, als Bauerstochter mit einer solchen Frau verwandt war. Sie streckte der Tante die Hände entgegen und betrachtete forschend ihren Haarschmuck. Er bestand aus einer Haube aus Samt über einem weißen Kopftuch, dazu trug sie eine gebleichte Halskrause. Sie war nicht mit Amidam blau gefärbt, wie es bei den jüngeren Bürgerinnen jetzt Mode war. Inken seufzte leise. Ihre Tante war bei aller sonstigen Fortschrittlichkeit entmutigend altmodisch.

Frau Margaretha zog Inken an das Bett und setzte sich. »Nun sag schon, Tochter meines unruhigen kleinen Bruders. Du bist sicher nicht zu mir gekommen, um von Flaschen aus Venedig zu erzählen.«

Inken kaute auf ihrer Lippe und brauchte eine Weile, bis sie sich ein Herz faßte. »Würdet Ihr mir erlauben, die Haare während meines Besuches in Tondern offen zu tragen, Tante?«

»Oh, Inken!« Frau Margaretha musterte ihre Nichte bekümmert. »Was würde dein Vater dazu sagen?«

Inken sah sie listig an. »Wenn Ihr es ihm schmackhaft macht ...«

»Aber Inken!« Jetzt war Margaretha wirklich entrüstet. »Du könntest mich um alles Mögliche bitten, aber darum nicht. Es ist eine ... wie soll ich sagen ... eine Modetorheit, die sicherlich bald vom Rat verboten wird. Ich werde sie deinem Vater ganz bestimmt nicht schmackhaft machen.«

»Aber ich habe junge Mädchen gesehen, die so frisiert waren«, wandte Inken hartnäckig ein. »Bitte, Tante.«

»Ja, ich weiß, sogar die Töchter aus den alten großen Familien legen heutzutage Haube und Kopftuch ab, drehen sich möglicherweise sogar noch goldene Schnüre ins Haar. Nein, das schlage dir aus dem Kopf, Inken.«

Inken nickte verstimmt; eigentlich hatte sie es nicht anders erwartet.

Margaretha fuhr versöhnlich fort: »Sieh mal, Inken, zumindest passen die offen getragenen Haare zu den gebauschten Kleidern der jungen Mädchen, genauso wie deine Zöpfe zur Tracht deines Dorfes gehören. Aber du wolltest doch nicht etwa buntgescheckt gehen ... Das wäre wie ein Pferd, das vorne seine eigene Mähne hat und hinten den Quast einer Kuh.«

Inken lächelte trübe. »Als Kuh unter lauter Pferden falle ich auch auf.«

»Ja, gewiß, aber damit wirst du leben müssen. Weißt du was, Inken, wir suchen dir aus dem Lager des Onkels eine geblümte

Samtbordüre aus. Oder möchtest du lieber einen Streifen Seidenatlas, Seidendamast, Florettseide oder spanischen Taft? Was meinst du?«

»Am liebsten alles«, sagte Inken bescheiden und strahlte ihre Tante an. »Aber erst nachher.« Kurze Zeit später sprang sie singend die Treppe nach unten.

Frau Margaretha schüttelte amüsiert den Kopf und machte sich wieder an die Arbeit. Es war nicht verwunderlich, daß ihre Schwägerin Kaike mit dem jungen Mädchen nicht zurechtkam. Ihrer Art nach gehörte sie in die Stadt; als Kuh unter Schafen und Gänsen zu leben, war auch nicht angenehm.

Das Anwesen des Onkels bestand zur Hauptstraße hin zwar nur aus einem schmalen Haus, dahinter aber reihten sich auf dem langgestreckten Stavengrundstück bis zur nächsten Parallelstraße mehrere Lagergebäude, die Ställe und die Wagenhalle. Meistens war es ein Kommen und Gehen im Wirtschaftshof; Wagen mit Ware kamen durch das große Tor, wurden entladen und fuhren wieder. An diesem Markttag war er merklich ruhiger.

Inken bummelte von einer offenen Tür zur anderen und schaute sich um. Im Pferdestall war ein Knecht beim Ausmisten. Er bemerkte sie nicht, aber die Pferde drehten die Köpfe zu ihr herum. »Moin, Per«, rief Inken fröhlich.

»Moin«, sagte er knurrig, und seine Gabel fuhrwerkte schneller als zuvor zwischen Stroh und Pferdeäpfeln, doch er hob den Kopf nicht.

Sicher hat er schlechte Laune, weil er nicht auf den Markt darf, dachte Inken mitleidig und machte sich davon. Als sie kurz darauf im Wagenunterstand neben dem Tor die kleine Kutsche der Tante bewunderte, hörte sie draußen auf der Straße Lärm, der so ungewöhnlich war, daß er ihre Neugier anfachte. Sie öffnete die Pforte im Tor und spähte hinaus.

Einige zerlumpte Jungen rannten johlend vorüber, schwenkten ihre Stöcke und schrien etwas, das Inken nicht verstand.

Und dann kamen schon Leute, die einander untergehakt hatten und aus voller Kehle sangen.

Ein Umzug, dachte Inken verdutzt. Ihre Tante hatte ihr nichts von einem Fest in Tondern erzählt. Vielleicht war sie auch einfach nur zu schnell weggelaufen, um alle Neuigkeiten zu erfahren.

Sie zog die Tür hinter sich zu und lehnte sich dagegen, während sie an der langen Reihe entlangsah. Hinter den Männern kamen Frauen und Kinder, und die schienen ihren Spaß zu haben. Eine feiste Frau sang so inbrünstig und marschierte armeschwenkend und mit geschlossenen Augen, daß Inken Angst bekam, sie würde Hindernisse am Straßenrand übersehen und sie niederwalzen.

Zum Beispiel unbeteiligte Zuschauerinnen.

Inken drückte sich so fest in die Türnische, daß sich die Türklinke in ihre Rippen bohrte. Die Frau beendete plötzlich ihren Gesang, blieb stehen und holte dampfend und schnaufend Luft. Ihr Doppelkinn legte sich auf die wogende Brust, während sie Inken mit offenem Mund anstaunte.

»Da hast du ja Glück, Täubchen vom Land, daß es heute in Tondern was zu erleben gibt«, krächzte sie und hakte sich mit Schwung bei Inken ein. »Was stehst du hier herum, statt mitzumachen?«

Während Inken sich mitgezogen fühlte, suchte sie nach einer höflichen Ausrede. Sie hätte es vorgezogen, selbst zu wählen, ob sie sich dem Zug anschließen wollte oder nicht. Inken befand sich schon eine Weile inmitten der Menge, als das Lied zu Ende gesungen war. Da erst bemerkte sie, daß auch ganz andere Töne laut wurden.

Zuerst waren es nur wenige Stimmen, die »Hexe, Hexe« riefen; dann aber fielen immer mehr ein. Inken sah sich vorsichtig nach ihnen um, und nun erst erkannte sie, daß zerlumpte Gestalten mitliefen, die wohl kaum zu einem städtischen Festzug der Bürger gehören konnten.

Verstohlen versuchte sie sich aus der innigen Umarmung der Matrone zu befreien, aber diese lehnte sich an sie, klemmte ihren Arm wie ein Schraubstock ein und sang aus voller Kehle ein Lied ganz allein. Hinter ihnen kicherten die Leute.

»Frau Nachbarin, ich muß jetzt nach Hause«, rief Inken der Dicken ins Ohr, als sie fertig war. »Laßt mich bitte los.«

»Aber Täubchen, der Spaß geht doch erst los. Was willst du denn in deinem Dorf erzählen, wenn du überhaupt nicht bis auf den Marktplatz gekommen bist?« Die Frau patschte Inken beruhigend auf die Hand. »Halte du dich nur an mich. Ich werde nicht schlechter auf dich aufpassen als deine eigene Mutter.«

Inken preßte die Lippen aufeinander. Ganz sicher waren weder ihre Mutter noch ihre Tante daran interessiert, daß jemand auf sie aufpaßte, der mit dem Ruf nach Hexen auf den Lippen zum Marktplatz marschierte.

Sie lief widerwillig mit, während sie auf eine Gelegenheit lauerte, entwischen zu können. Doch die Nachbarin behielt sie die ganze Große Straße fest im Griff, und Inken wurde allmählich nervös. Vor sich sah sie das Ende der Straße, wo diese auf den Marktplatz stieß; auch dort war schon alles schwarz von Menschen. Inken entschloß sich zu einer anderen Taktik.

»Frau Nachbarin, sagt mir doch, was dies hier überhaupt für eine Versammlung ist«, bat sie mit geheucheltem Interesse.

»Das weißt du nicht? Na, wenn ich ehrlich sein soll, ich weiß es auch nicht ganz genau. Am Hafen sind zwei Leute gestorben, und die soll jemand aus Freesmark behext haben. Hinter dem ist jetzt die ganze Stadt her. Die Hexe könnte aber auch eine Frau sein. Wenn du mich fragst, so sage ich dir frank und frei: Es war eine Frau! Frauen verstehen mehr von Hexerei.«

»Was für ein Unsinn«, rief Inken aus. »Hexen gibt es überhaupt nicht!«

Der Kopf der Matrone ruckte wie der eines Pfaus nach hinten, und sie krauste die Stirn. »Was sagst du da? Es gibt keine Hexen? Jedermann weiß, daß es sie gibt! Friede auf Erden wird es erst geben, wenn sie mit Haut und Haar vertilgt sind! Das sage ich dir als Muhme Agnes, Kräuterfrau und freie Klöpplerin aus der Wulfstraße.«

Daß Inken mit großen Augen zuhörte, stimmte Agnes versöhnlich. Sie beugte sich vor und tätschelte dem jungen Mädchen die Wange. »Ich bin ja bei dir. Aber jetzt laß mich aufpassen. Wir einfachen Leute sind wieder einmal diejenigen, die die Kastanien aus dem Feuer holen müssen. Von allein würden die Ratsherren nie merken, daß eine Hexe ihr Unwesen in der Stadt treibt.« Sie wandte sich wieder dem Rathaus zu, auf dessen obere Fenster sich die Aufmerksamkeit der Menschenmenge richtete.

Inken bohrte einen Finger in den Handrücken der Hand, die sie unnachgiebig festhielt, bis Agnes mit einem ärgerlichen Grunzen herumfuhr. »Aber nein, Muhme Agnes! Ihr braucht wirklich keine Angst vor Hexen zu haben. Mein Vater hat es mir so erklärt ...« Sie unterbrach sich mitten im Satz; der Vater wollte nicht, daß sie außerhalb der Familie über diese Dinge sprach. Während sie die Klöpplerin mit angehaltenem Atem anstarrte wie ein Kaninchen die Schlange, ging Inken durch den Kopf, was Vater Tade gesagt hatte. *Die Menschen hängen an ihrem eigenen Glauben, und das ist ihr gutes Recht. In Fragen der Religion haben sie sich daran gewöhnt, den Glauben anderer zu respektieren. Aber über Hexen eine abweichende Meinung zu haben, ist gefährlich, weil es da nur eine einzige Meinung geben darf.*

Muhme Agnes ließ sich in Ruhe durch den Kopf gehen, was Inken gesagt hatte, bis ihr aufging, daß sie es hier keineswegs mit einem Gänseküken vom Lande zu tun hatte. Die junge Frau war naiv, aber nicht dumm. »Dein Vater behauptet *was*?« fragte sie gedehnt, und ihr breitflächiges gerötetes Gesicht bekam einen lauernden Ausdruck.

Inken biß die Zähne zusammen. Was, in aller Welt, konnte er behauptet haben, das den Argwohn der Klöpplerin beschwichtigte? »Hier bei uns, bei uns ...«

Aber es war zu spät. Die Klöpplerin ergriff ihre Chance. »Ihr seid eine Familie von Gotteslästerern. Von Teufelsanhängern! Zu Hilfe!« kreischte sie und spreizte alle zehn Finger gegen Inken. »Die Hexe!«

Kaum fühlte Inken, wie der Griff sich lockerte, riß sie sich los und schlängelte sich wie ein Aal zwischen den Leuten hindurch.

»Die Hexe, die Hexe!« hörte sie hinter sich, während sie um ihr Leben stieß und boxte und sich Schritt für Schritt aus dem Gesichtsfeld der Klöpplerin entfernte.

»Die Hexe!« brüllte Inken schließlich selbst und sah sich suchend um. »Eben war sie noch da! Dort!« Die Blicke der Leute folgten ihrem Finger, und wagemutige Männer schoben sich an Inken vorbei in die angegebene Richtung.

Endlich erreichte sie den Rand der Menschenmenge. Als niemand mehr auf sie achtete, nahm sie die Beine in die Hand. Da der Rathausplatz genau zwischen ihr und dem Haus ihrer Verwandten lag, würde sie es nur auf einem großen Umweg von hinten erreichen können. Rennend bog sie auf gut Glück von der Westerstraße ab.

Inkens Herz raste, und in ihrer Seite stach es hartnäckig. Als sie wenige Häuserlängen vor sich einen Mann sah, der sein Messer laut klingend an einem Stein wetzte, um einen Feind im Haus herauszufordern, änderte sie erschrocken wieder ihre Richtung und drängte sich durch eine Schlippe, vorbei an einer Leiter und Wassereimern, die für den Fall eines Brandes bereithingen. Abfall lag dort, und eine Ratte fegte zwischen ihren Füßen durch.

Irgendwo sank Inken auf eine Beischlagtreppe und erkannte nach einer Weile, daß sie nicht genau wußte, wo sie sich befand. Als ihr Herz sich beruhigt hatte, ging sie über eine ihr völlig unbekannte Straße weiter, die aber wenigstens ruhig und friedlich dalag.

9. Pestverdacht

»Dein Fell werde ich dir gerben, bis man es dem Pastor als Pergament für ein Gebetbuch verkaufen kann!« brüllte ein junger Mann und drosch mit einem Prügel erbarmungslos auf einen anderen ein. Andere Handwerksburschen umlauerten einander gebückt und mit schlagbereit erhobenen Stöcken.

Inken blieb erschrocken stehen. Am Hafen, den sie nach einigem Suchen gefunden hatte, war sie Männern entwischt, die versucht hatten, sie einzufangen, sie aber verfehlt hatten, weil die Kerle betrunken waren. Und jetzt fand Inken die schmale Gasse *Hinter den Südlichen Ställen,* die später in die Spiekerstraße und in die Gasse *Hinter den Östlichen Ställen* übergehen würde, wo das Speicherhaus des Onkels lag, versperrt von Jugendlichen, die bis aufs Blut gereizt waren. Bei Licht besehen, war die Straße von zwei Seiten abgeriegelt und Inken dazwischen gefangen.

»Jungfer, nehmt meinen Arm, ich werde Euch an den Rüpeln vorbeilotsen«, sagte eine männliche Stimme hinter ihr.

Inken fuhr herum. Sie hatte nicht damit gerechnet, daß außer Hexenjägern und anderen Schreckgespenstern auch gewöhnliche Menschen auf Tonderns Straßen unterwegs sein könnten.

Vor ihr stand ein junger Mann, gekleidet wie ein besserer Bürger, doch er trug einen goldenen Ohrring wie ein Seemann. Er hatte ein klares, freundliches Gesicht und lächelte sie an.

Inken errötete und trat einen Schritt zurück. Ihr Vater hätte diese Situation nicht gutgeheißen. Die Tante erst recht nicht. Womöglich war der Mann gar kein Bürger. Und noch nie hatte jemand sie mit *Ihr* und *Euch* angeredet.

»Ich sehe, Ihr seid nicht gewohnt, von Fremden angesprochen

zu werden. Aber verglichen mit den Straßenjungen bin ich bestimmt das kleinere Übel. Ich verspreche es Euch!«

Inken blickte in das Gesicht des hochgewachsenen Mannes und entschied sich. Er flößte ihr durchaus Vertrauen ein. »Ob Ihr ein kleineres Übel seid, kann ich nicht beurteilen, aber wenn Ihr ein Übel wäret, dann sicher ein großes und kein kleines.« Sie blickte ihn treuherzig an, dann brach sie in Lachen aus.

»Oho«, sagte er erstaunt. »Ihr habt Euch aber schnell erholt. Ihr könnt wohl kaum den Bürgerfamilien von Tondern entstammen?«

»Zu den Bürgerkreisen von Tondern zu gehören, ist in Euren Augen anscheinend keine Empfehlung«, bemerkte Inken spöttisch, bis ihr ihre Kleidung einfiel. Eine Kuh unter Pferden. Hätte die Tante ihr wenigstens die offenen Haare erlaubt! »Außerdem war das wohl nicht schwer zu erraten. Ich bin hier zu Gast. Vielleicht sollten wir nun gehen«, sagte sie spröde und ärgerte sich ein wenig.

Der Seemann warf einen Blick auf die Jugendlichen, zwischen denen eine heftige Schlacht tobte. »Einen Augenblick müßt Ihr noch warten. Ich stelle fest, daß Ihr eine Tracht tragt, die der in meiner Heimat ganz ähnlich ist. Nur haben sie rote Ärmel am Alltag. Blau ist für Festtage«, sagte er heiter.

»Wirklich?« fragte Inken ungläubig. »Haben sie etwa auch diese kurzen Röcke?«

»Genau solche. Ach, Ihr macht Euch darüber Gedanken?« fragte Redlefsen, der nun begriff.

»Ja, nun... Ich falle damit so entsetzlich auf«, murmelte Inken verlegen. »Es wäre mir trotzdem lieb, wenn Ihr Euer mitfühlendes Grinsen seinlassen könntet.«

»Oh«, sagte er. »Auf den Mund gefallen seid Ihr jedenfalls nicht.«

Auf eine Diskussion über ihr Mundwerk ließ Inken sich nicht ein; die hatte sie oft genug zu Hause. »Ich bin Inken, die Tochter von Tade Hansen aus Lügum«, stellte sie sich vor, um dem Gespräch eine andere Wendung zu geben.

»Mit Tade Hansen aus Lügum habe ich gerade eben gesprochen«, wandte der Kapitän erstaunt ein. »Eine Tochter hat er nicht erwähnt.«

»Er ist wegen seiner Rindviecher nach Tondern gekommen. Gottlob gibt es keinen Grund, mich im Zusammenhang mit ihnen zu erwähnen.«

Redlefsen verbiß sich ein Lachen. Tade Hansens Tochter sprach, wie ihr der Schnabel gewachsen war. Unbekümmert wie ein Seemann.

»Und Ihr seid gewiß beim Ratsherrn Arne Mickelsen gewesen?« forschte Inken. »Dahin nimmt er mich nie mit. Ich bleibe solange bei meiner Tante in der Osterstraße. Wer seid Ihr denn überhaupt? Der Ratsherr könnt Ihr ja wohl nicht sein?«

Er lachte belustigt und faßte an sein Ohr. »Ich glaube kaum, daß Ratsherren solche Zunftzeichen tragen. Ich bin Ketel Redlefsen aus Sylt, Kapitän der *Hoffnung*. Ich fahre für den Reeder und Kaufmann Arne Mickelsen Handelsgüter. Und für Euren Vater Ochsen nach Holland, im Frühjahr sogar zweimal.«

»So, werdet Ihr das? Dann wird sich meine Mutter wieder wochenlang ängstigen. Aber ich würde gern mitsegeln! Nehmt Ihr mich einmal mit?«

»Das wird wohl nicht gehen, Jungfer Inken. Nur auf Auswandererschiffen nimmt man Frauen notgedrungen mit, aber auf einem Handelssegler würden die Seeleute sich weigern, mit einer Frau an Bord abzulegen«, sagte Redlefsen mit einem Unterton des Bedauerns.

»Warum?« fragte Inken verblüfft.

»Sie glauben, mit einem weiblichen Wesen an Bord würde das Schiff untergehen. Seeleute sind nun mal abergläubisch. Ihr müßt das verstehen!«

»Nein, das verstehe ich nicht. Und Ihr selber? Glaubt Ihr das auch?«

»Oh, das kommt ganz auf die Umstände an.« Ketel kniff ein Auge zu und strahlte sie an. »Wenn die Frau steinalt wäre, eine gestrenge Ratsfrau mit fünf Perlenketten am Hals und Gebetbuch zwischen den Händen, zum Beispiel, würde ich den Sachverstand meiner Männer loben. Bei Euch – ich ließe meinen eigenen Sachverstand sprechen.« Er musterte sie wohlwollend.

»Ich glaube, Ihr nehmt mich auf den Arm.«

»Ausgesprochen gern! Aber ich fürchte, Ihr würdet es nicht gestatten.« Ohne sich um Inkens Verlegenheit zu kümmern, ergriff er sie bei der Hand und bahnte ihr den Weg durch die Horde der Handwerksburschen. Die jungen Männer senkten die Stöcke und gaben respektvoll die Straße frei.

»So, Jungfer Inken, es ist zwar nicht mehr weit in die Osterstraße, aber ich begleite Euch dennoch, damit Ihr wirklich sicher ankommt. In Tondern ist es heute ziemlich unruhig.«

»Nein, nein, nicht zum Vorderhaus! Ich muß durch den Hintereingang hinein.«

Redlefsen musterte sie von der Seite. »Euer Onkel und Euer Vater erwarten bestimmt, daß Ihr nicht wie ein Dieb hinten hereinschleicht. Seid Ihr etwa heimlich entwischt, Jungfer?«

»Was denkt Ihr denn von mir, Kapitän?«

»Nur das Beste. Ich traue Euch alles zu.«

»Danke, danke«, sagte Inken unwirsch. »Entwischt bin ich natürlich nicht. Eine Erlaubnis hatte ich allerdings auch nicht. Ich wurde entführt. Mehr oder minder.«

»Was ist denn eine Entführung mehr oder minder? Davon habe ich noch nie gehört.«

»Ach, Ihr macht Euch schon wieder über mich lustig«, sagte Inken ungehalten. »Ich wurde gegen meinen Willen von einer Gruppe Bettler mitgeschleppt, die sich vor Hexen fürchteten, und von ihnen festgehalten. Auf dem Marktplatz gab es einen Auflauf, denn dort sammelten sich alle diese aufgeregten Leute. Sie schienen aus dem Rathaus Hilfe gegen die Hexen zu erwarten.«

»Und dann?«

Inken zog die Schultern hoch und schaute ihm in die Augen. »Man braucht keinen Ratsherrn, um zu erfahren, daß es keine Hexen gibt.«

Redlefsen runzelte die Stirn. »Laßt mich raten. Ihr habt es ihnen ohne langwierige Erklärungen mitgeteilt. Einfach so. Natürlich.«

»Natürlich«, wiederholte Inken eigensinnig. »Ich wollte sogar noch erklären, daß es auch ältere Leute gibt, die davon überzeugt sind. Mein Vater, zum Beispiel. Für den Fall, daß die Frau, die mich festhielt, mich für eine dumme, junge Gans hielt. Aber das war nicht sehr klug.«

»Nein, das war es gewiß nicht. Die Frau hat Euch plötzlich nicht mehr für eine dumme Gans gehalten, stimmt's?«

Inken erhob aufgebracht ihre Stimme. »Mit Euch kann man sich ausgezeichnet streiten. Aber Ihr habt recht. Was hättet Ihr in einem solchen Fall eigentlich getan?«

Der Kapitän lachte. »Anker gelichtet. Und wie habt Ihr es geschafft?«

»Sie brauchte alle zehn Finger, um sie gegen meine Hexenkünste einzusetzen«, sagte Inken grimmig. »Da bin ich entwischt. Kapitän, jetzt seid ausnahmsweise einmal ernst! Glaubt Ihr an Hexen?«

»An Hexen? Nein. Vergeßt nicht, ich bin oft in Holland. Dort gehen sie gegen das Hexenunwesen anders vor«, antwortete Redlefsen nachdenklich. »Es ist etwas Merkwürdiges mit Hexen. Je mehr man von ihnen spricht, desto mehr kriechen hervor, so scheint es. Aber wenn die Gerichte es einfach ablehnen, sich damit zu befassen – so wie in Holland –, gibt es plötzlich auch keine Hexen mehr. Und das gibt doch wirklich zu denken.«

»Ich verstehe nicht ganz, wie Ihr das meint«, sagte Inken ehrlich.

»Es ist so: Solange die Obrigkeit Hexen für so wichtig hält, daß dafür Inquisitoren und Gerichte bemüht werden, tauchen immer wieder neue Hexen auf. Nachbarn oder Geistliche zeigen verdächtige Personen an. Vor der Anzeige hat nie jemand etwas Ungewöhnliches an diesen Leuten bemerkt, aber danach sind sich alle einig, daß sie es schon immer gewußt haben.«

»Ihr meint, daß erst die Prozesse die Frauen zu Hexen machen?«

»Ja, genau«, bestätigte Ketel, »das meine ich. Und wenn die Gerichte sich nicht um diesen Unsinn kümmern, zeigen die Leute keine Verdächtigen mehr an. Wer eine Anzeige erstattet, will sich vielleicht nur wichtig machen oder bei der Obrigkeit und den Geistlichen einschmeicheln. Abgesehen von denjenigen natürlich, die einen ganz handfesten Grund haben: Neid, oder sie wollen einen Konkurrenten oder Feind aus dem Weg räumen. Aber zurück zu Euch. Ihr glaubt, wenn Ihr zum Haus in der Osterstraße ginget, könntet Ihr erkannt werden. Warum?«

»Sie stehen doch überall! Auf dem Marktplatz, in der Großen Straße und in der Osterstraße. Seid Ihr denn nicht dort gewesen?« Inken war überrascht.

Redlefsen zog Inken aus dem Weg eines schwarzen Schweins, das mit mehreren Ferkeln im Gefolge die Dung- und Abfallhaufen auf der Straße durchwühlte. »Mit Tondern habt Ihr es Euch aber gründlich verdorben. Sogar die Sau sieht Euch schon argwöhnisch an.«

»Mit Recht. Ich behexe auch süße kleine Ferkel«, gab Inken in düsterer Stimmung zu. »Ich mache borstige alte Sauen aus ihnen.«

Redlefsen grinste. »Bei den vielen alten Sauen auf den Straßen von Tondern muß es noch mehr Hexen geben! Aber zurück zu Euch. Ich war zuletzt vor ungefähr zwei Stunden am Marktplatz. Wer ist denn nun eigentlich dort? Und wer sind die Hexenjäger?«

»Ich weiß es nicht. Die Frau erzählte mir nur, daß am Hafen

zwei Leute gestorben sind. Sie seien von jemandem aus Freesmark behext worden. Das liegt außerhalb von Tondern.«

»Das ist ja merkwürdig. Ich selber kam heute früh mit dem Boot an. Da war noch alles ruhig. Es kann doch nicht sein, daß meine beiden Fischer etwas damit zu tun haben?« sagte der Kapitän gedankenvoll.

»Warum gerade Eure Fischer?« fragte Inken neugierig. »Sind die aus Freesmark?«

Ketel kaute auf der Unterlippe. Inken gab ihm einen Stoß. »Herr Kapitän. Ich habe Euch etwas gefragt.«

»Ja, ja, ich höre. An Bord meines Schiffes ereignete sich ein trauriger Vorfall: Mein Segelmacher starb, und keiner konnte erkennen, woran. Wir wußten vorher nicht einmal, daß er krank war. Und dann starb auf der Wiedau der Seemann, der die Seekiste des Segelmachers zu dessen Leuten bringen sollte. Und spätestens da begann ich mich zu fürchten.« Ketel schwieg und kratzte sich nachdenklich am Kinn.

»Ihr seht nicht aus, als ob Ihr Euch fürchtet, sondern als ob Ihr etwas befürchtet. Was ist es? Sprecht weiter, Herr Kapitän. Ihr habt auch noch nicht erklärt, wie Eure Fischer in diese Geschichte passen.«

»Ich bin sicher, Euer Vater hat es nicht leicht mit Euch«, erwiderte Redlefsen mit einem mißmutigen Seitenblick auf Inken. »Ich hatte plötzlich die Befürchtung, meine Fischer könnten mit Eurer Freesmarker Hexe etwas zu tun haben. Völliger Unsinn.«

»Aber überzeugt seid Ihr nicht, Herr Kapitän, gebt es zu. Und warum soll die Krankheit nicht ansteckend sein? Was bei Kühen normal ist, muß auch bei Menschen möglich sein.«

»Was wißt Ihr davon, Jungfer?« rief Ketel entsetzt aus. »Wie kommt Ihr ausgerechnet auf eine ansteckende Krankheit?«

»Das war es doch, was Ihr gemeint habt. Und glaubt ja nicht, wir auf dem Lande wüßten überhaupt nichts, auch wenn Ihr mit Euren Erfahrungen aus Holland auftrumpft! Wir haben unsere

Erfahrungen aus dem Stall, aber sie sind nicht schlechter. Habt Ihr schon einmal von Rinderpestilenz gehört?«

»Ich verschiffe gelegentlich Ochsen...«, sagte er wütend.

»Ach ja«, sagte Inken gedehnt und amüsierte sich von Herzen. »Hatte ich ganz vergessen. Also: Die Rinderpestilenz pflanzt sich von Tier zu Tier fort. Sie wird nicht in den Stall gehext, wie viele Leute glauben, sondern es gibt irgend etwas, was sie zu den Tieren hinträgt. Vater sagt, die zuverlässigste Methode, die Krankheit zu sich in den eigenen Stall zu holen, besteht darin, sich aus Neugier kranke Tiere in einem befallenen Stall anzusehen.« Sie blickte ihn forschend an.

Redlefsen nickte ergeben. »Euer Vater hat angedeutet, daß sogar Eure Mutter gewalttätig werden könnte, wenn es darum ginge, Fremde aus seinem Stall herauszuhalten.«

Inken brach in Lachen aus. »Hat er das? Ja, das stimmt. Dabei ist sie sehr fromm. Aber in solchen Augenblicken vergißt auch Mutter ihre christliche Nächstenliebe. Sie schwört auf Vaters Ochsenverstand.«

»Wie Ihr meint. Aber vielleicht solltet Ihr einen wachen Verstand anders umschreiben...«, schlug Redlefsen grinsend vor.

»Na, Ihr wißt jedenfalls, wie ich es meine«, sagte Inken kurz. »Um auf die Rinderpestilenz zurückzukommen – Vater meint, die Krankheit springt von den kranken Tieren auf den Besucher des Stalles. Wenn er wieder zu Hause bei seinem eigenen Vieh ist, wittert die Krankheit irgendwie die Rinder und hüpft zu ihnen hinüber. Und dadurch, daß sie sich weitertragen läßt, verschwindet sie natürlich nicht von dem zuerst erkrankten Rind. Sie muß also irgendwie teilbar sein, und zwar unendlich oft, denn immer wieder andere Leute tragen die Seuche zu sich nach Hause.«

»Was ist, wenn die Rinder gestorben sind?« fragte Redlefsen alarmiert.

Inken verzog zweifelnd das Gesicht und schüttelte den Kopf. »Einige Zeit befindet sich die Krankheit noch im Stall, aber dann ist sie ganz plötzlich weg. Vielleicht kann sie ohne Rinder nicht leben. Vater meint auch, daß man sie wegwaschen kann. Wenn die Seuche im Dorf ist, misten wir gründlich aus und kalken die Wände. Solange ich mich erinnern kann, sind unsere Tiere von der Krankheit verschont geblieben.«

Ketel ließ sich das Gesagte durch den Kopf gehen.

»Nun lacht mich nicht aus«, fuhr Inken zögernd fort, »ich meine, es könnte solche teilbaren Krankheiten doch auch bei Menschen geben. Wenn ein gesunder Mensch in die Nähe des Segelmachers gekommen ist, wie der zweite Seemann, und die Fischer in die Nähe des Seemanns... Es wäre doch möglich, daß die Krankheit dann...« Sie unterbrach sich. »Aber da wäret Ihr ja selber in großer Gefahr.«

Ketel winkte ab. »Das ist im Moment unwichtig! Aber alles andere leuchtet mir ein. Um die Wahrheit zu sagen, ich hatte selbst schon an Pest gedacht.«

»An Pest?« rief Inken erschrocken aus.

»Nun ja, es kann auch etwas anderes sein«, gab Ketel zu. »Die Merkmale der Erkrankung waren anders, als man allgemein hört. Beulen habe ich nicht gesehen. Zu Eurer Beruhigung: Ich selbst war nicht in dem Boot, in dem der Mann starb.«

»Gottlob, dann kann Euch nichts passiert sein«, rief Inken erleichtert aus und errötete im gleichen Moment.

Kapitän Redlefsen blickte nachdenklich auf sie hinunter. »Ihr habt mir klargemacht, daß ich feststellen muß, was am Hafen geschehen ist. Euch bringe ich vorher schnell nach Hause.«

»Das geht nicht«, widersprach Inken, »wir müssen erst zum Hafen. Stellt Euch vor, was passiert, wenn man die Leute nicht sofort warnt! Ich meine, unter der Voraussetzung, daß der Fischer gestorben ist. Ihr könnt mich anschließend nach Hause bringen.«

»Dann schnell, Jungfer!«

Inken raffte ihre Röcke und rannte los.

Redlefsen paßte seine Schritte den ihren an und achtete auch darauf, daß sie nicht auf dem Mist ausglitt, den Hühner und Schweine aus den Haufen auf die Straße gezerrt hatten.

Ohne miteinander zu reden, nahmen sie den Weg durch den Freigrund, der an diesem Tag menschenleer war. Redlefsen war dankbar dafür, denn Tade Hansen hätte sicher nicht gern gesehen, daß jemand seine Tochter in diese berüchtigte Gegend des Amts brachte, wohin sich die Männer flüchteten, die vom städtischen Büttel gesucht wurden. Daß der Amtmann sich einen Spaß daraus machte, die Auslieferungsgesuche zu hintertreiben, hatte Iwen ihm unter anderem auch erzählt.

Ihre Schritte hallten zwischen den Häusern. Niemand schlug einen Fensterladen auf, um hinauszuschauen. Nicht einmal die grölenden Betrunkenen waren zu sehen, als der Mann und das Mädchen auf den Platz am Hafen einbogen.

»Wo wollen wir denn hin?« fragte Inken den Kapitän. Er blieb stehen und schaute sich um.

»Merkwürdige Stimmung hier«, sagte er. »Wie zu Beginn eines Orkans. Wir wollen zum *Löwen,* in den ich die Fischer geschickt habe. Ob sie noch darin sind? Es ist alles so unbelebt hier.«

Der Ladekran schwankte unbenutzt in seiner Halterung. Der Heißhaken lag in den Sturmböen schräg in der Luft. Der Boden war schwarz vor Nässe durch die Wellen, die der Wind auf den Kai peitschte und die in Schwaden von Gischt zerstoben. Aber selbst, wenn die Böen vorübergehend nachließen, leckten die Wellen über die Kaimauer auf das Pflaster.

Redlefsen zog Inken zu sich heran, um ihr Schutz vor dem Wind zu geben. »Seht, Jungfer«, rief er ihr ins Ohr, da er sich im brausenden Wind kaum verständlich machen konnte, und zeigte auf einen Lastkahn, der von den Wellen dröhnend an die Kaimauer geworfen wurde. »In dem Prahm steht die Seekiste meines Segelmachers. Entladen ist er auch nicht.« Er schaute sich um. Stückgut war nirgends zu sehen. Herr im Himmel, würde Mickelsen verärgert sein!

»Was bedeutet das?« fragte Inken zögernd.

»Möglicherweise sind meine beiden Fischer in dem Boot fortgefahren, in dem ich kam. Es sieht so aus, als hätten sie sich in aller Eile aus dem Staub gemacht, vielleicht sogar mit den Handelsgütern von Arne Mickelsen.« Er zeigte zum Sackende des Hafenbeckens. »Die drei Zweigangsboote dort haben auch Ladung von der *Hoffnung* an Bord. Die werden wohl die letzten sein, die noch vor der Schleusenschließung in die Wiedau einlaufen konnten.« Seine Gedanken schweiften für einen Augenblick zu seinem Schiff und den Entladearbeiten, die jetzt wohl ruhten.

»Nur Mut. Wir sollten im *Löwen* nachsehen, ob die Fischer vielleicht dort drin sitzen und trinken«, meinte Inken nüchtern. »Oder das Boot ist entladen und der Schiffer auf dem Heimweg.«

Redlefsen nickte zweifelnd. Die Arme um Inkens Schulter gelegt, stemmte er sich gegen den Wind und zog sie über den breiten, gepflasterten Kai zum Eingang.

An der Tür hing ein großes Schild, in Eile hingehängt und unbeholfen beschriftet. Es schlug klappernd gegen die Holzbohlen. »Geschlossen«, lasen sie beide wie aus einem Munde.

»Verstehe ich nicht«, bemerkte Redlefsen ärgerlich und drückte die Klinke. Die Tür schlug auf und krachte gegen die Wand. Gischttropfen flogen ins Innere und machten den Boden naß. Entschlossen durchquerte der Kapitän die Diele und öffnete die Tür zur Gaststube, aus der kein Laut kam.

Abgesehen von einem Betrunkenen, dessen Kopf auf dem Tisch lag, war sie leer. Auf dem Boden breiteten sich Bierlachen aus, und auf den Tischen standen Krüge, die nicht einmal geleert waren.

»Kapitän Redlefsen, kommt her!« Inkens drängende Stimme rief Ketel zur Theke. Dahinter lag ein kleiner dicklicher Mann, dessen Schürze bis zu den Füßen gerutscht war.

»Der Wirt. Nicht anfassen!« befahl Redlefsen.

»Haltet Ihr mich für so dumm – nach allem, was ich Euch gerade über die Rinderpestilenz erzählt habe?« entgegnete Inken streng und behielt die Hände auf dem Rücken.

Der Kapitän zog ein Tuch aus der Tasche und drückte es an den Mund, während er sich bückte und das Gesicht des Wirtes aus der Nähe betrachtete. Im Schein der Lampe, die er von der Theke heruntergenommen hatte, konnte auch Inken erkennen, daß die Haut einen bläulichen Schimmer aufwies.

»Nun möchte ich doch wissen, wer der Betrunkene ist.« Redlefsen nahm die Lampe mit zum Tisch, auf dem der bewegungslose Gast lag. »Gütiger Gott, es ist der junge Fischer«, sagte er. »Jungfer Inken, auch dieser Mann hat die gleichen Flecken im Gesicht wie mein toter Seemann. Alle starben binnen kurzer Zeit, alle haben bläuliche Flecken im Gesicht, und alle wußten überhaupt nicht, daß sie krank sind.«

Ketel stellte die Lampe ab und blies sie aus. »Nun müssen wir verschiedene Dinge tun.«

Inken wartete mit angehaltenem Atem.

»Die ganze Stadt ist in Gefahr, auch wir beide«, fuhr Ketel fort. »Die einzige Hoffnung ist, daß möglicherweise nur derjenige befallen wird, der mit einem lebenden Kranken in Kontakt war. Anders als bei der Rinderpestilenz. Ich habe den Segelmacher erst angefaßt, als er schon tot war, und ich lebe noch.«

Inken erschauerte. Redlefsen legte ihr mitfühlend den Arm um die Schultern und führte sie hinaus ins Freie. »Aber was ist schon damit gewonnen?« fragte sie angesichts des Schildes, das an der wieder geschlossenen Tür klapperte. »Die Gäste sind mit dem Fischer genauso zusammengewesen wie der Wirt. Und sie laufen jetzt in der Stadt herum und stecken möglicherweise andere Leute an.«

»Genau«, erwiderte Redlefsen knapp. »Euch bringe ich jetzt nach Hause, und dann werde ich den Stadtrat benachrichtigen. Ihr solltet Eure Tante schonend vorbereiten und nicht mehr ausgehen. Ich bin ganz sicher, daß es so etwas in dieser Stadt noch nicht gegeben hat. Soviel ich weiß, war die Stimmung auch ohne die Krankheit schon explosiv. Der Rat wird sich sehr geschickt verhalten müssen, um die Ordnung in Tondern aufrechtzuerhalten.«

Inkens gute Laune hatte plötzlich einen Dämpfer erlitten. Sie leistete keinen Widerstand mehr, als Redlefsen ihre Hand auf seinen Arm legte und sie dort festhielt. Irgendwie fühlte sie sich dadurch schuldig, daß sie ohne Erlaubnis den Kaufmannshof verlassen und sich unter diese Leute gemischt hatte. Möglicherweise brachte sie allein dadurch den Haushalt ihres Onkels in Gefahr.

Ungehindert eilten sie durch die Straßen zum Hinterhaus von Inkens Verwandten. Die Straßen waren wie leergefegt.

10. Ratsversammlung

Tondern war keine Stadt, in der man den Pöbel auf der Straße schalten und walten ließ, wie er wollte. Die deutschen Kaufleute hatten festgefügte Vorstellungen von ihrer Welt und entsprechende Gesetze. Sie hätten nicht geduldet, daß eine Horde Zerlumpter ihre Stadt ins Chaos stürzte.

Deshalb wurde der Rat der Stadt trotz des Michaelismarktes zusammengerufen. Der Ratsdiener hatte die Ratsherren verlegen und wortkarg zu einer Sondersitzung gebeten, weil sich in der Stadt offenbar ein Aufruhr anbahne.

Bis die Ratsherren schnaufend und widerstrebend am Markt eintrafen, waren es keineswegs nur mehr Bettler und Hafenanwohner, die den Marktplatz, den Schweinemarkt und den Kirchplatz füllten. Deren Zahl wäre zu klein gewesen.

Die meisten Ratsherren senkten die Köpfe und schoben sich wie wütende Stiere durch die Menge in der Osterstraße und in der Großen Straße zur Rathaustür. Daß so etwas geschehen konnte, obwohl sie sich tagtäglich um die Stadt verdient machten!

Einwohner, sogar Bürger! Man sah ehrbare Handwerker, deren Burschen und Lehrlinge, Wäscherinnen und Klöpplerinnen.

»Empörend!« keuchte einer der Ratsherren, den die Angst vor Übergriffen die Treppe schneller als sonst hinaufgejagt hatte, und ließ sich auf die Bank neben der Tür sinken, um wieder zu Atem zu kommen. Niemand antwortete ihm. Die Herren Kollegen standen allesamt an den Fenstern und blickten hinunter.

Die Menge war jetzt wieder ruhig, nachdem die Ratsherren eingetroffen waren. Die Leute flüsterten miteinander, und kein

Laut drang an die gespitzten Ohren im Ratssaal, so sehr man sich auch mühte.

»Bedrohlich«, meinte jemand.

»Wollen wir nicht anfangen?« fragte ein anderer, an den zweiten Bürgermeister gerichtet, der neben ihm stand.

Johann Crantz schüttelte den Kopf. »Es sind noch nicht alle Herren anwesend. Bürgermeister Thomas Andersen erachtete es als notwendig, außer dem geschäftsführenden Rat auch den Altrat einzuberufen, und ich sehe noch besonders große Lücken im Altrat.«

»Donnerwetter!« sagte Ratsherr Blome beeindruckt. »Dann ist es ernst. Aber die Herren vom Altrat sehen es wohl anders. Mancher wird dringende Geschäfte vorschützen.«

»In dem Fall werden wir nach ihm senden.« Crantz machte ein entschlossenes Gesicht, und niemand zweifelte, daß er sich durchsetzen würde.

»Auf jeden Fall wird es eng hier«, stellte Erland Kalf, wohlgenährter Verleger von Klöppelspitzen, mißmutig fest.

»Eurer Pferdeknecht ist da unten, bester Kalf.«

»Teufel auch, das wird er mir büßen! Ihn sehe ich nicht, dafür aber die Amme von Blome, die mit der Magd von Matthiasen den Kopf zusammensteckt.«

»Unmöglich!« sagten die Herren wie aus einem Munde. »Wo?«

Während Kalf schadenfroh den Zeigefinger ausstreckte, klopfte der Bürgermeister mit einem silberbeschlagenen Hämmerchen auf seinen Tisch. Der Stadtsekretär hatte ihn darauf aufmerksam gemacht, daß jetzt alle Herren eingetroffen seien; mit einem Bündel von Papieren eilte er an seinen eigenen Tisch und setzte sich.

Crantz nahm neben dem wortführenden Bürgermeister Platz, der ohne Eile auf das Ende des Füßescharrens wartete. Thomas Andersen zupfte gedankenvoll an seinem Spitzbart. Der schmale weiße Kragen, der durch zwei Quasten geschlossen wurde, umspannte seinen mächtigen kurzen Hals. »Ehrenwerter Rat der Stadt Tondern, liebe Kollegen«, sagte er, »in der Stadt scheint etwas Seltsames vorzugehen.«

Die Herren nickten. Soweit war man sich einig.

»Ich will Euch berichten, was ich gesehen habe. Ihr mögt dann ergänzen, und zusammen werden wir uns vielleicht ein Bild machen können.« Zum Stadtschreiber gewandt, fügte Andersen hinzu, daß seine Vorrede jetzt beendet sei. Erst nach der Beratung müsse eine zusammenfassende Darstellung – gewissermaßen *cum gravissimo* – formuliert werden, die dann wiederum schriftlich festzuhalten sei. »*In toto* haben wir es hier mit einem *Phänomenon* zu tun, das bisher noch niemals aufgetreten ist. Es scheint sich hauptsächlich um Bettler, fahrende Leute und Gesindel aus den Harden zu handeln. Sie sind durch die ganze Stadt gezogen, *tumultum faciendi*, und haben sich auf dem Markt versammelt. Sie rufen etwas mir Unverständliches. Hin und wieder scheinen sie jedoch Hexen zu beschwören.« Der korpulente Bürgermeister schnaufte leise. »Ich habe bereits Weisungen erteilt, daß der Stadtvogt zusammen mit Armenvogt und Büttel die Menge auseinandertreibt, aber es scheint nicht gefruchtet zu haben. Die Leute sind sehr widerspenstig.«

Arne Mickelsen seufzte still. Der Mann verstand es, mit vielen Worten wenig zu sagen. Dieses allerdings in lateinischer Sprache.

Erland Kalf, immer schnell erregt, warf dazwischen: »Was wollen sie denn überhaupt? Sie geben sich so, als wären wir ihnen in irgendeiner Weise verpflichtet. Wir ihnen – man stelle sich vor!«

»Die Dankbarkeit der Tonderaner schwindet zusehends, vor allem seit Jahresbeginn«, sagte der Bürgermeister, was ein allgemeines, zustimmendes Murmeln auslöste.

Heinrich Blome, ein drahtiger Mann in mittlerem Alter, sprang auf. »Sie wollen gar nichts. Sie sind blöde wie Ochsen. Es hat wohl unter dem Einfluß von Branntwein im Pöbel am Hafen begonnen. Einer machte sich zum Leitochsen, und die übrigen folgten ihm, um Radau zu machen und Unfrieden zu stiften. Die Handwerkergesellen haben die Situation auf der Stelle zu verbotenen Zweikämpfen ausgenutzt und das weibliche Gesinde zu Prügeleien auf der Straße. Kurz, sie sind der Meinung, daß keiner bestraft wird, weil alle es tun. Aber da sollen sie sich gründlich geirrt haben! Diesem Haufen müssen wir energisch zeigen, daß die Stadt eine Regierung hat, die die Gesetze auch durchsetzt, die sie erläßt. Ich verlange eine harte Bestrafung sämtlicher Übeltäter, sei er nun Tonderaner oder Gast.«

»Bester Hendricus Flos«, rief Truel Matthiasen, ein großer schwerer Ratsherr, der sich beim Sprechen erhob. »Wo sollen wir hundert Menschen für das Stäupen unterbringen? Und genaugenommen, was tun sie denn schon? Schlägereien mit Waffen sind an der Tagesordnung, auch gegen unsere Verordnungen. Und laßt doch die Weiber sich Striemen ins Gesicht kratzen. Sie selber haben den Schaden, nicht wir! Ich bin der Meinung, daß es viel wichtiger ist, die Zusammenrottung aufzulösen. Jemand muß zu den Leuten sprechen und sie beruhigen.«

»Gebt ihnen Euer Rostocker! Büttel und Stadtvogt können sie dann schlafend nach Hause tragen!«

Ein unterdrücktes Gelächter ging durch die Versammlung. Jeder wußte, wie geizig Truel Matthiasen war, der größte Importeur von Rostocker Bier in Tondern. Er hatte etliche geschäftliche Beziehungen zur Stadt Rostock, und sein Sohn Laue Truelsen, der sich seit seiner Rostocker Studienzeit Lago Trogillus nannte, hatte eine reiche Kaufmannstochter der Stadt geehelicht.

»Beste Herren, Senatus tunderensis, kommt zur Sache.« Der Bürgermeister klopfte wieder.

Arne Mickelsen bat um das Wort. »Ratsherren, gestattet mir, Euch einige Beobachtungen mitzuteilen.«

Einige Herren schnitten Gesichter und trommelten ungeduldig mit den Fingern auf den Tisch. Mickelsen war ein Störenfried; er sorgte für Unruhe, wann immer er sprach. Es war ein Fehler gewesen, ihn in den Rat zu berufen.

Mickelsen wußte, daß die anderen so reagieren würden. »Die Kundgebung scheint keine organisierte Versammlung zu sein. Trotzdem muß ich Euch widersprechen, daß die Leute nichts wollen. Mir scheint, daß sich irgend jemand den spontanen Beginn eines begrenzten kleinen Aufruhrs zunutze gemacht hat, um ein von langer Hand vorbereitetes Anliegen zu artikulieren.« Der junge Ratsherr ließ seine Worte ein wenig wirken, bevor er fortfuhr; inzwischen hatte er die ungeteilte Aufmerksamkeit aller.

»An allen strategisch wichtigen Punkten des Marktplatzes und des Schweinemarktes befinden sich Männer, die sich heimlich verständigen und sich abstimmen, bevor sie gemeinsam und lautstark zu brüllen anfangen. Ihre Rufe lauten: *Mehr Lohn, gebt uns Essen, wir haben Hunger* und dergleichen mehr. Sobald die gewöhnliche Bevölkerung diese Rufe aufnimmt, verschwinden sie, um an anderer Stelle das gleiche Spiel zu beginnen. Es sind ganz andere Leute, die *Hexe, bestraft die Hexe* und ähnliches schreien. Wie beides zu vereinbaren ist, weiß ich nicht.«

»Ich habe dasselbe beobachtet«, beteuerte jemand.

Thomas Andersens Lippen nahmen eine bläuliche Farbe an. »Und Eure Erklärung dafür?«

»Ich kann Euch nur Vermutungen liefern«, antwortete Arne Mickelsen. »Wichtig sind vor allem die Ursachen, die diesen Tumult überhaupt möglich gemacht haben. In kurzen Worten zusammengefaßt, kann man Elend, Hunger und Armut in der Stadt für das Geschehen verantwortlich machen.«

Die Ratsherren murmelten entrüstet und schüttelten die Köpfe. Der Bürgermeister sperrte den Mund auf und atmete japsend.

»Doch«, beharrte Mickelsen, »es ist so. Es gibt einen größeren Teil unserer Bevölkerung, der Not leidet; wenn Ihr Euch in die

Gassen jenseits Eurer Stavengrundstücke bemühen würdet, könntet Ihr feststellen, daß sich dort die Kinder mit den Ratten um Eßbares schlagen. Wenn diese Kinder dann betteln gehen, schickt Ihr den Armenvogt aus, damit er sie einfängt. Ihr verlangt, daß diese jungen Leute arbeiten, um sich zu ernähren. Aber wer nimmt sie denn an? Ihr kennt alle die strengen Reglementierungen der Handwerksrollen, und Ihr wißt auch, daß viele Kinder ein ehrbares Elternhaus gar nicht nachweisen können, weil der Familienvater auf und davon ist, um wenigstens selbst dem Elend zu entkommen. Wie also sollen diese Kinder ein Handwerk erlernen?«

Die Ratsherren warfen einander erzürnte Blicke zu. Carsten Klüver, Silberschmiedemeister und Schwiegervater von Erland Kalf, schäumte. »Die Bestimmungen sind seit Christians IV. Zeiten geändert«, rief er mit altersschriller Stimme. »Ihr wißt es!«

»Ich wohl, aber die Handwerkermeister anscheinend immer noch nicht!« donnerte Mickelsen. »Es ist pure Heuchelei, was in dieser Stadt mit der königlichen Bestimmung passiert! Die Handwerkermeister hintergehen sie, und der Rat schweigt dazu!«

Der Bürgermeister versuchte, die Ordnung wiederherzustellen, denn Besonnenheit war das oberste Gebot des Hauses. »*Silentium, Silentium*«, rief er gequält.

»Ein weiteres Problem sind die Alten und Kranken«, fuhr Mickelsen leidenschaftlich fort, »besonders diejenigen, die zu krank sind, um zu arbeiten, aber zu jung, als daß sie die Altenfürsorge des Hospitals in Anspruch nehmen dürften. Kurz, es gibt Menschen, die weder der Armenvogt noch das Hospital für bedürftig hält. Es ist zwar schon mehr als hundert Jahre her, aber wir alle wissen, daß früher das Kloster für diese Menschen sorgte, damit sie wieder auf die Beine kamen. Seit das Kloster auf Betreiben des damaligen Herzogs nach der Reformationszeit aufgelassen wurde, bekommen sie keine Hilfe mehr. Wir, der Stadtrat, sollten nunmehr zugeben, daß die Almosen der Bürger nicht ausreichen, um Kranke, Arme und Alte angemessen zu ernähren und zu kleiden. Und wir überlassen es der Willkür des Armenvogts, sie aus Tondern zu entfernen, damit wir uns durch ihren Anblick nicht gestört fühlen.«

Im Saal brach Tumult aus. Die Ratsleute sprangen auf und steckten die Köpfe zusammen.

»Ihr seid dreist, junger Schnösel«, sagte jemand von den Hinterbänklern, der zum Altrat gehörte. Mickelsen erkannte in dem Mann den Vorsteher des Hospitals. »Die Gilden und die Kaufmannschaft sind sehr mildtätig, und die Einkünfte des Hospitals können sich sehen lassen.«

»Warum weist die Hospitalmutter dann so viele Kranke ab?« fragte Mickelsen ihn über die Köpfe der anderen hinweg, die in ihrer gemeinsamen Empörung nicht auf ihn achteten.

»Sprecht dem Mann die Mitgliedschaft im Rat ab!« verlangte Kalf.

»Klagt ihn wegen Aufruhrs an!«

Arne Mickelsen musterte seine Kollegen mit steinerner Miene. Dieser Tag hatte kommen müssen, aber auch er war nicht darauf gefaßt gewesen, daß es heute sein würde.

»Nicht mitschreiben«, befahl der Bürgermeister vernehmlich dem Stadtschreiber. »Die unsinnigen Vorwürfe gegen den Stadtrat sind nicht Gegenstand der heutigen Zusammenkunft.«

Der Sekretär legte die Feder vor sich und verschränkte die Arme.

Johann Crantz, stellvertretender Bürgermeister, erhob sich. »Ratsmänner«, sagte er und wartete, bis es still wurde. »Wir sind freie Männer einer freien Stadt, nur dem Herzog untertan, und regieren Tondern nach eigenem Ermessen. Zu dieser Freiheit haben wir es gebracht, weil es unter uns immer kluge Männer gegeben hat, die sich den Mund nicht verbieten ließen. Gerade Tonderaner mit eigenem Kopf und festem Willen haben uns zu dem gemacht, was wir jetzt sind: eine recht wohlhabende Handelsstadt mit regionaler Macht und einem angemessenen Einfluß bei Herzog und König. Und völliger Unabhängigkeit vom Amtmann des Amtes Tondern. Deshalb solltet Ihr jemandem wie Arne Mickelsen zuhören und ihn ausreden lassen, mag seine Rede auch weit über das hinausgehen, was Ihr zu hören gewohnt seid. Wir sollten uns in der Rede keine Schranken auferlegen. Die Tür zum Ratssaal ist geschlossen, und ein Protokoll wird es nicht geben.«

Widerstrebend setzten sich die Ratsherren, als Crantz mit ausgebreiteten Händen jeden einzelnen ins Visier nahm. »In einem Punkt möchte ich Mickelsen übrigens zustimmen: Die Ämter der Handwerker geben dem Hospital in letzter Zeit weniger, wobei ich besonders das Schneider- und das Schmiedeamt nennen möchte. Und das Geld fehlt eben ...«

Klüver, der einzige Handwerker unter den Ratsleuten, nickte erfreut, weil sein Amt von diesem Vorwurf nicht betroffen war.

»Danke, Ratsherr Crantz«, sagte Mickelsen und sprach unverzüglich weiter, bevor einer der Greise in der zweiten Reihe Einspruch erheben konnte. »Es gäbe noch etliche Punkte, auf die ich eingehen könnte. Der wichtigste: die Gerichtsbarkeit, über die das Volk sich zu Recht beklagt, vor allem, weil nicht gleiches Recht für alle gilt. Die Sitte des Freikaufens begünstigt die Reichen und ist, auch nach meinem Gefühl, Unrecht.«

Petrus Jacobi, zu Stadt- und Hardesgerichten zugelassener Anwalt, weshalb er sich in Dokumenten als *imper. autor. notarius publ.* bezeichnen durfte, unterbrach ihn: »Als Rechtsunkundiger mögt Ihr es als ungerecht empfinden. Aber ich werde Euch erklären, woher der Brauch kommt, und Ihr werdet mir zustimmen, daß er berechtigt ist.«

Arne Mickelsen fügte sich widerwillig. Möglicherweise war diese Sitzung die letzte, bei der er frei reden konnte. Wahrscheinlich würden die anderen sich für die Zukunft einen Weg ausdenken, ihn davon abzuhalten.

»Wir sind hier in Tondern im Gegensatz zu Eurer Behauptung sehr fortschrittlich in der Rechtspflege. Ihr wißt vielleicht, daß vor noch nicht langer Zeit die Sühne von Straftaten nicht von der städtischen Obrigkeit ausging, sondern von demjenigen, der geschädigt war, oder von seiner Sippe, wenn er selbst unfähig dazu war, sei es, weil er krank oder verletzt oder gar erschlagen war. Zu dieser Zeit mischte sich niemand in Streitigkeiten zweier Parteien ein. Sogar bei Totschlag regelten die Parteien die Strafe selbst. Hier in Tondern kannten wir noch den alten nordischen Zweikampf, bei dem der Zeuge einer Straftat den Täter herausfordern mußte. Dies entsprach dem jydske Lov, dem dänischen Gesetz, nicht dem Lübischen Recht. Später rächte die Sippe ein Vergehen nicht mehr selbst, sondern erhob Klage beim Gericht, worauf dieses die Bestrafung vornahm. Ohne die Klage des Geschädigten oder seiner Vertreter wurde nichts unternommen. Um nicht durch Blutrache die Sippen ausrotten zu lassen, haben wir die Möglichkeit eingeführt, durch Zahlung einer Mannbuße die Sippe des Getöteten zu versöhnen. So ist abgesichert, daß die besten von uns überleben und nicht wegen einer Kleinigkeit erschlagen werden. Ihr gebt sicher zu, daß es auch gar nicht besonders schade ist um die, die aus niederen Sippen stammen und das Geld nicht aufbringen können, oder gar um die, die überhaupt keine Sippe haben.« Als die Ratsherren überschwenglich Beifall spendeten, fiel Petrus Jacobi selbstgefällig ein und setzte sich zufrieden.

Doch Mickelsen sprang auf. »Indem Ihr die Ursachen für eine fehlerhafte Rechtsprechung erklärt, wird sie doch nicht gerechter!« rief er. »Ihr bestätigt genau, was ich sage. Die Reichen kaufen sich frei, die Armen werden gehängt, gerädert, enthauptet oder auf dem Rad gebrochen. Gerecht wird es erst zugehen, wenn das Strafmaß für alle gleich und allein von der Tat abhängig ist. Die persönlichen Verhältnisse des Angeklagten oder des Anklägers dürfen dabei keine Rolle spielen. Wir müssen vom Sippenrecht abgehen!«

Petrus Jacobi rieb sich die ewig feuchten Hände und sagte

gönnerhaft: »Aber bester Arne, Ihr müßt doch zugeben, von der Juristerei nicht das geringste zu verstehen. Ihr steht doch eher auf der Seite der Ochsen.« Er wartete das leise Gelächter der anderen Ratsherren ab, bevor er unter falschem Lächeln weitersprach. »Ihr fordert, daß wir die Sippe aus der Rechtsprechung heraushalten. Ihr gebt aber doch selbst zu, daß das Recht und die Gerichtsbarkeit ein wichtiges Element unseres Zusammenlebens sind? Und worauf soll es sich stützen, wenn nicht auf die Sippe? Der einzelne ist viel zu schwach, um sein Recht durchzusetzen. Wir können uns im Gegenteil rühmen, vom alten Einmannrecht zum Sippenrecht übergegangen zu sein!« Er machte eine kleine Pause. »Ich denke, Arne, wir können die Aussprache hierüber jetzt beenden. Sie führt zu nichts und steht auch in keinem Zusammenhang mit dem Tumult.« Der Rechtsanwalt setzte sich zufrieden.

»Richtig, richtig«, sagten die meisten.

Andreas Beyer und Bernhard Büsing, die beide wie Mickelsen in Geschäften mit Holland tätig waren und ebenfalls mit Ochsen handelten, starrten auf die Tischplatte und schwiegen.

Arne, der um jeden Fußbreit Boden kämpfte, wandte sich insbesondere an diese beiden: »Peter Jakob, Ihr müßt nicht dort zu denken aufhören, wo Generationen von Juristen es schon getan haben. Springt über Euren Schatten und überlegt, ob Recht nicht auch anders gesprochen werden kann. Was, zum Beispiel, würde sein, wenn man Bürgersfrauen als Richter einsetzte?«

Pfui-Rufe unterbrachen seine Rede. Andreas Beyer zog die Brauen ein wenig in die Höhe und ließ den Blick neugierig umherwandern.

Thomas Andersen klopfte. »Zieht unsere Ratsversammlung gefälligst nicht ins Lächerliche«, keuchte er asthmatisch.

»Nichts liegt mir ferner!« Arne Mickelsen hob die Stimme. »Aber dennoch wäre es sicher auch für Euch vorstellbar, daß statt der Sippe der Rat der Stadt die Anklage erhebt. Dann gäbe es keine Blutrache mehr. Und da die Sippe infolgedessen nicht mit dem Täter über ein Sühnegeld verhandeln muß, spielt es auch keine Rolle mehr, ob der Verbrecher arm oder reich ist.«

Der Rat war geteilter Meinung. Nur Beyer nickte nachdrücklich, und Mickelsen beschloß, in nächster Zeit unter vier Augen mit ihm zu reden. Möglicherweise ließ sich dieser Mann als Verbündeter gewinnen.

Johann Crantz ergriff das Wort. »Mit Eurer Zustimmung, Bürgermeister Andersen, sollten wir diesen Vorschlag ausführlicher besprechen, wenn das dringendere Problem des Volksauflaufes gelöst ist. Ich sehe zwar, wie auch Arne, den Zusammenhang zwischen beiden, doch eine rasche Lösung läßt sich nicht finden.«

Mickelsen stand wieder auf. »Truel Matthiasen machte vorhin den guten Vorschlag, daß jemand zu der Versammlung sprechen solle. Nun ist es schwierig, eine aufgewiegelte Menge mit bloßen Worten zu beruhigen. Man muß ihr auch etwas geben. Man nimmt ihr den Wind aus den Segeln, wenn man ihr das Gefühl gibt, es sei eine Verbesserung eingetreten. Deshalb meine ich ...«

Heinrich Blome unterbrach ihn. »Da werdet Ihr Euch aber wundern, Arne. Dankbarkeit ist nicht Sache der Masse. Eher bekommen die Leute das Gefühl von Macht und verlangen immer mehr. Deshalb ist Bestrafung der einzige nutzbringende Weg.«

»Erläutert Euren Vorschlag, Mickelsen«, sagte Johann Crantz.

Der kranke Bürgermeister warf schwächlich die Hände in die Höhe und machte ein böses Gesicht, hatte aber nicht genug Luft, um widersprechen zu können.

»Ich meine, wir sollten in aller Öffentlichkeit verkünden, daß wir eine Neuordnung des Armenwesens einleiten werden. Der Armenvogt, der Bedürftige nach Gutdünken verhungern oder unterstützen läßt, muß besser überwacht werden. Das Hospital muß vergrößert und die armen Kinder müssen gespeist werden. Wenn der Herzog schon eine Sondersteuer erläßt, um seine Hochzeit zu finanzieren, und wir diese ohne Murren zahlen, sollte es uns doch möglich sein, eine Steuer zu erheben, um die bedürftigen Einwohner angemessen zu unterstützen.«

»Das ist nutzloses Geschwafel«, rief der dürre Tobias Kock. »Das hört sich zwar barmherzig nach unseres Herrn Vorbild an, aber in Wirklichkeit verführt es die Leute nur, die Hände in den Schoß zu legen und sich ernähren zu lassen. Nach meiner Meinung, Arne, führt Ihr uns hier ganz schön an der Nase herum. Ihr gebt vor, Vorschläge zu unterbreiten, wie Ihr die Volksversammlung auflösen wollt, und kommt dann mit Plänen, die Ihr von langer Hand vorbereitet haben müßt.«

»Und was heißt hier Armut?« fiel Kalf ihm ins Wort. »Sagtet Ihr nicht selbst, die Leute hätten eine Hexe ausfindig gemacht? Ich kann mir schon denken, wer sie ist! Ich sage nur: Wulfstraße!«

Mickelsen ignorierte den Hinweis. »Ja, das sagte ich. Ich sagte aber auch, daß sich irgend jemand die Stimmung im Volk zunutze macht, um es aufzuwiegeln. Wer das ist, und zu welchem Zweck er es tut, weiß ich nicht.«

Andreas Beyer, der schweigsame Ochsenhändler, ergriff erstmals das Wort. »Ich kann Arne in diesem Punkt voll zustimmen. Meiner Meinung nach konzentrieren sich die Umtriebe auf einen einarmigen Mann, der kein Einwohner von Tondern ist, den ich aber schon mehrmals hier gesehen habe. Er gibt sich wie ein Bettler, ist aber keiner. Er spricht wie ein gebildeter Mann. Möglicherweise hätte der ganze Spuk ein Ende, würden wir ihn fassen und einsperren.«

Tobias Kock prustete wie ein Pferd und winkte abfällig mit den Händen. »Wenn man Euch glaubte, könnte man meinen, hier sei eine Verschwörung im Gange. Das ist lächerlich! Wenn das Volk von einer Hexe beunruhigt wird, gebt ihm eine; wenn es sich genug an ihr belustigt hat, urteilt die Frau ab, und Ihr werdet sehen, wie zufrieden die Leute nach Hause gehen.«

»Genau!« rief Erland Kalf. Truel Matthiasen und Heinrich Blome spendeten Beifall.

»Eine Hexe ist für uns aus politischer Hinsicht viel günstiger als ein Rädelsführer«, hob Blome an, um seine Gedanken weitschweifig auszuführen. »Um eine überführte Hexe kümmern sich die Angehörigen nicht, weil sie Angst haben, als Helfer beschuldigt zu werden. Ein Rädelsführer dagegen hat immer eine Macht hinter sich, und es dürfte gefährlich für uns sein, diesen Leu zu wecken. Sollte es wirklich einen solchen Mann geben, wäre es klüger, in aller Stille abzuwarten, wer sich als Hintermann entpuppt, bevor man gegen den Rädelsführer vorgeht. Wenn wir eine Hexe festnehmen, wiegen wir ihn in Sicherheit, und er wird unvorsichtig.«

»Ein peinliches Verhör würde schnell offenbaren, wer die Hintermänner sind«, schnarrte Bernhard Büsing.

Mickelsen schüttelte resignierend den Kopf. »Es wird Euch Herren nichts nützen, den Kopf in den Sand zu stecken. Ohne Zweifel handelt es sich um eine abgesprochene Sache, auch wenn Ihr es nicht wahrhaben wollt. Meiner Meinung nach stehen hiermit auch die Gerüchte im Zusammenhang, die uns den Ochsenhandel über See zu erschweren drohen.«

»Ach, jetzt wollt Ihr Euch wohl noch städtische Hilfe bei Euren privaten Handelsinteressen sichern«, rief Peter Kock. »Was haben ein paar vorlaute Männer auf dem Marktplatz mit Euren Ochsentransporten zu tun? Sollen sie etwa als Vorwand dafür herhalten, daß Ihr ein auf städtische Kosten ausgerüstetes Kriegsschiff für Eure Hollandtransporte beantragen möchtet?« Beifallheischend blickte er sich um. Wie immer standen Erland Kalf und Truel Matthiasen auf seiner Seite. »Habt Ihr vielleicht einen Grund zu verbergen, wen die Menge meint? Kennt Ihr die Hexe? Ist sie eine Verwandte von Euch?«

Arne war außer sich vor Zorn. Während er nach einer passenden Entgegnung suchte, klopfte es hart und fordernd an die Tür zum Ratssaal.

Auf der Schwelle stand Kapitän Ketel Redlefsen.

11. Die Botschaft

Während der Rat schon tagte, brachte Ketel Redlefsen Inken in die Hintergasse des Stavengrundstückes ihres Onkels. Die Tür war nicht verriegelt, und das junge Mädchen schlüpfte erleichtert hinein. Der Kapitän wartete, bis sie den Riegel von innen vorgelegt hatte, und machte sich dann mit Sturmschritten zum Rathaus auf.

Schon in den Nebengassen, wo Redlefsen die Menschen noch gar nicht sehen konnte, schallte ihm deren Lärm entgegen. Er kämpfte sich bis zur Einmündung der Süderstraße auf den Marktplatz vor; ab dort aber standen die Leute so dicht gedrängt, daß er den Versuch aufgab, sich quer über den Platz bis zum Rathaus durchzuschlagen.

Es blieb ihm nichts anderes übrig, als in einem weiten Bogen von hinten an das Rathaus zu gelangen. Als er in der Schmiedestraße stand, konnte er die Hinterfront des Rathauses sehen. Die Menschenmenge stand hier weniger dicht. Wie auf Kommando ebbte das Geschrei plötzlich ab. Sogar das Jammern der Frau verstummte, die am Pfosten des Kirchhofeingangs im Halseisen hing. Die Gesichter richteten sich auf die Fenster des Ratssaals.

In der unerwarteten Stille hörte der Kapitän einen Pfiff, langgezogen wie ein Nebelhorn, gefolgt von einem kürzeren, höheren Ton. Er lächelte wehmütig. Genau dieses Signal war das Markenzeichen seines früheren Steuermanns gewesen – des besten Steuermanns, den er je gehabt hatte. Unglücklicherweise war der Mann im Hafen von London beim Entladen in eine Winsch geraten. Der Kapitän selbst hatte ihn von Bord getragen und den Todgeweihten zu den Franziskanern gebracht. Er hatte an seinem Lager um einen gnädigen Tod gebetet und für eine Messe und ein Begräbnis bezahlt; mehr konnte man auch für den besten Freund nicht tun.

Ketel schob sich mit der Schulter voran durch die Mägde und Knechte. Sie wichen beflissen beiseite, sobald sie seinen hohen Hut sahen. In manchen Gesichtern erkannte er Furcht. Wahrscheinlich hatten sie Angst vor Bestrafung. Genaugenommen, konnte man diese Versammlung auch als Aufruhr betrachten. Niemand wußte, ob der Rat nicht in diesem Augenblick beschloß, den Herzog um Hilfe zu bitten, damit er seine Landsknechte schickte.

Einem riesenhaften Kerl, der um keinen Preis beiseite rücken wollte, trat Ketel entschlossen auf die Hacken. Er war auf Ärger gefaßt, als er auf Nackenmuskeln starrte, die sich zu Strängen versteiften, die an die Festmacher eines englischen Flaggschiffes erinnerten. Und dann drehte der Mann sich um.

»Steuermann!« rief Ketel, packte ihn am Wams und starrte ihm ungläubig ins Gesicht.

»Ihr verwechselt mich, Herr«, sagte Laurens unbewegt. »Ich bin Laurens, der Bettler. Aber es ist sehr freundlich von Euch, mich stützen zu wollen. Unsereins ist Rücksichtnahme aus den Ständen der Ratsleute und Handwerkermeister nicht gewohnt.«

Zu Ketels Verblüffung sank Laurens ihm mehr oder minder in die Arme. Das Bettelvolk und die Knechte in der Nähe grinsten hämisch. Es wurde Zeit, den Bürgern die Zähne zu zeigen, und ein tollkühner Bettler machte es ihnen vor.

»Du kennst mich nicht«, flüsterte Laurens dem Kapitän ins Ohr. »Geh hinter die Ecke und warte dort auf mich.« Er nickte unauffällig zu dem prachtvollen Giebelhaus, das die eine Seite des Rathausplatzes einnahm. »Laß dich von den Fenstern des Rathauses aus nicht sehen. Ich komme gleich nach.«

Redlefsen stemmte den schweren Bettler mit angewidertem Gesicht von sich. »Ich habe dich tatsächlich verwechselt. Leute deines Schlages kenne ich überhaupt nicht. Und wage ja nicht, mich anzufassen, Kerl! Deine Läuse will ich nicht.«

»Hau bloß ab«, murmelte eine Magd mutig und warf den Kopf trotzig zurück, als der umwerfend gutaussehende junge Mann ihr für einen winzigen Augenblick seine Aufmerksamkeit schenkte.

»Lange machen die es nicht mehr so!« Der Mann, der sein Gesicht hinter einer lappigen Kapuze verbarg, murrte mit einem drohenden Unterton.

»Frechheit, was?« Laurens sah sich beifallheischend um. Die Magd nickte mit einem bedauernden Seufzer und schob sich näher an den Einarmigen, der auch nicht schlecht aussah.

Redlefsen bahnte sich gemächlich seinen Weg an der gestäupten Diebin vorbei auf die andere Seite des Kirchhofs. Zwischen dem Anbau des Giebelhauses und der Kirche standen kaum Leute, weil man von hier aus weder auf die Rathausfront noch in die Hauptstraßen Einblick hatte. Er lehnte sich an die Wand, verschränkte die Arme und erlaubte sich ein zufriedenes Grinsen. Die Täuschung war gelungen. Nicht daß er gewußt hätte, warum, aber Laurens hatte zweifellos seine Gründe.

Er wunderte sich weniger über die Umstände, unter denen er seinen ehemaligen Steuermann antraf, als daß er ihn überhaupt traf. Laurens war ein Mann mit breitgefächerten Interessen, der sich vor allem an Unternehmungen beteiligte, die viel Gefahr und wenig Ruhm versprachen. Das erste Mal hatte Ketel ihn getroffen, als er gerade dabei war, die Flucht von Hugenotten nach England zu organisieren. Was er anfaßte, hatte Hand und Fuß; daß Laurens zur Vorsicht gemahnt hatte, beunruhigte Ketel. Trotzdem war er natürlich neugierig.

Einige Minuten später kam Laurens herangeschlendert, nach außen hin gelassen und innerlich beherrscht. Sein blondes Haar ergraute an den Schläfen bereits, doch sein Gesicht trug den gleichen wachen, ein wenig argwöhnischen Ausdruck wie früher. Er hatte sich anscheinend nicht geändert.

»Na, Käpten«, sagte Laurens, »es hat mich immer gewurmt, daß ich nie Gelegenheit hatte, mich bei dir zu bedanken. Du hättest mich auch den Haien vorwerfen können, so tot wie ich war. Ein paar Wochen lang. Dann wurde es mir zu langweilig. Ich überließ den Mönchen meinen Arm – es war nur ein geringes Almosen, aber sie nehmen, was man ihnen bietet. Danach ging ich.«

Ketel grinste. »Ich finde, es ist eine Menge von dir übriggeblieben, jedenfalls das Wesentliche. Was hast du seitdem getrieben?«

Laurens hob mit vielsagendem Gesichtsausdruck den verbliebenen Arm.

»Ja, ja«, sagte Ketel und winkte ab. »Ich kann es mir schon denken. *Dies und jenes*, und *da und dort.* Stimmt's?«

»Ja, du kennst mich gut«, meinte Laurens lachend. »Ich kann doch meine Auftraggeber nicht preisgeben, nicht wahr?«

»Solange du dich zu Stillschweigen verpflichtest, natürlich nicht! Und genau aus diesem Grund wirst du mir wohl jetzt auch nicht sagen wollen, was du hier in Tondern machst?«

»Richtig! Daß du dir das aber auch schon denken kannst, Kapitän!« erwiderte Laurens ironisch. »Aber ich weiß ja, du gehörst zu den Friesen, die den Kopf nicht nur zum Boßeln nehmen.«

»Erinnerst du dich noch an das Spiel?« fragte Ketel überrascht.

»Aber sicher. An unbeschwerte Stunden erinnert man sich immer. Es gibt so wenige davon. Und was machst du selber hier, Ketel?«

»Ich fahre für einen Ratsherrn, für Arne Mickelsen. Ich bin heute zurückgekommen.«

»Ja, so ein bißchen betätige ich mich auch auf diesem Gebiet«, sagte Laurens versonnen.

»Vermittelst du Ware?«

»Nein, eher das Gegenteil«, antwortete Laurens geheimnisvoll.

»Schurkerei oder Heldentat?«

»Keins von beiden, aber es bringt so viel Geld, daß ich davon leben kann.« Laurens zuckte gleichgültig die Schultern. Dann hob er das Kinn und schnupperte in die Luft. Sie schien ihm nicht zu gefallen. »Hör mal, Ketel, ich würde mich gern bei einem Bier länger mit dir unterhalten. Aber jetzt habe ich zu tun. Wo bist du heute abend?«

Dem Kapitän paßte das nicht schlecht. »Ich bleibe wie immer im *Goldenen Schwan.* Versuche es dort. Andernfalls hinterlasse ich dir eine Botschaft, wo ich zu finden bin. Tja, ich muß jetzt auch weiter, ich hab' dem Rat eine unangenehme Nachricht zu bringen.« Er holte tief Luft. »Laurens, wenn dir dein Leben lieb ist, rate ich dir, Tondern zu verlassen. Laß die Geschäfte sausen.«

»So schlecht stehen die Dinge? Gibt es Krieg? Das sollte mich aber wundern, davon hätte ich gehört! Nein, Krieg bestimmt nicht. Was also dann?« fragte Laurens und blickte Ketel forschend an. »Das bißchen Hochwasser kannst du doch nicht meinen? Willst du die Stadt in Schutt und Asche legen?«

Ketel lachte gequält. Laurens' Sinn für Humor war zuweilen etwas abartig. »Tu mir den Gefallen und schweig darüber. Es wird bald eine tödliche Krankheit in Tondern umgehen. Möglicherweise werden die Leute wie die Fliegen sterben. Ich bin gerade auf dem Weg zum Stadtrat, um ihn zu warnen. Er muß etwas unternehmen, bevor es zur Panik kommt.«

»Beim Haarschopf der Muttergottes von Einsiedeln!« stieß Laurens bestürzt hervor. »Es weiß noch keiner davon, wie?« Er deutete mit dem Kopf zur Platzmitte. »Woher weißt du es denn?«

»Ich habe die Krankheit wahrscheinlich eingeschleppt«, gab Ketel mürrisch zu. »Ich muß versuchen, das Schlimmste zu verhindern.«

Zum ersten Mal, seit Ketel ihn kannte, verschlug es Laurens die Sprache. Er kratzte sich nachdenklich den Bart, während er die Sache überdachte. »Ich glaube dir, Ketel, weil ich dich kenne. Aber die da oben? Hoffentlich bekommst du keine Schwierigkeiten! Sei vorsichtig!«

»Wie soll man vorsichtig sein, wenn man vor einer Gefahr warnt?« fragte Ketel. »Entweder man tut es, oder man läßt es.« Er hob unauffällig die Hand und machte sich zum Eingang des Rathauses auf.

Die Frau am Pfosten kauerte am Boden; sie hatte sich soweit es ging von dem Säufer zurückgezogen, der am zweiten Halseisen hing und auf dem Rücken liegend seinen Rausch ausschlief. Als Ketel vorbeikam, hob die Frau das Gesicht und blickte ihn mit hoffnungslosen Augen an. Er wandte sich voll Unbehagen ab.

Laurens blieb noch an der Wand stehen; er starrte ins Leere und flötete eine eintönige Melodie. Er verstand mehr vom Geschäft mit Nachrichten als der ehrenwerte Kapitän. Und er schloß mit sich selbst eine Wette ab, daß der Stadtrat das Problem anders lösen würde, als Ketel es im Sinn hatte.

»So laßt mich schon hinein! Ich habe eine wichtige Botschaft für den Stadtrat!« sagte Ketel Redlefsen ungehalten zu den Ratsdienern vor der Tür.

Die Männer sahen einander unschlüssig an. Dann öffnete der Knecht die Pforte und winkte den Kapitän durch. Er nahm mehrere Stufen der Treppe auf einmal. Plötzlich hatte ihn die unbestimmte Furcht befallen, es könnte zu spät für Gegenmaßnahmen sein. Den am Eingang des Ratssaals postierten Diener wischte Ketel beiseite und riß die Flügeltüren auf.

Den kurzen Augenblick, den der Kapitän benötigte, um sich zu orientieren, ließ der Ratsherr, der dem Eingang gegenüber saß, nicht ungenutzt verstreichen. Er fuhr den Eindringling barsch mit heiserer Stimme an. »Wer seid Ihr? Wie könnt Ihr es wagen, eine ordentliche Versammlung des Großen Rats zu stören? Dafür müßt Ihr schon gewichtige Gründe vorweisen!«

»Die habe ich«, sagte Redlefsen gereizt. »Und weil's eilt, will ich mich nicht mit langen Vorreden aufhalten, sondern Euch klipp und klar mitteilen, daß Ihr die Pest in Eurer schönen Stadt habt. Jedenfalls glaube ich, daß es die Pest ist – die Haut der Toten hat eine bläuliche Farbe. Doch welche Krankheit es auch sein mag, sie führt erschreckend schnell zum Tode.«

Die Mehrheit der Ratsherren starrte den Kapitän ungläubig an. In der Ecke der Bierkaufleute erhob sich leises Gelächter, das sich in der Stuhlreihe bis zur hohen Lehne des Bürgermeisters fortsetzte.

»Das ist gut«, keuchte einer der Männer zwischen zwei Lachanfällen. »Wir überlegen hier, ob wir es mit einem organisierten Aufstand gegen die Bürger zu tun haben, und dann kommt so ein Narr und erzählt uns, daß in Tondern jemand krank ist!«

Der erste Bürgermeister holte japsend Luft und wedelte mit der Hand, damit der Saaldiener den Verrückten auf der Stelle entferne.

Auf der Seite, wo die Ochsenkaufleute saßen, war man nachdenklicher. Einige Ratsherren hatten genügend Menschenkenntnis, um zu erkennen, daß kein Schwätzer vor ihnen stand, sondern einer, der sich kurz und knapp gefaßt hatte, weil seiner Meinung nach rasches Handeln erforderlich war.

Noch bevor auf beiden Seiten unbesonnene Worte fallen konnten, sprang Arne Mickelsen auf und rief: »Bürgermeister, Ratsherren, ich bürge für diesen Mann. Kapitän Ketel Redlefsen fährt für mich die *Hoffnung*, und ich kenne ihn seit vielen Jahren.«

Tobias Kock rief höhnisch: »Meint Ihr denn, daß es der Glaubwürdigkeit dieses Mannes förderlich ist, wenn ausgerechnet Ihr für ihn zeugt, Arne? Es dürfte mittlerweile jeder gemerkt haben, daß Ihr während der ganzen Diskussion private Interessen betrieben habt. Es ist ein abgekartetes Spiel, wenn Ihr jetzt auch noch Euren Kapitän ins Rennen schickt! Sehr dreist von Euch. Zu dreist!«

Redlefsen merkte, daß er zum Zündfunken in einem bereits lodernden Streit werden konnte. Er ärgerte sich und zwang sich zur Ruhe. »Ihr Herren, es steht gar nicht zur Debatte, ob Ihr mich für glaubwürdig haltet oder nicht, sondern ob Ihr in der Lage seid, Maßnahmen gegen eine tödliche Krankheit zu ergreifen. Möglicherweise ist es die Pest – vielleicht auch nicht, aber wer mit ihr zu tun bekommt, stirbt. Was Ihr mit der Nachricht anfangt, ist Eure Sache, und ich habe damit alles getan, um Euch zu warnen. Lebt wohl.« Er drehte sich um und ging mit hallenden Schritten zur Ausgang, während der Saaldiener bereits zur Klinke griff.

Johann Crantz schob seinen Sessel zurück und erhob sich. »Nicht so eilig, Kapitän. Bitte bleibt noch. Mir persönlich ist Euer Name bekannt, sicher auch noch einigen anderen hier im Saal. Eure Glaubwürdigkeit steht nicht zur Debatte. Seid so gut und erzählt uns Näheres über die Krankheit und woher Ihr davon wißt.«

Redlefsen nickte und kehrte um. Aus dem Augenwinkel sah er Mickelsens Erleichterung. Also war dieser Ratsherr neben dem Bürgermeister wahrscheinlich ein vernünftiger Mann. Der Kapitän gab eine Kurzfassung der Ereignisse auf seinem Schiff und danach. Als er am Ende war, wunderte er sich selbst, wieviel sich in diesen wenigen Stunden ereignet hatte. Ihm fiel die Jungfer Inken ein, und sein Gesicht überzog sich mit einem warmen Lächeln. Sie war der einzige Lichtblick dieses Tages. Er erschrak, als das Poltern eines umgefallenen Sessels ihn aus seinen Gedanken riß.

Erland Kalf schlug mit der geballten Faust auf den Tisch. »Ihr habt wahrhaftig die Stirn, hierher zu kommen und zu erklären, Ihr hättet die Stadt mit einer Seuche überzogen? Und dabei noch zu grinsen! So wie Ihr die Sachlage schildert, bildet Ihr doch selbst eine Gefahr! Was fällt Euch ein, den Rat da hineinzuziehen! Wenn auch nur ein Wort davon stimmt, hättet Ihr die Krankheit am besten am Hafen gelassen!«

Die Bierimporteure und die Verleger von Klöppelspitzen, die einen ganzen Schenkel der u-förmigen Sitzordnung einnahmen, waren ebenfalls dieser Meinung. Einige von ihnen erhoben sich voller Furcht bei Kalfs schriller Rede.

Redlefsen streckte den Männern die Handflächen entgegen, um sie zu beruhigen. »Die Gefahr liegt woanders«, rief er, um den anschwellenden Lärm zu übertönen. »Entweder man ist schnell tot oder gar nicht befallen. Ich bin nicht befallen.«

Seine beschwichtigenden Worte machten keinen Eindruck. Zwei Herren sprangen auf, nickten knapp, ohne jemand Bestimmten zu meinen, und fegten mit wehendem Gewand zur Saaltür.

»Aber Kollegen, Kollegen«, donnerte der Crantz hinter ihnen her, nachdem er sich flüsternd mit dem ersten Bürgermeister verständigt hatte. »Die Sitzung ist noch nicht geschlossen. Im Gegenteil! Der ehrenwerte Thomas Andersen wird uns seinen Beschluß jetzt mitteilen.«

Der erste Bürgermeister warf giftige Blicke auf die flüchtigen Ratsherren, die beschämt an ihre Plätze zurückkehrten. »Ihr Herren, laßt Euren Verstand zu Wort kommen«, keuchte er. »Was ist schon passiert? Drei Fremde sind gestorben, auf See sogar, und dazu der Wirt vom *Löwen* in Tondern. Na und? Jeden Tag sterben Menschen, auf See und in Tondern. Doch um diese drei Todesfälle herum hat ein weiterer Fremder eine wirre Geschichte gesponnen, die aus Vermutungen besteht ...«

»Seemannsgarn genannt«, schleuderte der Jurist verächtlich hin.

Ausnahmsweise erntete Jacobi für die Unterbrechung der Rede des Bürgermeisters einen anerkennenden Blick. »Genau, was ich sagen wollte: Seemannsgarn«, wiederholte Andersen. »Als Kapitän ist er weder berufen noch erfahren in Medizin und Chirurgie. Ich vermute eher, daß er ein Wichtigtuer ist, der den

Rat in Angst und Schrecken versetzen will. Deshalb bin ich dafür, diesen Mann als Betrüger einzusperren. Sollte sich tatsächlich herausstellen, daß hier eine Krankheit umgeht, lassen wir einen Mediziner aus Kopenhagen kommen, der sein sachkundiges Urteil abgeben wird. Er kann sich dann auch mit dem Seemann befassen und ihn in allen Einzelheiten befragen, wie er die Krankheit eingeschleppt haben will.«

»Vor dem Seegericht von Tondern! Vielleicht ist er schon einschlägig bekannt.« Der Jurist malte sich in Gedanken aus, wie er Redlefsen ins Kreuzverhör nehmen würde. Dazu aber brauchte er die Hilfe des auf See erfahrenen Reeders und Kaufmanns Lorenzen.

»Selbstverständlich vor dem Seegericht«, stimmte Andersen zu.

»Eine weise Entscheidung!« Heinrich Blome schlug klatschend mit der flachen Hand auf den Tisch und stimmte ein brüllendes Gelächter an, das an Häme nichts zu wünschen übrig ließ. »Man wird seine Schuld schon aufdecken.«

Redlefsen blickte sich befremdet um, als die Ratsherren dem Bürgermeister durch Klopfen mit den Handknöcheln ihre Zustimmung gaben.

Arne Mickelsen krampfte die Schultern zusammen. Doch er konnte im Augenblick nichts dagegen tun. Gegen das letzte Wort des ersten Bürgermeisters war kein Einspruch möglich. Der Sekretär war bereits dabei, den Beschluß niederzuschreiben.

Für einen Moment trat im Saal Ruhe ein, während der Sekretär mit kratzender Feder schrieb. Andersen wartete auf den Schlußpunkt, um danach die Ratsdiener zu rufen und den Zeitpunkt zu Protokoll zu geben, an dem die Verhaftung des Kapitäns erfolgte.

Durch die Fenster drangen plötzlich Rufe vom Rathausplatz herein. Die Ratsherren horchten auf. Die Rufe waren ganz anders als das wütende Geschrei, das von Zeit zu Zeit anschwoll und an das sie sich mittlerweile gewöhnt hatten.

Truel Matthiasen bemühte sich höchstpersönlich zum Fenster, da er in der Nähe saß. »Es ist jemand in Ohnmacht gefallen, glaube ich. Man hat einen Kreis um ihn gebildet und versucht, ihn auf die Beine zu stellen.«

Ketel Redlefsen hielt kurz den Atem an. Es schien, daß seine Warnung zu spät gekommen war.

Die Ratsherren blieben betont gleichgültig. Einer summte ein kleines Lied und trommelte mit den Fingern den Takt.

»Der Mann ist tot«, sagte Matthiasen. »Hört Ihr die Leute? Sie rufen wie aus einem Mund *Hexe*. Hört Ihr es?«

Der Kapitän stand im Inneren des Saales und hatte keine Möglichkeit, zum Rathausplatz hinauszuschauen. »Wie ist der Tote bekleidet? Wie ein Bürger oder ein Bauer? Oder wie ein Fischer?«

Ratsherr Matthiasen zupfte sich den Bart und starrte aufmerksam nach unten. »Weder noch. Irgendein Lump von außerhalb. Entweder vom Freigrund oder vom Hafen. Möglicherweise wohnt er nicht einmal innerhalb des Amts.«

Redlefsen eilte um den Ratstisch herum, ohne daß man ihn hinderte, und schaute auf den Platz hinunter. Dem Mann war beim Sturz nicht einmal die sackartige Kapuze seines Umhangs vom Kopf gerutscht. »Ja, merkt Ihr denn nicht, was hier passiert?« fragte er eindringlich. »Laßt jemanden sich erkundigen, ob der Mann heute früh im *Löwen* gewesen ist. Dann hättet Ihr den Beweis.«

Andersen schnalzte mit den dicken Lippen und wiegte den Kopf. »Pest! Unmöglich! In Tondern bekommt man nicht die Pest. Aber ich sehe schon, der Kapitän braucht für alles Beweise. Ein wenig mehr Glauben an die Allmacht des Herrn täte ihm not. Dann hätte er keine Angst um sein unbedeutendes kleines Leben.« Gleichgültig gab er einem der Diener an der Tür ein Zeichen.

12. Verhaftung

Während der Ratsdiener polternd die Treppe hinunterlief, erhoben sich die Ratsherren und drängten sich an den vier Fenstern des Ratssaals zusammen.

Ihr Bote erkundigte sich bei mehreren Leuten im Zuschauerkreis, die offensichtlich alle nichts zu sagen wußten. Endlich fand er jemanden, mit dem er längere Zeit sprach.

Als der Diener zurückkehrte, saßen die Ratsherren wieder auf ihren Plätzen und unterhielten sich. Der Bürgermeister wartete eine Zeitlang, bevor er den Knecht aufforderte, seinen Bericht zu liefern. Man muß die Leute durch kleine Gesten zur Demut erziehen, pflegte der Bürgermeister zu sagen, und so handelte er auch.

»Der Verstorbene war im *Löwen*«, berichtete der Knecht erleichtert. »Er und zwei weitere Männer. Mit dem einen von ihnen sprach ich. Er wußte auch, daß dort ein Fischer gestorben ist. Aber mehr konnte er mir nicht sagen.«

»Gibt es einen Arzt in der Stadt?« fragte Redlefsen.

»Wir haben drei Barbiere mit dem Privileg des *ersten Bandes*«, antwortete Crantz beunruhigt. »Und den Apotheker.«

»Ich glaube, Ihr solltet den Apotheker holen«, schlug der Kapitän vor. »Vielleicht kann er Euch bestätigen, daß der Mann an der Pest gestorben ist. Wenn er bläuliche Flecken an dem Toten sieht, ist es eindeutig dieselbe Krankheit, an der die anderen gestorben sind.«

Der Bürgermeister hatte sich durch seine lange Rede verausgabt. Er saß immer noch mit hochrotem Kopf und rundem Buckel auf seinem Platz. Johann Crantz übernahm es, den Diener zu seinem neuerlichen Gang zu instruieren. Als er den

Ratssaal verlassen hatte, schauten die Herren einander mit bedenklichen Mienen an.

Wenigstens zweifeln sie nun, dachte Redlefsen und setzte sich zuversichtlich auf die Bank an der Tür. Zugegebenermaßen war es sehr unchristlich von ihm, aber er war doch erleichtert, daß es ausgerechnet jetzt einen Toten gab, der den Ernst seiner Warnung bestätigen würde. Er streckte seine langen Beine von sich und war dankbar für die erste Pause im Trubel dieses Morgens.

Michel Fenzke, der seine Apotheke seit rund dreißig Jahren führte – die erste Apotheke Tonderns, vom Herzog mit mehreren Privilegien ausgestattet und deshalb früher ein Dorn in den Augen der Kaufleute – kam kurzbeinig mit einem Köfferchen in der Hand in den Saal getrippelt. Mit wichtiger Miene ließ er sich vom Rat erklären, was von ihm verlangt wurde. Daß man ihm Stillschweigen abverlangte, entlockte dem Apotheker ein empörtes Hüsteln.

Danach ging er und blieb lange aus. Als er zurückkam, ließ er mit keiner Regung erkennen, ob der Stadt Gefahr drohte.

»Nun, was habt Ihr festgestellt?« fragte Andersen. In seinem Gesicht zuckte regelmäßig wie ein Uhrpendel ein Muskel.

Der Apotheker räusperte sich gemächlich, strich mit elegantem Schwung seiner Hand eine Falte aus dem langen Rock und kostete in aller Ruhe aus, daß man mit ängstlichen Blicken an seinen Lippen hing.

Mutter Gottes, hoffentlich kann er es überhaupt beurteilen, dachte Redlefsen plötzlich beunruhigt. Sehr viel hing davon ab, ob dieser Mann ein Stümper oder ein Gelehrter war.

Fenzke machte sich bereit. »Die *Humores* des Mannes haben eine *Alteration* erfahren. Dennoch sind die äußerlichen *Poros,* die Öffnungen der Haut also, verschlossen und haben weder zu Schweiß noch zu Ausdünstung geführt. An einem *Febris utilis* hat der Mann also nicht gelitten. Die *Malignität* oder das Gift, das in ihm wütete, hat aus dem *Motu Humorum intestino*, gewissermaßen aus der innerlichen Bewegung des Geblütes, ihren Ursprung genommen. Wenn nun die Natur die Wege solcherart verschlossen findet, und also mit der Unreinigkeit nicht durch die Haut und somit nicht an die *Cuticulam* gelangen kann, so findet sie sich genötigt, einen anderen Ausweg zu suchen und entweder durch die Nase oder durch die drüsigen Teile auszufahren.

Dies aber ist eine Sache von großer Gefahr, nicht allein, weil die Natur dabei eine merkliche *Turbation* leidet, sondern auch weil die Unreinigkeiten durch viel innerliche Teile wieder durchgeführt werden müssen, welche sie leicht angreifen und ihnen schaden können. Daher geschieht es solchen Falls, daß sie statt der gewöhnlichen Exkretion oder ordentlichen Ausdünstung heftiges Nasenbluten, starkes Erbrechen oder schädliche Durchfälle verursachen. Zuweilen auch imitiert sie solche *Partes*... «

»Apotheker Michel Fenzke«, rief Johann Crantz mit fester Stimme, »wir möchten bloß von Euch wissen, ob dieser Mann an der Pest gestorben sein könnte.«

Redlefsen starrte den Apotheker mit offenem Mund an. Einem solchen Menschen war er in seinem ganzen Leben noch nicht begegnet. Kein Wunder, daß die meisten Kranken vor Gelehrten Angst hatten.

Der Apotheker schürzte beleidigt die Lippen. Von ihm, als gelehrtem Herrn, konnte man eine vollständige Auskunft oder aber gar keine erhalten. »Die Pest ist unter den *Febribus contagiosis* oder ansteckenden hitzigen Fiebern das gefährlichste und gewaltsamste. Die *pestilenzialische Malignität* wird entweder durch Fieber mit langanhaltendem Schweiß oder durch gewisse Beulen, *Bubones* oder *Anthraces*, sezerniert. Wo aber dergleichen *Exkretiones* nicht geschehen, kann die Natur die Materie durch die innerlichen Teile zu sezernieren oder exzernieren suchen, durch Durchfälle, Erbrechen oder Entzündungen des Halses.

Dieses sagte ich Euch schon, nicht wahr?« Der Apotheker hörte unvermittelt zu reden auf, als ob alles geklärt sei. »Vielleicht habt Ihr nicht richtig zugehört«, fügte er hinzu, als das Schweigen der Ratsherren auch ihm endlich auffiel.

»Advokaten und Mediziner!« rief Andreas Beyer erbittert. »Wenn sie es wissen, sagen sie es nicht, und wenn sie es nicht wissen, merkt man es nicht.«

»Eure Antwort, Fenzke«, drängte Johann Crantz entschlossen. »Ist der Mann an der Pest gestorben?«

»Die *Bubones,* das *Febris contagiosa*...«, hob der Apotheker erneut an.

»Ja oder nein?« unterbrach ihn der zweite Bürgermeister brüsk.

»Nein.«

Thomas Andersen unterbrach sein blubberndes Schnaufen, das ein Zeichen seiner Erregung gewesen war. Er winkte dem Apotheker mit der einen Hand seinen Dank zu und holte mit einer ausladenden Bewegung der anderen beide Ratsdiener zu sich heran.

Während der Bürgermeister einem von ihnen ausgiebig ins Ohr flüsterte, erhob sich Redlefsen voll Argwohn.

Dann kamen die Knechte auf ihn zu. Mit stoischen Mienen packten sie seine Arme wie Schraubstöcke. Sie führten ihn am schmächtigen Apotheker vorbei.

Fenzke schenkte Redlefsen ein dünnes, uninteressiertes Lächeln, dann gesellte er sich zu einer Gruppe von Ratsherren, die aufgestanden waren und Belanglosigkeiten austauschten. Es war eine ausgezeichnete Gelegenheit, die Kontakte zu ihnen zu vertiefen, ohne die neugierigen Ohren anderer Bürger befürchten zu müssen.

Redlefsen ballte die Fäuste. Ignoranten und Dummköpfe! Eitelkeit ging ihnen vor Gemeinwohl. Er fragte sich, ob es so etwas wie die Fürsorge des Kapitäns auf dem Schiff in einer Stadt überhaupt geben konnte. Vermutlich nicht. Wahrscheinlich saß jeder einzelne nur im Rat, um das Beste für sein Geschäft und seine Familie herauszuholen. Von einzelnen Anwesenden abgesehen.

»Wohin bringt ihr mich?« fragte er die Knechte und war überrascht, eine Antwort zu bekommen.

»In den *Bürgergehorsam.* Da ist es schön dunkel, und Ihr habt Zeit, über Eure Verfehlungen nachzudenken, Kapitän.«

An Höflichkeit fehlte es den Männern weiterhin nicht, und Bürgergehorsam hörte sich weniger tödlich an als Bodelie. Als die Knechte Ketel zur Treppe nach oben lenkten, statt nach unten in ein Kellerverlies, stiegen Sorgen um Inken in ihm auf. Zweifellos war die Seuche in der Stadt und würde vermutlich bald aus ihren zaghaften Anfängen heraus sein. Dann war jeder in Gefahr – außer ihm in einem Gefängnis. Ketel gab ein tonloses Lachen von sich und wehrte sich nicht, als die Knechte ihn in einen staubigen Dachraum stießen. Kurz bevor die Tür zum schwach erleuchteten Gang zuschlug, sah er, daß die schrägen Wände aus breiten Bohlen fest gefügt waren und kein Fenster aufwiesen. Danach wurde es stockdunkel um ihn.

Die Ratsherren ein Stockwerk unter dem Kapitän vertagten sich erleichtert, denn wider Erwarten hatte das Volk auf dem Marktplatz sich zerstreut, als sich herumgesprochen hatte, daß ein Toter die Folge dieser Kundgebung war.

13. Das Heer der Seelen

Schwimmen konnten sie gut, aber zum Schlafen und Essen brauchten sie trockene Plätze.

In der Nacht, als die Straßen von Tondern wie gewöhnlich unbelebt und unbeleuchtet lagen, zogen die Ratten um. Ganze Familien wanderten aus den schilfbestandenen Niederungen des Hafens in die höher gelegenen Gebiete von Tondern, wie immer, wenn das Hochwasser kam.

Sie huschten verstohlen von einem Hausschatten zum nächsten und vermieden ängstlich die Streifen von Licht, die der Mond zwischen den schnell ziehenden Wolken auf die Straßen warf.

Nicht alle Tiere waren gut zu Fuß. Zuweilen stockte der schnelle Lauf, die Ratte schleppte sich steifbeinig eine Zeitlang weiter, schwankte und fiel um. Nach einigen schweren Atemzügen war sie tot.

Anfänglich schleppten die lebenden Ratten ihre toten Familienmitglieder mit. Dann aber stieg das Wasser schneller hinter ihnen, als sie den Transport zu bewältigen vermochten; außerdem wurden es zu viele. Sie mußten sie liegen lassen.

Darüber hinaus gab es immer noch diesen fremden, beängstigenden Geruch, der ihnen hartnäckig folgte, auch wenn sie versuchten, ihm durch schnelles Laufen zu entkommen.

Die großen grauen Ratten aus dem Hafengebiet wanderten durch die Straßen *Hinter den Südlichen* und *Östlichen Ställen* und durch die *Spiekerstraße* in die Stavengrundstücke der Bürger ein. Dort mußten sie unerwartet feststellen, daß sie immer noch keine Ruhe bekamen. Einige Ställe und Nebengebäude waren von den schwarzen Vettern bewohnt.

Die Grauen fuhren drohend und knurrend zwischen die schwarze Sippschaft. Die kleinen Hausratten zogen sich zurück auf die Dachböden und in die Bürgerhäuser, das Rathaus und die Kirche.

Wer alle seine Sinne beisammen hatte, hütete sich in dieser Nacht, sein Haus zu verlassen. Noch saßen den Tonderanern die merkwürdigen Ereignisse des Tages in den Knochen, und es gab genug Anlaß, sie durchzusprechen. Außerdem waren da noch der Wind und das Wasser. Als der Winddruck endlich nachließ, gingen die meisten erschöpft zu Bett.

Nur in der Wulfstraße machten sich zwei Männer auf, um sich von den besseren Bürgern zu holen, was man ihnen vorenthielt. Sie patschten durch das knöcheltief in ihrer Straße plätschernde Wasser und bogen nach einer Weile in die Süderstraße ein. Je mehr sie sich dem Marktplatz näherten, desto trockener wurde es.

Plötzlich packte der ältere von beiden seinen Begleiter am Arm und blieb stehen. »Horch«, wisperte er. »Was ist das?« An seinen Beinen vorbei fegte eine graue Wolke die Straße entlang. Sie gab ein unbestimmbares Geräusch von sich. »Ein Heer von toten Seelen!«

»Quatsch! Haltet das Maul, Vater, und laßt mich lauschen!« befahl der Jüngere. Hätte er nur eine Laterne gehabt, wie der Stadtrat es für nächtliche Spaziergänger vorschrieb! Doch bei seinem Gewerbe verbot Licht sich von selbst.

Ein leises Hüsteln war zu hören. Der junge Mann grinste erleichtert. »Ihr und die Spökenkiekerei! Ein Ferkel mit Husten, das sich hier irgendwo auf der Straße herumtreibt. Wir nehmen es auf dem Rückweg mit. Kommt jetzt.« Er wischte die Angst des Alten mit einer Handbewegung beiseite und schlich dicht an einer Hausmauer weiter. Er hatte einen Kaufmannshof ausfindig gemacht, dessen Knechte nachlässig genug waren, die Pforte im großen Tor des öfteren aufzulassen. Und welche Nacht wäre wohl besser zur Nachlässigkeit geeignet als diese?

Der Alte seufzte tief und tappte hinter seinem Sohn weiter. Er war schon viel zu steif und langsam für Einbrüche dieser Art, aber er hatte keine Wahl. Vergib mir, Herr, und richte in deinem Paradies eine Wulfstraße für die Kaufleute von Tondern ein, dachte er. Laß sie hungern, bis sie den Schmerz in der Magengrube spüren; und wenn es nur für eine Woche wäre, dann wäre ich schon zufrieden.

»Beeilt Euch!« flüsterte sein Sohn ungehalten.

Der Alte sah seine schemenhafte Gestalt vor einem helleren Flecken. Gottlob, die Einmündung der Straße *Hinter den Östlichen Ställen* in die Süderstraße. Er machte einen langen Schritt und schlug hin.

»Vater, lebt Ihr noch?«

»Ich glaube«, murmelte der alte Mann und setzte sich mit Hilfe seines Sohnes auf, noch benommen, aber mit heilen Knochen, wie ihm dünkte. »Ja. Dem Herrn Jesus Christus sei Dank.«

»Pfui Teufel! Was ist das denn?« fragte der Sohn entrüstet und zerrte einen kleinen, noch warmen Leib unter seinem Vater hervor. »Eine Ratte! Ihr seid über sie gestolpert.«

Das Mondlicht ließ die Männer einen kurzen Blick auf das Tierchen werfen, das am Schwanz zwischen den kräftigen Fingern des jungen Mannes hing. Augen und äußere Ohrgänge waren verklebt von Eiter, und die Nase war blutig. Schaudernd ließ der Mann die Ratte fallen und zog seinen Vater in die Höhe.

Der Alte streifte die Hand seines Sohnes ab. »Diese Nacht ist nicht vom Herrn gesegnet«, krächzte er, von Angst geschüttelt. »Ich kehre um.«

Der Jüngling ließ seinen Vater schweigend gehen. Als die Nacht ihn verschluckt hatte, zuckte er mit den Schultern und tauchte selbst in die tiefschwarzen Schatten der Stallgebäude der reichen Bürger ein.

Von der nächtlichen Prozession der Ratten in verschiedene Stadtteile, dem kurzen Krieg und der Neuverteilung der Wohnungen und Jagdgebiete merkten die meisten Tonderaner nichts, auch Tade Hansen nicht, der mit seinen Verwandten ein angeregtes Gespräch führte, als das Geschirr nach dem späten Abendessen von den Mägden abgetragen worden war.

Tade und Ubbe stopften Tabak in die winzigen Köpfe ihrer holländischen Tonpfeifen und schnupperten voller Vorfreude daran, während Margaretha im Schein mehrerer Öllichter noch letzte Eintragungen in ihr Haushaltsbuch machte.

»Die Nachrichten, die aus der Welt zu uns kommen, sind häufig beunruhigend«, sagte der Kaufmann und nahm einen tiefen Zug. »Gerade ist der Krieg beendet; aus dem Süden erfahren wir nun, daß die Hexen es toller denn je treiben und unsere christlichen Seelen gefährden, und auf See überbieten die Engländer noch die Hexen, obwohl sie, gottlob, noch keine Besenstiele zum Fliegen verwenden.«

Margaretha verbiß sich ein Lachen.

»Der Kapitän, der für Arne fährt – übrigens bald auch für mich – erzählte uns, daß die Holländer von einer bemerkenswerten Stimmung erfaßt sind. Es ist wie der Aufbruch in ein neues Land.« Tades Augen funkelten hoffnungsvoll. »Ein neues Land. Wie das wohl wäre? Ohne Herzog, ohne Amtmann, ohne Kaufmannschaft von Tondern. Nur die eigenen Hände.«

»Und Ochsen, natürlich«, ergänzte Ubbe lächelnd.

»Und Ochsen.« Tade blieb ernst.

Wie ein Aufbruch, dachte Inken träumerisch, vielleicht auf einem Auswandererschiff? Auf dem auch Frauen mitfuhren.

Margaretha sah von ihrem Haushaltsbuch auf und legte die Schreibfeder beiseite. »Wenn es so ist, wird der Stadtrat gegenüber diesen Leuten auf dem Rathausplatz Härte zeigen müssen.

Es könnte sonst leicht sein, daß die Leute vom Schwung der Veränderungen in anderen Ländern erfaßt werden und den Rat kurzerhand beiseite fegen.«

Ubbe vergaß die Pfeife in seiner Hand. »Da mögt Ihr recht haben, Margaretha. Stimmungen teilen sich selbst über Meere hinweg mit, auch wenn niemand weiß, wie das geschieht. Ich frage mich, ob der Rat es ahnt und welchen Weg er einschlagen wird.«

»Den einfachsten, mein Gemahl. Er wird ein Exempel statuieren.«

»Das wird er wohl. Und es wird nicht das letzte Mal sein, daß jemand aus solchen Gründen dran glauben muß.« Ubbe sah zu Inken hinüber. »Du bist heute so ungewohnt schweigsam, kleine Nichte.«

Inken fuhr hoch. »Nein, nein. Ihr sagtet gerade: ein Exempel statuieren.«

Margaretha lächelte ihrem Ehemann verständnisinnig zu, und ihr Blick sagte: Laß sie, Ubbe. Junge Mädchen müssen gelegentlich träumen dürfen. Sie zerreißen sich häufig genug zwischen Melken, Buttern, Einkochen und Waschen. Das Putzen eines bräunlichen Hinterns nicht zu vergessen.

Ubbe nickte, und sein Pfeifchen gurgelte leise, weil der Tabak zu Ende geraucht war. In friedlicher, gelassener Stimmung beugte er sich vor, um auch seinem Schwager Tabak für eine zweite Pfeife anzubieten.

Am nächsten Morgen wunderten sich die Tonderaner vorübergehend über die toten Ratten in der Pfefferstraße, der Kuhstraße, dem Mühlenweg, der Wulfstraße und der Kleinen Straße. Doch über ihre anderen Sorgen vergaßen sie die Ratten schnell.

Zweiter Tag

14. Hexenjagd

Von den Ratten abgesehen, begann der nächste Morgen wie immer. Wie fast immer.

Michel Fenzke öffnete seine Apotheke, trat auf den dreistufigen Beischlag zwischen den steinernen Löwen, schaute auf die Windfahne auf dem Rathaus und stellte fest, daß der Wind abgeflaut war. Seine Nachbarn, der unbelehrbare Konkurrent im Gewürzhandel, verehelicht mit der alleswissenden Kauffrau Margaretha, waren ebenfalls schon wach. Fenzke wandte sich ab, um nicht grüßen zu müssen, als ihre unerträglichen bäuerlichen Verwandten aus der Haustür traten, legte die Hände um den Handlauf und ließ seine Blicke über die beiden Hauptverkehrsstraßen schweifen, die sich auf dem Marktplatz trafen.

Gottlob waren die umgeworfenen Schragen der Handwerker wieder aufgestellt und die zertretenen Reste von Gemüse und anderem wie von Zauberhand beseitigt worden. Die Diebin hing endlich ernst und gesammelt an ihrem Pfosten. Über den Marktplatz trabten die ersten Handwerksburschen zu ihrer Arbeit, und auch die Mägde, die von ihren Dienstherrinnen mit Aufträgen umhergeschickt wurden, waren bereits unterwegs. Und gleich vier Kunden standen auch dort, die nur auf die Öffnung der Apotheke gewartet hatten und jetzt wie in einem Wettlauf herbeieilten.

Fenzke nickte zufrieden. Der Stadtrat verstand sein Geschäft. Händereibend schlenderte er in den Raum zurück, in dem er seine Spezereien verkaufte. Sein imponierender Auftritt am vergangenen Tag war nicht ohne geschäftliche Auswirkungen geblieben. Als er sich mit einladendem Lächeln umdrehte, stellte sich allerdings heraus, daß ein Weib aus den weniger zahlungskräftigen Straßen das Rennen gewonnen hatte. Fenzkes Lächeln gefror, doch er enthielt sich eines Naserümpfens und betrachtete die Frau mit einiger Überheblichkeit.

»Ich brauche etwas gegen Fieber, Meister Fenzke! Gegen hohes Fieber.«

»Versteht sich, versteht sich«, pflichtete der Apotheker gemächlich bei und schnippte mit den Fingern nach seinem Lehrjungen. Ein Weib dieser Sorte kam nicht wegen eines harmlosen Fiebers.

»Meister?«

»Verbena wird gebraucht. Bring ein Büschel Eisenkraut«, befahl der Apotheker. Unter seinen wachsamen Augen durfte der Junge behutsam die Blätter vom Stiel abstreifen und abwiegen. Das Geld kassierte er selber.

Als die Theke gesäubert und die Frau gegangen war, wandte Fenzke sich dem nächsten Kunden zu. Der junge Handwerkermeister war selbst gekommen, weil er eine Magd noch nicht bezahlen konnte und Frau und Tochter erkrankt waren, wie er aufgeregt hervorsprudelte.

»Ja, ja, es dauert lange, bis man finanzkräftig genug ist, um Gesinde bezahlen zu können«, erwiderte der Apotheker mitfühlend und dachte an das Jahr zurück, als er seine vier Mägde und den Knecht überhaupt nicht hatte entlohnen können. Erst in den Jahren danach warf die Apotheke genug Geld für seinen großen Haushalt ab. »Das Gesinde verlangt heutzutage ja so unverschämte Entlohnung. Ihr seid vor kurzem in die Handwerksrolle aufgenommen worden, nicht wahr?«

»Ja, das stimmt. Habt Ihr ein kräftiges Mittel gegen Fieber?« fragte der Sattlermeister ungeduldig.

»Oh, ja.« Fenzke schickte seinen Gehilfen erfreut nach hinten, um Ingwer zu holen. Indischer Ingwer galt als heilkräftig und war teuer. »Gottlob ist ein Mittel gegen Fieber nicht so kostspielig wie eine Magd.« Er lächelte breit und merkte dann mit einigem Verdruß, daß der Handwerker seinen Scherz überhaupt nicht würdigte. Vielmehr stürmte er grußlos davon, kaum daß der Ingwer gebracht worden war.

Im Laufe des frühen Vormittags stellte Fenzke fest, daß er ein glänzendes Geschäft machte, vor allem, als die Mägde aus den besseren Bürgerhäusern kamen. Ihre Herrschaften ließen sich nicht lumpen; sie konnten sich Branntwein und jede vierte oder sechste Stunde eine Dosis vom *Pulvere bezoarico* leisten.

Der Apotheker ließ seinen Jungen Gewürze und andere Mittel auf der Theke bereitstellen, als er erkannte, daß die Kranken ausschließlich an Fieber litten. Mit nicht geringem Neid dachte Fenzke daran, daß an diesem Tag auch die Bierhändler gut zu tun hatten, denn gewärmtes Bier, mit Gewürzen versetzt, wirkte schweißtreibend und drückte das Fieber herunter.

Gerade als der dumme Lehrjunge endlich gelernt hatte, Blätter und Pulver selbständig auszugeben, läutete es zum einzigen Gottesdienst am Sonnabend.

Fenzke holte sein Gebetbuch. Er verharrte einen Augenblick auf dem Treppenabsatz und beobachtete die interessanten Vorgänge auf dem Marktplatz. Dort schien sich eine Fortsetzung des Auflaufs vom Vortag anzubahnen.

Während er sich gemessenen Schrittes zur Kirche hinüberbegab, überlegte er, mit welchem von den Ratsherren er so gut stand, daß er eine Auskunft bekommen würde. Der Rat pflegte sehr sparsam mit seinen Informationen umzugehen.

Nachdem der Tote die aufgebrachte Menge gewissermaßen vom Platz vertrieben hatte, waren die Leute nach Hause gezogen: die Tonderaner in ihre Gassen, die Bauern in die Dörfer.

Abends stritten sie heftig miteinander, denn jeder hatte etwas anderes beobachtet, so daß sich kein rundes Bild ergab. Man war sich jedoch darüber einig, daß der Stadtrat sich unfähig wie eh und je verhalten hatte. Der Bürgermeister hatte die Sorgen der Leute nicht ernst genommen und war nicht erschienen, um zu ihnen zu sprechen. Es hatte ganz den Anschein, als wäre der

Stadtrat nicht in der Lage, eine Hexe zu erkennen, wo eine umging. Eine solche Lage konnte sich sehr schnell zuspitzen.

Am Morgen waren die Leute wieder auf den Straßen, ohne sich sonderlich für die Verkaufsstände zu interessieren. Unzufrieden murrend stapften sie zwischen den Schragen umher, erklärten den unwissenden Besuchern aus den Dörfern, was am Vortag geschehen war, und zeigten ihnen die toten Ratten von den Dunghaufen.

Inken hatte sich von ihrem Vater getrennt und versprochen, zur Mittagszeit wieder in der Osterstraße zu sein. Der Fischer würde am frühen Nachmittag am Steindamm auf sie warten. Tade Hansen, der noch Geschäfte zu erledigen hatte, ermahnte seine Tochter zwar zur Vorsicht, hatte aber nichts dagegen einzuwenden, daß sie in Begleitung einer zuverlässigen Magd aus dem Hausgesinde seiner Schwester durch Tondern bummelte. Er kannte den Reiz, den die Auslagen der Silberschmiede und Klöppelverleger auf junge Frauen ausübten.

Kaum war Tade Hansen außer Sicht, löste Inken ihre Flechten und band die Haube über den Haaren wieder fest. Die Magd, nur wenig älter als Inken, starrte die blonden, lockig fallenden langen Haare sprachlos an. »Ist das deinem Vater auch recht?« fragte sie.

»Er versteht nichts davon«, antwortete Inken fröhlich. »Deswegen hat er keine Meinung dazu. Aber schließlich schickt er mich ja in die Stadt, damit ich die bäuerlichen Sitten ablege. Und du weißt sicher, daß offenes Haar bei den Töchtern aus Bürgerhäusern jetzt Mode ist.«

»Ja, aber du bist keine Bürgerstochter«, wandte die Magd ein.

»Doch so gut wie. Schließlich bin ich die Nichte einer Kaufmannsfrau und Bürgerin. Deshalb wär's mir recht, wenn du mich mit Ihr anreden würdest, wie es sich gehört.« Inken wandte sich entschlossen in die Osterstraße. Sie hörte die Magd hinter sich herstapfen.

»Pff«, machte sie nach längerer Zeit. »Vielleicht sollte ich Euch zuerst den Pfosten zeigen, an dem übelbeleumdete und hoffärtige Frauen aufgehängt werden. Anderen zur Warnung. Euch auch.«

Inken verzichtete darauf, ihren Sieg auszukosten. Sie drehte sich abrupt zur Magd um. »Wo ist dieser Pfosten?«

»Am Eingang zum Kirchhof, unterhalb des Turms. Übrigens predigt zur Zeit der Pastor. Es wundert mich, daß Eure Tante Euch nicht in den Gottesdienst schickt, wie es sich gehört hätte.«

Das junge Mädchen stand mit niedergeschlagenen Augen vor Inken. Ganz gewiß hatte sie keinen Respekt vor ihr. Doch hinter ihrer sommersprossigen Stirn brodelte irgendein Zorn. Inken konnte sich ungefähr vorstellen, was in der Magd vorging. »Ich gehe morgen in Lügum«, erwiderte sie ruhig und machte sich beschwingt auf den Weg.

Das Hospital lag in der Osterstraße; weiter hinten befand sich das Ostertor, das Inken aber noch nicht sehen konnte, da es hinter einer Biegung lag. Vor der Kurve gab es einen Silberschmied, wie sie wußte.

Die Straßenpflasterung war gut und sauber gefegt, und Dunghaufen und freche Schweine gab es hier nicht. Ein Lächeln stahl sich auf ihr Gesicht, als sie an den Kapitän dachte. Was hätte sie darum gegeben, wäre er ihr plötzlich entgegengekommen! Sie hätte gar zu gern gewußt, was der Rat gesagt hatte, und was er selbst gesagt hatte . . . Einem so stattlichen und welterfahrenen Mann konnte keiner das Gehör versagen.

Träumerisch ging Inken die Osterstraße entlang. Erst vor dem Ostertor wurde ihr bewußt, daß sie an der Silberschmiede vorbeigegangen war, ohne sie zu sehen.

Sie schüttelte über sich selbst den Kopf und kehrte um. Einige Häuser weiter bedauerte sie es.

Der Armenvogt, der eine kleine Gruppe von Bettlern anführte, kam ihr entgegen. Unter seinen argwöhnischen Blicken klopften sie, wie jeden Sonnabend, an die Türen und baten die Bürger um ein Almosen. »Eine ehrbare Frau wäre in der Kirche gewesen«, sagte der Vogt bissig, als Inken an ihm vorüberging. Sein verlangender Blick saugte sich an ihr fest.

Inken beeilte sich, an ihm vorbeizukommen. Sie hatte das unangenehme Gefühl, daß es ihre Haare waren, die aufreizend auf ihn wirkten. »Wie könnt Ihr so sicher sein, daß ich nicht in der Kirche war?« fragte sie patzig.

»Weil *ich* dort war«, sagte er hinter ihr her. »Und Euch würde ich im Schlaf erkennen.«

Der Rat tagte wieder, doch ohne den Schwung des Vortages. Es war schwierig, mit einer Volksmenge umzugehen, die füßescharrend auf dem Marktplatz stand und nicht wußte, was sie wollte.

»Wir warten einfach ab, bis es den Leuten über wird, und gehen dann selbst nach Hause«, schlug Klüver vor, den die ganze Sache nicht sonderlich zu interessieren schien.

»Laßt uns solange ein Bierchen aus Truels Vorräten trinken.« Der Spötter erntete einen eisigen Blick von Matthiasen, der anschließend den Kopf mit den anderen Bierverlegern zusammensteckte.

Arne Mickelsen stand am Fenster und beobachtete die Leute. Schwer zu sagen, was sie wirklich bewegte. Aber die Stimmung da unten war heute anders als gestern. Er konnte sich auch denken, warum. Sein Knecht hatte sich in der Frühe in der Stadt umgehört und Beunruhigendes erfahren.

Da war die merkwürdige Angelegenheit mit den toten Ratten, die blutige Nasen hatten, und das Fieber, das etliche Leute befallen hatte. Dazu kam noch das Hochwasser, das in den untersten Gassen in die Häuser lief. Die Menschen hatten Grund genug, den Rat um Hilfe zu ersuchen.

Der junge Ratsherr drehte sich um und lehnte sich mit dem Rücken an die Fensterbank. Er ließ seinen Blick über die Kollegen schweifen. Nein, von ihnen hatte keiner sich die Mühe gemacht zu ergründen, wie es in den Hütten und den Köpfen der Einwohner Tonderns aussah. Hilfe würden die Tonderaner von diesen vergreisten, übersättigten und mit den eigenen Geschäften befaßten Stadtherren nicht bekommen.

Durchdringendes Geschrei von unten ließ Mickelsen erneut herumfahren. »Großer Gott«, flüsterte er, als sich vor seinen Augen die Szene vom Vortag wiederholte.

Jetzt waren es zwei Frauen, die zu Boden gingen. Er atmete auf, als es den Umstehenden gelang, sie zum Sitzen aufzurichten. Eine der Frauen konnte den Kopf schütteln, also lebte sie. Auch Mickelsen schüttelte den Kopf. Es geschah immer wieder, daß Leute Dinge nachahmten, die andere ihnen vormachten, auch wenn es sich um die verrücktesten Sachen handelte.

In dem Augenblick, als Thomas Andersen mit dem Hämmerchen den Beginn der offiziellen Sitzung anzeigte, packten kräftige Männer die Frauen an Armen und Beinen und trugen sie Richtung Osterstraße davon, wo das Hospital lag.

Arne Mickelsen begab sich auf seinen Sitzplatz.

Auf dem Marktplatz herrschte die einhellige Meinung, daß die beiden Frauen sich in der beängstigenden Enge überhitzt hatten. Und auch daran war der Rat schuld, der sich seit gestern mehr denn je als unfähig erwies. Der Volkszorn kochte immer heißer, weil zu erkennen war, daß der Rat wieder einmal nichts unternehmen würde. Als das einzige Gesicht, das sich an diesem Tag an einem Rathausfenster zeigte, auch noch verschwand, waren die Menschen mit ihrer Geduld am Ende. Sie machten sich in lauten und unbeherrschten Diskussionen Luft.

Inken, die einen Bogen geschlagen hatte, um über den Schweinemarkt zum Haus ihrer Tante zurückzukehren, hörte sie schon von weitem. Sie beschleunigte ihre Schritte.

»Ihr solltet ein wenig auf Euch achtgeben, Jungfer vom Dorfe«, sagte hinter ihr die spitze Stimme der Magd, die sie nicht hatte loswerden können. »Die Diebin wartet nur auf eine Gelegenheit, Euch mit Blut zu bespritzen.«

Inken sah entsetzt auf. Tatsächlich hing am Kaak auf dem Schweinemarkt, der am frühen Morgen noch unbenutzt dagestanden hatte, jetzt eine Frau, der ein Ohr abgeschnitten worden war. Als die Frau die Blicke auf sich spürte, setzte sie zu einem schrillen Schmerzensschrei an.

»Halt's Maul!« knurrte ein Mann, und andere stimmten ihm zu.

Die Diebin erkannte, daß niemand ihr helfen würde, und begann wild den Kopf zu schütteln. »Dich kriegen sie auch noch«, schrie sie Inken in gehässigem Tonfall zu.

Inken rettete sich mit einem Sprung vor den Blutstropfen und schob sich zwischen den Tonderanern und der Häuserfront hindurch, wo das Gedränge weniger dicht war. »Einen Augenblick«, murmelte sie, »bitte, danke ...«

Sie konnte fast schon die Löwenmähnen kraulen, als sie zu ihrem Entsetzen die Matrone vom Vortag vor sich sah. Inken hielt den Atem an und schlüpfte mit abgewandtem Kopf hinter Muhme Agnes vorbei, die sich in den Hüften wiegte und auf die Rathausfenster starrte.

»Frechheit ...« Muhme Agnes fuhr herum. Der Rest der Beschimpfung blieb ihr im Halse stecken, als sie das dörfliche Kleid über der schlanken Taille gewahr wurde, das sie sich am Vortag gut eingeprägt hatte. Ihr Gesicht verzerrte sich vor Wut. Dieses Bauernmädchen hatte ihre Begleitung und mütterliche Anleitung ausgeschlagen und ihr obendrein Widerworte gegeben.

Agnes unterließ es, die unverschämte Magd zu ohrfeigen, die ihr auf die Hacken getrampelt war, holte tief Luft und kreischte: »Da ist sie! Die Hexe! Die Hexe!«

Männer und Frauen in der Nähe folgten ihrem anklagend ausgestreckten Zeigefinger, und unterhalb der Rathausfenster drehten die Leute sich um und reckten die Hälse.

»Die hat das Fieber gebracht«, schrie Muhme Agnes. »Gestern war sie in den Straßen *Hinter den Ställen*, überall dort, wo das Fieber ausgebrochen ist! Die leugnet den Teufel und den Succubus und Hexen und alles, was euch heilig ist! Und seht sie euch mal an! Kleidung wie ein Bauernmädchen, offene Haare wie eine unkeusche Bürgerin – und eine Magd, die tun muß, was die Hexe verlangt! Die hat der Gottseibeiuns ja merkwürdig ausgerüstet, bevor er sie nach Tondern schickte. Aber wir fallen auf den Schwindel nicht herein! Wir erkennen eine Hexe, wenn wir sie sehen.«

»Das ist wahr«, stimmte der Armenvogt laut zu und drängte mit gewichtiger Miene heran, war er derzeit doch die einzige Person im Dienst der Stadt auf dem Platz und sich seiner Bedeutung bewußt. »Dieses Weib ist schon bei Marktbeginn durch ihre aufrührerische Rede aufgefallen. Sie hat gegen die Maßnahmen des ehrenwerten Rates gehetzt. Und sie meidet die Kirche wie der Teufel höchstpersönlich! Die hat das ganze Unglück über uns gebracht.«

Die Leute drängten sich mit Macht rückwärts, um den Armenvogt durchzulassen. Er würde dem Weib mit seiner Peitsche schon Respekt einjagen, und die Leute unterstützten ihn auf ihre Weise. »Hexe! Hexe!« schrien sie.

Inken erstarrte vor Angst, während sie vergeblich nach Worten zu ihrer Verteidigung suchte. Nicht einmal die Magd der Tante half ihr. Sie drehte sich auf den Hacken um und wühlte sich dorthin zurück, von wo sie gekommen war. Die Menschenmenge schluckte sie sofort.

»Hexe!« brüllte ein Mann in Inkens Gesicht. Mit gespreizten Beinen stand er vor ihr und versperrte ihr mit ausgestreckten Armen den Weg, während er hoffte, daß der Armenvogt sich beeilte, um endlich die Verantwortung für diese Person zu übernehmen. Sie stellte eine Gefahr für Leib und Seele von jedermann dar, und er kam sich ausgesprochen tapfer vor.

15. Städtische Politik

Oben im Ratszimmer unterbrachen die Herren ihre Beratung und schritten an die Fenster. Sie hörten eine Weile zu. Die Bierverleger steckten am mittleren Fenster die Köpfe zusammen und machten zufriedene Gesichter. Tobias Kock in ihrer Mitte merkte an: »Da haben wir doch schon unseren Sündenbock! Wenn die Leute uns so hübsch einen präsentieren, dann laßt uns ihn nehmen.«

»Ihr seid durch und durch zynisch.« Arne Mickelsen mochte vor lauter Widerwillen kaum zu Kock hinüberblicken. »Ihr wißt so gut wie wir alle, daß die Person, die da draußen als Hexe ausgerufen wird, nicht das geringste mit den Ursachen der Aufregung zu tun hat.«

Kock schmunzelte kalt. »Sicher nicht, aber das wissen die ja nicht.« Mit einem Hauch von Versöhnlichkeit fuhr er fort, indes er sich aus der Gruppe löste: »Seht, mein Freund, wenn wir Eure Wunschträume von gestern einmal beiseite lassen, was bleibt uns dann noch? Die Leute sind empört, heute viel mehr als gestern, doch es tut sich niemand hervor, der sie aufhetzt. Deshalb können wir niemanden als Rädelsführer eines Aufstandes bestrafen. Andererseits müssen wir die Leute unbedingt beruhigen, bevor sie womöglich durch die Stadt ziehen und Brände legen. Denn es hat sich bereits das Gerücht verbreitet, die letzten Tage vor dem Jüngsten Gericht seien angebrochen. Es kann nicht mehr lange dauern, bis ein falscher Prophet sich aufmacht, Gefährliches zu verkünden, für uns, für die Stadt, meine ich. Glaubt mir, die Leute stehen kurz vor einem Ausbruch, der die Stadt erschüttern könnte.«

»Aber, aber, Ratsherr Kock, das ist gewiß übertrieben«, meinte der Bürgermeister beschwichtigend.

»Nein, nicht im geringsten«, griff Andreas Beyer ein, der stets lange im Hintergrund blieb, aber meistens gut informiert war. »Es ist sogar viel schlimmer, als Tobias Kock glaubt. In einigen Gassen hinter den Ställen hat sich seit heute nacht ein Fieber ausgebreitet, und die betroffenen Dienstboten sind fest überzeugt davon, daß es ihnen jemand an den Hals gehext hat. Gleichzeitig liegen in diesen Gassen viele tote Ratten herum, und überall sind Blutspuren von den Tieren zu sehen. Ich hörte selbst die Behauptung, daß es heute nacht Kadaver und Blut geregnet habe. Für die Leute ist der Jüngste Tag angebrochen. Deshalb hat sich die Stimmung im Vergleich zu gestern so entscheidend geändert. Genau wie Kock sehe auch ich eine unmittelbare Gefahr für die Stadt. Wenn wir die Menge nicht hier auf dem Marktplatz unter irgendeinem Vorwand festhalten können, wird sie wohl bald außer Rand und Band geraten, und dann können wir sie nicht mehr aufhalten.«

»Das war eine ungewohnt lange Rede, Beyer«, murmelte der Bürgermeister beeindruckt und schaute in die Runde. Die Ratsleute machten durchweg einen bedrückten Eindruck, doch einen gescheiten Ausweg wußte niemand.

Mickelsen, der erbittert schwieg, staunte, wie gut der alte Herr informiert war. Er selbst war offensichtlich nicht der einzige, der Schlimmes befürchtet und Kundschafter ausgesandt hatte. Zu Beyer hatte er des großen Altersunterschiedes wegen keinen näheren Kontakt, doch seine vorsichtig abwägenden Worte hatten nie in krassem Gegensatz zu seiner eigenen Meinung gestanden.

Johann Crantz faßte zusammen: »Ihr meint also, daß wir billig davonkommen, wenn die Sache mit einer Hexe erledigt werden kann?«

Arne Mickelsens Kehle entwich ein Knurren, vor dem er selbst erschrak. »Gestern hätten wir uns noch freikaufen können, heute muß es schon ein menschliches Opfer sein! Warum konntet Ihr Euch nicht entschließen, rechtzeitig zu handeln, als der Kaufpreis noch gering war!«

»Ihr habt recht, Arne«, stimmte Johann Crantz diplomatisch zu, »und wir müssen die schmerzliche Lehre daraus ziehen, daß es morgen noch teurer wird als heute und immer teurer, je länger wir warten. Wir haben also keine Wahl, sondern müssen die Hexe annehmen, die das Volk uns bietet. In diesem besonderen Fall werden wir den Prozeß *ex officio* führen. Sofern Ihr alle zustimmt, sollten wir dies im Protokoll festhalten.«

Die meisten Ratsleute erklärten ihr Einverständnis, so daß eine Einzelabstimmung nicht erforderlich war.

Petrus Jacobi stand auf. »Ja, unter der Bedingung, daß der Prozeß sorgfältig und unter Wahrung der Prozeßordnung durchgeführt wird«, sagte er. »Ich werde nicht zulassen, daß die Angeklagte kurzerhand verbrannt wird, ohne Geständnis und ohne Hexenproben. Das würde dem geltenden Recht widersprechen. Wir werden uns genauestens an den *Malleus maleficarum* und vor allem an die *Panurgia lamiarum* anlehnen, welche die örtlichen Verhältnisse besonders berücksichtigt.«

Arne Mickelsen sprang auf. Außer sich vor Entsetzen, riß er an der Rüsche seines enganliegenden Kragens, um sich Luft zu machen. »Peter Jakob, wir waren uns doch einig, daß diese Person keine Schuld an den Vorkommnissen trifft. Ihr seid alle bereit – und auch ich habe, wie ich beschämt feststellen muß, nicht ausdrücklich protestiert –, die Frau aus politischer Notwendigkeit zu opfern. Aber es sollte reichen, sie zum Schein festzunehmen, meinetwegen auch unter großem Brimborium, sie aber heimlich aus der Stadt zu schleusen, wenn das Volk sich wieder beruhigt hat. Hoffen wir, daß die Person dabei nicht vor Schreck stirbt!«

»Ihr macht Euch selbst etwas vor, Arne«, rief Petrus Jacobi mit schallender Stimme. »Wenn der Prozeß einen Sinn haben soll, dann nur, indem er nach den Regeln der Jurisprudenz durchgeführt wird. Wenn wir nur so tun, als ob, merkt das Volk es sofort. Und woher nehmt Ihr eigentlich die Überzeugung, daß die Frau nichts mit den Ratten und dem Fieber zu tun hat? Diejenigen, die sie für eine Hexe halten, müssen doch einen Grund dafür haben. Ich will Euch nicht mit Einzelheiten langweilen, aber eine ähnliche Anklage erging vor fünf Jahren in der Karrharde. Nur hatte es dort Fischköpfe und Blut geregnet. Nach sorgfältigster Recherche wurde die Hexe in Stedesand ermittelt, ordnungsgemäß verhört und verbrannt. Ihr könnt es ganz gelassen abwarten: Wenn diese Frau etwas mit den Vorkommnissen zu schaffen hat, werden wir es herausfinden und sie gerecht aburteilen!«

»Ihr sprecht von einer Frau, Peter Jakob. Habt Ihr sie schon zu Gesicht bekommen?« fragte Johann Crantz beschwichtigend, um die Wogen zu glätten, die möglicherweise Mickelsen aus dem Saal schwemmen konnten. Er machte den Eindruck, als würde er am liebsten zu den Waffen greifen, schien sich bei dieser sachlichen Frage jedoch wieder zu beruhigen.

Petrus Jacobi zögerte. »Nein, natürlich nicht.«

»Woher wißt Ihr denn, daß es sich um eine Frau handelt?« hakte der stellvertretende Bürgermeister nach. Er konnte Juristen im allgemeinen und diesen im besonderen nicht leiden; gelegentlich versuchte er, Jacobi aus dem Konzept zu bringen.

»In fünfundneunzig von hundert Fällen ist eine Hexe eine Frau«, dozierte Jacobi. »Das ist die natürliche Folge davon, daß eine Frau den Einflüsterungen des Teufels leichter unterliegt als ein Mann. Das alles ist schon lange bekannt. Laßt Euch die Hexe bringen, und Ihr werdet sehen, daß ich recht habe.«

»Habt Ihr deswegen nicht geheiratet?« Das kurze Stocken, das Mickelsen seiner süffisanten Frage folgen ließ, reichte aus, alle Ratsherren erkennen zu lassen, daß der Jurist von einer kurzen Starre befallen wurde, bevor er sich wieder fing. Der junge Ratsherr wandte sich voller Genugtuung an die anderen. »Seid Ihr Euch im klaren darüber, daß dort unten nicht mehr nur niederes Volk steht? Auch Bürgersfrauen haben sich mittlerweile unter die Menge gemischt. Was ist, wenn die als Hexe bezeichnete Person die Ehefrau von einem von Euch ist? Seid Ihr alle dann immer noch mit Peter Jakob der Meinung, das peinliche Verhör wird die Wahrheit an den Tag bringen?«

Die Herren schwiegen betroffen.

Erland Kalf, dessen Ehefrau für ihre Neugier bekannt war, erwiderte hochnäsig: »Ehefrauen von Ratsherren sind über jeden Verdacht erhaben. Wir können sie guten Gewissens als Ursachen für die Vorkommnisse ausklammern.«

»Es ist selbstverständlich, daß unsere Frauen von so feinem Geblüt sind, daß sie ein peinliches Verhör nicht ertragen können«, stimmte Heinrich Blome zu. »Wahrscheinlich würden sie vor Schreck sterben, bevor die Daumenschrauben angesetzt worden sind ... was übrigens der beste Beweis dafür ist, daß sie keine Hexen sein können, denn die verstehen es, sich am Leben zu erhalten.«

»So ist es«, stimmte ein Hinterbänkler in erleichtertem Tonfall zu.

»Oh, nein. So ist es nicht.« Der drahtige Petrus Jacobi lächelte schmal und erhob sich. »Wessen Frau es auch sein mag, jeder Fall muß untersucht werden. Arne Mickelsen soll uns nicht wieder vorwerfen können, daß wir mit zweierlei Maß messen. Als Beispiel möchte ich an den Fall von Ratsherr Godber Spreckelsens Frau erinnern, die vor fünfzehn Jahren hier in Tondern verbrannt wurde, nachdem die Schwimmprobe eindeutig ihre Schuld erwiesen hatte. Ratsfrauen sind für Hexerei genauso anfällig wie andere Frauen und nicht im geringsten über jeden Verdacht erhaben.«

Die Ratsherren sahen sich verstohlen an. Man konnte jetzt nur noch hoffen.

Der Bürgermeister seufzte und ergriff das Wort. »Ihr Herren, es scheint, daß wir uns im großen und ganzen über den Weg einig sind, den wir zu beschreiten haben, und wir werden die Verhaftung unverzüglich in die Wege leiten.« Er diktierte dem

Ratsschreiber Beschluß und Begründung in die Feder, wechselte einige leise Worte mit dem Ratsdiener und schickte ihn hinaus.

Die Herren wagten sich nicht zu unterhalten. Der vor Nervosität bebende Petrus Jacobi eilte an ein Fenster und beobachtete im Schutz eines Pfeilers die Verhaftung.

»Eure Angst ist mit Händen zu greifen«, sagte Arne Mickelsen herausfordernd. »Man könnte meinen, manch einer von Euch wäre mit einer Frau verheiratet, die er in Verdacht hat, die Hexe zu sein.«

Doch außer wütenden Blicken gab es keine Reaktion. Der Rat wartete erstarrt und wie mit angehaltenem Atem, was geschehen würde, und Andersens rhythmisches Schnaufen war wie der Puls der Stadt.

Inken stand inzwischen eingekeilt in der Menschenmenge. Die Umstehenden rempelten sie mit den Schultern an, und von hinten wurde an ihren Kleidern gerissen. Die Leute hier waren viel bedrohlicher als die Betrunkenen am Hafen. Das Geschrei »Hexe« steigerte sich zu einem solch höllischen Gebrüll, daß Inken die Hände auf die Ohren preßte und die Augen schloß. Die Hand des Armenvogts krallte sich in ihre Schulter, und sein unangenehmer Atem wehte ihr ins Gesicht.

Meister Walther war die Ruhe selbst. Während er dem Stadtvogt aus schadhaften Zähnen grinsend entgegensah, überlegte er, ob er für das Einfangen der Hexe einen Extralohn beanspruchen konnte. Paye bekam für die Hantierungen an einer Hexe auch mehr Geld als bei gewöhnlichen Verbrechern.

Der Stadtvogt ließ sich von den Rathausknechten mit »Platz da!« eine Gasse bahnen und folgte ihnen gemächlich. Er war eine Respektsperson und trug die gleiche Amtstracht wie ein Ratsherr – ein schmeichlerisches Privileg des Herzogs für die Stadtvögte, doch dem Volk gegenüber hatte es seine Wirkung. Nach rechts und links nickend, kostete der Vogt es aus, daß die

Augen der Frauen gespannt an ihm hingen und die Männer die Mützen von den Köpfen zogen.

Gegenüber Inken hätte er keiner Amtstracht bedurft. Sie war dermaßen eingeschüchtert, daß sie sich ihm widerspruchslos auslieferte.

»Vergeßt nicht, den Ratsherren mitzuteilen, daß ich die Hexe eingefangen habe«, sagte Meister Walther.

Der Stadtvogt ignorierte den Mann und schob Inken vorwärts.

Hinter ihr ballten sich die Menschen zu einem johlenden und böse pfeifenden Haufen. Inken atmete auf, als sie die Sicherheit und Ruhe des Rathauses erreicht hatten und der Stadtvogt vor ihr her die Treppe nach oben nahm. Er schubste sie in einen Saal, der mit bärtigen älteren Männern in schwarzer Kleidung gefüllt war.

»Hier ist sie. Das Weib, die Hexe.«

»Seht Ihr, wie recht ich habe«, sagte Petrus Jacobi triefend vor Genugtuung.

Johann Crantz wedelte zum Zeichen seiner Unterwerfung scherzhaft mit einem imaginären Hut, wie alle anderen erleichtert, daß diese Hexe eine ihm völlig unbekannte Person war.

»Es ist gut«, sagte Thomas Andersen.

Der Stadtvogt führte Inken wortlos die Treppe hinunter und aus dem Rathaus. Die Volksmenge hielt sich immer noch auf dem Platz auf, doch viele Leute waren offenbar schon nach Hause gegangen, und die anderen unterhielten sich in kleinen Grüppchen. Viele Augen folgten dem Stadtvogt und seiner Gefangenen bis zur Westseite des Rathauses, wo die Knechte die junge Frau in das Gefangenenloch der Stadt stießen, eine Ausschachtung unter den Fundamenten des Rathauses mit einer kleinen Öffnung in der Mauer, die der *Hopfenkarre* gegenüberlag.

Die Zuschauer lachten, als Inken die steile Treppe hinuntertaumelte und die schwere Bohlentür hinter ihr zuschlug. »Da sitzt die Hexe gut und sicher«, rief eine hämische Stimme.

Einige Leute zogen spontan in die *Hopfenkarre,* um den Sieg über die Hexe zu feiern.

Und Inken sah vor sich noch den im Schmerz verzerrten, aufgerissenen Mund der blutüberströmten Diebin, deren Vorhersage so schnell in Erfüllung gegangen war.

Tade Hansen machte sich gutgelaunt auf den Weg, um bei einer der Klöpplerinnen im Mühlenweg eine Spitzenbordüre für seine Frau zu kaufen. Das Volk, das sich gestern noch zusammengerottet hatte, blieb heute anscheinend in den Häusern. Er sah nur hier und da Leute, die wie er selbst in dringenden Geschäften unterwegs waren, die sie zum Ausgehen zwangen.

Angewidert betrachtete Tade die toten Ratten. Ganze Nester lagen auf den Misthaufen, die wie Perlen an einer Schnur in der Gasse *Hinter den Südlichen Ställen* aufgereiht waren. Er beugte sich hinunter, um zwischen Schweinemist und Kuhfladen einen der Rattenkadaver genauer zu betrachten.

Die Ratte hatte Blutspritzer auf der Nase und auf den hellgrauen Vorderpfoten. Das Tier mußte versucht haben, sich zu säubern, bevor es starb. So etwas hatte Tade noch nie gesehen. Er ergriff das Tierchen mit spitzen Fingern am Schwanz und warf es herum, so daß es auf den Rücken zu liegen kam. Die schlaffen Beine sanken zur Seite.

Der Bauch war hellgrau und unauffällig; nur die Achselhöhlen waren ungewöhnlich ausgebeult. Als Tade mit dem Finger darauf tupfte, spürte er unter dem Fell einen kleinen, festen Knoten. Die Ratte war noch warm; sie konnte noch nicht lange tot sein.

Bei den anderen Ratten war es genauso; sogar in einer Kniekehle fühlte er ein Knötchen. Tade hätte etwas darum gegeben, hätte ihm jemand erklären können, was das bedeutete. Es *mußte* eine Bedeutung haben.

Dann ließ er hastig von der Ratte ab. Seine Vorsicht hatte ihn gelehrt, sich nie mit den kranken Tieren anderer Bauern zu befassen. Letzten Endes galt dasselbe für Ratten anderer Städte.

Pfeifend setzte er seinen Weg fort. Wo die Häuser zurückgesetzt standen, fiel der Wind wieder in voller Wucht ein und riß ihm die Töne von den Lippen. Das schlechte Wetter war noch nicht vorüber; hoffentlich würde es dem Fischer überhaupt gestatten, sie abzuholen. Besorgt sah er, daß der Mühlenweg schlammig und aufgeweicht war.

Die Klöpplerin, die als eine der wenigen Frauen nicht für einen Verleger arbeitete, sondern ihre Ware frei verkaufte, legte Tade verschiedene Spitzen vor. Angesichts seines neuen Geschäftsabschlusses erlaubte Tade sich, ein fertiges Kissen zu kaufen, das sehr teuer, aber sehr schön war. Kaike würde sich freuen.

Mit dem Kissen unter dem Arm verließ er das Haus. Er hatte noch Zeit genug, ein wenig durch die Stadt zu bummeln; nachdem ihm die Ochsen nicht mehr auf der Seele lagen, würde es auch ihm Spaß machen, auf dem Markt umherzuschauen und mit Leuten zu schwatzen, die Neuigkeiten berichten konnten.

Inken saß die nächsten Stunden im Gefangenenloch, ohne Essen, ohne Wasser und ohne eine menschliche Stimme zu hören. Gelegentlich wehte ein Hauch von Gelächter aus dem Krug gegenüber an ihre Ohren, und von Zeit zu Zeit schrie die Diebin am Kaak.

Als Inken sicher war, daß ihr keine unmittelbare Gefahr drohte, untersuchte sie mit Händen und Füßen ihr Verlies. Der Schimmer von Tageslicht, der durch das winzige Loch drang, erreichte nicht einmal die hintere Wand.

Die Außenwand neben der Treppe war eine bröckelnde Ziegelmauer, alle anderen Wände bestanden aus feuchtem Lehm, ebenso der gestampfte Boden. Nur die Decke war aus dicken

Bohlen gefügt. Inken ließ sich auf einen Haufen Ziegelschutt sinken, in den einer ihrer Vorgänger bereits eine Höhlung zum Sitzen gemacht hatte, und dachte nach.

Daß Muhme Agnes die Verhaftung mit ihrem Geschrei veranlaßt hatte, stand fest. Die anderen Leute waren von ihrem Haß angesteckt worden. Aber warum hatte sich der Stadtrat dem angeschlossen? Alles in allem schien ihr das Ansehen der Leute aus dem Freigrund und vom Hafen zu gering zu sein, als daß ausgerechnet die Ratsleute ihrem Verlangen folgen sollten.

Vielleicht würde sich alles aufklären und als Versehen herausstellen. Vielleicht war der Rat hinter einer bestimmten Frau her, und man hatte sie mit ihr verwechselt. Das war die wahrscheinlichste Erklärung.

Zuversichtlich begann Inken, ihre Haare zu Zöpfen zu flechten, so gut es ohne Kamm ging. Sie setzte die Haube wieder auf, faltete die Hände über den Knien und wartete gelassen ab.

16. Die Schreckung

Als der Vogt außer Hörweite und die Saaltür wieder geschlossen war, setzte der Bürgermeister für unmittelbar nach dem Mittagessen eine weitere Sitzung an. Noch wußte man nicht, wie die Leute sich verhalten würden, die hartnäckig auf dem Rathausplatz stehengeblieben waren. »Ich bin mir bewußt, daß Ihr mir unziemliche Hast vorwerfen werdet«, sagte er unbehaglich.

Genau das taten sie. Die Herren waren gegen eine zweite Sitzung am Tag, ohne ihm direkt widersprechen zu wollen. »Das Niedergericht hat erst gestern abend wegen des Marktdiebstahls getagt. Zu häufige Sitzungen könnten Auswirkungen auf den Urteilsspruch haben«, teilte man Andersen mit.

»Aber«, warf Johann Crantz ein, »die Ereignisse erzwingen eine Entscheidung. Ich schlage einen Kompromiß vor: Ein Untersuchungsausschuß wird die Hexe verhören und dem Rat morgen zur Beratung vorlegen. Das Niedergericht kann dann gleich nach dem Ende des Michaelismarktes das Urteil sprechen.«

Dieser Vorschlag wurde einstimmig angenommen. In den Ausschuß – unter dem Vorsitz des zweiten Bürgermeisters – wurden die Ratsherren Petrus Jacobi, Tobias Kock, Heinrich Blome, Carsten Klüver und Arne Mickelsen gewählt.

Drei Stunden später traf sich der Ausschuß im kleinen Rathaussaal und ließ sich umgehend die Angeklagte vorführen.

Mickelsen sah ein junges Mädchen mit zerzauster Frisur vor sich, doch zu seiner Erleichterung machte sie nicht den Eindruck, als würde sie aus Angst gleich zusammenbrechen. Er meinte sogar, eine gewisse Neugier in ihren Augen zu erkennen.

»Du stehst hier als Angeklagte«, sagte der Vorsitzende der Kommission barsch. »Du hast wahrheitsgemäß auf unsere Fragen zu antworten. Wir besitzen die Machtmittel, die Antworten aus dir herauszuholen. Diese Werkzeuge werden in der Bank hinter dir aufbewahrt. Aber wenn ich dir einen guten Rat geben darf: Zwinge uns nicht, sie anzuwenden. Ich hoffe, daß dir alles klar ist.« Er legte eine kleine Pause ein, bevor er in strengem Ton fragte: »Wie ist dein Name?«

Inken nahm ihr Herz in die Hände und holte tief Luft. Machtmittel: Das waren Folterinstrumente. Doch Inken glaubte immer noch an ein Versehen.

»Inken ist mein Name. Mein Vater ist Tade Hansen aus Lügum.«

»Mein Gott, Tade Hansens Tochter!« rief Arne Mickelsen überrascht.

»Seid Ihr Ratsherr Arne Mickelsen?« fragte Inken und blickte ihn hoffnungsvoll an.

Der junge Ratsherr nickte nachdenklich. Die Situation war plötzlich von einiger Brisanz. Es würde nicht lange dauern, bis seine Kollegen es merkten. Mit Ausnahme des Vorsitzenden Crantz, der als einigermaßen neutral gelten durfte, gehörten sie zur Bierfraktion und ihren Sympathisanten. »Der bin ich, Jungfer«, antwortete Arne zurückhaltend.

Vorübergehend wich der unnahbare Ausdruck auf den Gesichtern der Ratsherren dem Erstaunen. Sie wechselten belustigte Blicke, weil die Bekanntschaft eines Ratsherrn mit einem Bauernmädchen ungewöhnlich, wenn nicht sogar ungehörig war. Doch was Mickelsen betraf, wunderte man sich eigentlich über gar nichts mehr.

Tobias Kock leckte sich die Lippen und stemmte die Ellenbogen auf die Tischplatte. Er vermied es, Mickelsen anzusehen, als er zu seinem ersten Schlag ausholte. »Ist Tade Hansen nicht der Bauer, mit dem Ihr Geschäfte treibt, Mickelsen?«

»Ja, das ist er«, antwortete Arne gelassen.

»Hoffentlich seid Ihr unbefangen genug, um neutral zu sein«, fuhr Kock besorgt fort.

»Ich sitze hier als Ratsherr der Stadt, nicht als Kaufmann. Und dasselbe hoffe ich von Euch, Tobias Kock«, erwiderte Mickelsen scharf.

Johann Crantz hob die Hände, um den Streit zu unterbinden. Er räusperte sich. »Jungfer Inken«, sagte er, merklich höflicher geworden, »Ihr wißt, warum Ihr hier seid.«

Inken schüttelte entschieden den Kopf. »Nein«, sagte sie wahrheitsgemäß. »Ich habe bis eben die städtische Gastfreundschaft in einem feuchten Kellerloch genossen, allein mit mir selbst. Niemand hat mir den Grund erklärt.«

»Ah, so«, murmelte Crantz und zwinkerte verdutzt. »Nun, Euch wird zur Last gelegt, eine Hexe zu sein. Ihr habt selbst gehört, wie das Volk Euch so nannte.«

»Gehört habe ich es, aber darum ist es noch lange nicht wahr«, erwiderte Inken. Jetzt erst wußte sie, daß es ausschließlich um diesen unsinnigen Vorwurf ging, und war fest entschlossen, sich aus der Klemme zu befreien. Sie lächelte spitzbübisch, um ihrer heimlichen Anklage die Schärfe zu nehmen, und sah Crantz in die Augen. »Wenn das Volk den Amtmann für einen Ehrenmann erklärte, würdet Ihr das allein aus dem Grund für wahr halten?«

Crantz schnappte nach Luft. Eine solch dreiste Anklage, gewissermaßen aus dem Mund des Volkes, hatte er sich noch nie anhören müssen.

»Un-ver-schämt-heit!« stieß Kock hervor und schlug mit den Knöcheln im Takt auf den Tisch.

»Aber sie hat doch recht«, schleuderte Mickelsen ihm spontan entgegen. Wie der Vater, dachte er. Aber Vorsicht, Inken, zuviel Mutterwitz kann auch als Beweis für eine Hexennatur herhalten.

»Jungfer«, sagte der Vorsitzende seufzend, »der Amtmann steht nicht zur Debatte. Hier soll nur ein Urteil darüber gefällt werden, ob Ihr eine Hexe seid.«

»Wer soll das beurteilen? Ihr oder das Volk?« Inken hatte so oft mit dem Dorflehrer, der die Jungen unterrichtete, disputiert, daß ihr die Schlagfertigkeit in Fleisch und Blut übergegangen war.

Johann Crantz preßte die Lippen zusammen und schüttelte mißbilligend den Kopf. Die junge Bäuerin versuchte ein Verhör zu einem Wortgeplänkel zu mißbrauchen, was er sich nur so erklären konnte, daß ihr der Ernst der Situation überhaupt nicht klar war. »Das Volk hat sich bereits zu einem Urteil entschlossen. Wir selbst werden uns in dieser Sitzung entscheiden. Die Anklage lautet auf Schadenzauber. Ihr hättet heute nacht Blut und Ratten regnen lassen und außerdem verschiedene Menschen dieser Stadt mit Fieber belegt.«

Noch bevor Inken antworten konnte, sagte Petrus Jacobi warnend: »Kommt uns nicht mit Ausflüchten, Jungfer. Wir behandeln Euch sehr zuvorkommend, indem wir Euch die Anklage mitteilen, was in einem Hexenprozeß gar nicht nötig wäre. So sind nun mal die Gesetze. Ihr sagt uns dafür ohne Umschweife die Wahrheit. Nämlich wann und warum Ihr gehext habt, und wer Euch geholfen hat.«

»Ist dies hier denn ein Prozeß?« fragte Inken entgeistert.

»Nein, eine Voruntersuchung. Wenn wir zu einer umfassenden Beurteilung Eurer Tat gelangt sind, überstellen wir Euch mit unserem Schuldspruch an den Rat der Stadt. Das bedeutet, Ihr werdet in der Büttelei sitzen, bis das Niedergericht nach dem Michaelismarkt das offizielle Urteil gesprochen hat. Danach kommt Ihr noch am gleichen Tag auf den Scheiterhaufen.«

Inken erbleichte.

Mickelsen zog kleine Spuren in den Staub auf dem Tisch. Auch solche Einschüchterungsversuche seitens der Juristen gehörten zu den Dingen, die er anmahnte, weil sie nicht der Wahrheitsfindung dienten. Doch er zwang sich zur Zurückhaltung, obwohl er das mokante Lächeln in den Mundwinkeln des Juristen erkannte, das zweifellos ihm galt.

Der Jurist wedelte mit der Hand, um die Aufmerksamkeit des Dieners an der Tür einzufangen. »Du da hinten, schicke uns jetzt den Meister Paye herein.«

Er schreckt vor keinem Winkelzug zurück, dachte Mickelsen zornig, während Stimmen vor dem Saal laut wurden. Dann kam der Scharfrichter.

Meister Paye, in sauberer Kleidung und frisch rasiert, verbeugte sich knapp vor dem Untersuchungsausschuß, bevor er zur Sitzbank schritt, die neben der Tür stand. Sein Wams gab über ihn Auskunft wie eine Hausmarke. Die Prägung auf dem Leder über der Brust zeigte ein Herz, das durch einen Zweihänder halbiert wurde.

Die Ratsherren schwiegen, während Paye den Deckel der Truhe aufschlug. Die Herren waren den Anblick gewohnt; nun beobachteten sie, ob die Delinquentin in angemessener Weise durch das *Gezeug* für die *scharfe Frage* beunruhigt würde.

Meister Paye hielt für alle sichtbar ein hölzernes Gerät in die Höhe. »Der Daumenstock.«

Inken starrte auf die markanten Schrauben mit dem breiten Gewinde, die ihre Daumen zermalmen konnten, wenn man sie fest anzog.

Petrus Jacobi runzelte die Stirn. Seine Geste forderte mehr Nachdruck bei der Vorführung.

Ja, ja, ich rede schon, du närrische Schwuchtel, dachte Paye respektlos und holte die eiserne Hand heraus. Meister Paye gehörte zu denjenigen, die für diese fetten feinen Herren die Drecksarbeit machen mußten. Für das Vorführen der Geräte bekam er keinen Schilling, aber das Pack verlangte trotzdem, daß er sie ausführlich erklärte. Er drehte zwei Schrauben und klappte das Gerät der Länge nach auf. »Die Hand der Verurteilten wird hier eingelegt«, sagte er mit eintöniger Stimme, »dann wird zugemacht und angedreht. Die Stacheln im Inneren bohren sich tiefer, je fester ich die Schrauben anziehe.«

»Es ist gut«, sagte Arne Mickelsen angewidert.

»Nein, es ist nicht gut! Alles!« verlangte der Jurist. »Gleichheit vor dem Gesetz war Eure eigene Forderung.«

Meister Paye nickte. »Ganz ähnlich funktioniert der *Spanische Stiefel.* Auch die *Spanische Kappe,* obwohl ich die öfter zur Bestrafung als zum Schrecken anwende. Für die Jungfer wäre sie keine Strafe, da die Jungfer zu dünn ist, und die spanische Kappe besitzt keine Schraubvorrichtung. Schließlich wäre da noch die *elevatio* an Seilen, die ich hier nicht vorführen kann, da die Seile fest im Schloß angebracht sind. Ebenso kann ich die Jungfer nur dort *auf die Leiter setzen.*« Er schlug den Deckel der Sitzbank mit einem Knall zu und wandte sich an den Juristen. »Das wäre alles. Soll ich draußen warten?«

»Ja, tu das«, antwortete Petrus Jacobi und fuhr ohne innezuhalten an Inken gerichtet fort: »Werdet Ihr uns also in allen Punkten die Wahrheit sagen?«

»Ja, gewiß«, stammelte Inken.

»Gut, dann beantwortet jetzt die Frage, die Johann Crantz Euch vorhin gestellt hat.«

»Er hat mir keine Frage gestellt«, antwortete Inken eigensinnig und schlug die Augen nieder.

Crantz stellte verwundert fest, daß die Jungfer immer noch nicht eingeschüchtert genug war, um ihren Verstand zu verlieren, mochte Jacobi sich noch so viel Mühe gegeben haben.

Arne Mickelsen bekam Angst um Inken. Im Augenblick hatte sie offensichtlich das Wohlwollen des Vorsitzenden. Heinrich Blome, der nie aus seiner Verachtung für diejenigen ein Hehl machte, die er zum Pöbel zählte, war meistens bereit, einem hellen Kopf Beifall zu zollen; möglicherweise war er gegenwärtig wenigstens neutral. Wenn Inken aber die Mehrheit verärgerte, war sie so gut wie tot. Er räusperte sich.

Inken sah auf.

»Inken, geht bitte auf den Sinn einer Frage ein«, mahnte Arne. »Ihr dürft keine Wortklauberei betreiben, wenn Ihr wollt, daß wir Euch glauben«, fügte er warnend hinzu. »Versteht Ihr, was ich meine?«

Inken schluckte und nickte.

Johann Crantz begann geduldig von vorn. »Nehmt also Stellung zu der Anklage, Jungfer.«

»Ob es Blut und Ratten geregnet hat, kann ich nicht beurteilen«, sagte Inken, um eine ganz sachliche Antwort bemüht. »Ich halte es für wenig wahrscheinlich, weil wir in Lügum nur Regen, Hagel und Schnee kennen und Tondern nicht so weit weg von Lügum liegt. Und was die Anschuldigung betrifft: Ich beherrsche weder die Kunst, Regen herbeizurufen, noch kann ich Gegenstände regnen lassen. Ich kenne auch niemanden, der dies kann.«

Blome schlug entsetzt die Hände zusammen und warf einen flüchtigen Blick auf Carsten Klüver, der heute noch stiller als sonst war und wie ein Ochse in den Sielen in seinem Stuhl hing. Von ihm hätte man mindestens einen Schrei der Empörung erwarten dürfen.

Petrus Jacobi nickte, als hätte die Jungfer seine Vermutung bestätigt. »Nun wird mir klar, warum das Volk Euch für eine Hexe hält. Ihr sprecht über Zauberei so sachlich wie andere Frauen über den Schnupfen ihrer Kinder. Allein darin zeigt sich schon, daß Hexenkunst für Euch etwas Alltägliches ist! Und das Hexenunwesen nimmt überall beträchtlich zu! Wir müssen endlich schärfer dagegen vorgehen, Collegae!«

»Auch das Unwesen der freien Klöpplerinnen nimmt zu«, sagte Carsten Klüver mit schwerer Zunge. »Dagegen müssen wir ebenfalls etwas unternehmen.«

Ratsherr Mickelsen saß mit versteinertem Gesicht da. Die Jungfer war dabei, sich um Kopf und Kragen zu reden. Was Klüvers Einwurf sollte, der eher aus dem Munde seines Schwiegersohns hätte kommen können, wußte er nicht, aber er sah, daß die anderen sich insgeheim über ihn amüsierten.

Inken erkannte, daß sie in den Augen der Herren einen

schwerwiegenden Fehler begangen hatte. Da sie ihn nicht ungeschehen machen konnte, fuhr sie tollkühn fort: »Ich glaube eher, daß die Ratten mit den Misthaufen und dem Schmutz in Euren Hintergassen zu tun haben. Denn wo Dreck liegengelassen wird, sind immer Ratten. Bei uns auf dem Hof nicht. Stall und Hof sind so sauber, daß Ratten verhungern würden. Aber bei unseren Nachbarn gibt es sie scharenweise – da sieht es ungefähr so aus wie in den Hintergassen hier in Tondern.«

»Das hört sich ja geradezu so an, als ob Ihr die Stirn hättet, uns Stadtvätern ein Versäumnis vorzuwerfen«, stieß Blome hervor. »Eine solche Impertinenz ist mir noch nicht untergekommen. Tut etwas, Crantz!«

»Hexennatur«, sagte Jacobi zur Erklärung und brachte es fertig, mit gespitzten Lippen zufrieden zu lächeln. »Sie vertraut darauf, daß der Gehörnte ihr beistehen wird.«

Der Vorsitzende warf ihm einen unwilligen Blick zu. »Jungfer Inken, Ihr mißversteht die Frage. Sie lautet nicht, ob es schmutzig ist – das sieht ja jeder –, sondern woher die Ratten plötzlich kommen. Die Erklärung des Volkes lautet, daß sie hierher gehext wurden, und zwar von Euch. Nehmt bitte dazu Stellung.«

»Ich vermute, daß die Ratten schon immer hier waren!« rief Inken überrascht aus. »Ihr solltet Euch eher fragen, warum sie jetzt alle herauskommen. Wahrscheinlich flüchten sie bloß vor dem Wasser. Sie sind ja schließlich keine Fische.«

»Hm. Ja, gut«, sagte Johann Crantz zögernd und dachte bei sich, daß die Erklärung der Jungfer nicht ganz von der Hand zu weisen sei.

»Und was meint Ihr zu dem Fieber in der Stadt?«

»Das weiß ich nicht«, antwortete Inken ehrlich, »denn wir hatten eine Art Pest erwartet, die sofort tötet, kein Fieber.«

»Jungfer Inken«, rief Petrus Jacobi erregt. Stehend stützte er sich auf den Fingerknöcheln ab und beugte sich der Angeklagten weit entgegen. »Ihr habt soeben gestanden, das Fieber hierhergebracht zu haben! Nicht nur das – es sollte sogar die Pest sein! Wer war Euer Komplize?«

Inken blickte ihn unsicher an. »Komplize? Kapitän Ketel Redlefsen und ich waren der Meinung, daß es die Pest ist, die auf seinem Schiff in die Stadt kam. Beantwortet das Eure Frage?«

»Kapitän Redlefsen also. Interessant!«

Jacobi und Blome wechselten zufriedene Blicke. Da hatten sie im nachhinein den Beweis bekommen, daß es richtig gewesen war, den Mann einzusperren.

Inken wunderte sich im stillen über die Reaktion der Herren.

Der Jurist setzte sich und lehnte sich entspannt im Sessel zurück. Das Teilgeständnis reichte bereits für die härteste Bestrafung aus. Doch er war überzeugt, daß die junge Frau bei geeigneter Befragung auch zugeben würde, die Ratten getötet zu haben, obwohl sie starke Kräfte besaß, die auch einen gestandenen Ratsherrn ins Wanken bringen konnte. Er hatte das Zögern von Crantz sehr wohl registriert.

Johann Crantz, von Natur aus gutmütig, versuchte es noch einmal: »Jungfer Inken, ich fürchte, Ihr seid Euch über die Tragweite dessen, was Ihr eingestanden habt, nicht im klaren. Ihr habt zugegeben, das Fieber, das Ihr Pest nennt, zusammen mit Kapitän Ketel Redlefsen über die Stadt gebracht zu haben. Üblicherweise nennt man dies Hexerei. Ihr wollt es nicht bestreiten?«

»Nein, nein! Mit dem, was Ihr Hexerei nennt, habe ich nichts zu tun!« rief Inken verzweifelt.

»Das hört sich beinahe so an, als würdet Ihr unter Hexerei etwas anderes verstehen als ich«, forschte Johann Crantz behutsam, um sie nicht weiter zu verschrecken. Doch sein anfängliches Wohlwollen ließ allmählich nach. Möglicherweise war das junge Frauenzimmer keine Hexe, aber sie ließ es entschieden an Frömmigkeit und Demut fehlen.

Inken hob die Schultern und ließ sie wieder fallen. Er hatte es geschafft, sie in die Enge zu treiben. »Ich glaube nicht an Hexerei«, antwortete sie zögernd.

Petrus Jacobi konnte seine Freude kaum verhehlen. Er erhob sich wieder und blickte nach rechts und links im Bewußtsein seiner unangreifbaren Position als Fachmann. Gerade als er zu einer geschliffenen Rede ansetzte, gingen von Carsten Klüver unziemliche Darmgeräusche aus.

Die Herren senkten die Köpfe und starrten mit zusammengepreßten Lippen auf die Tischplatten.

»Wo wollt Ihr denn ausgerechnet jetzt hin?« fragte Jacobi zornrot, weil er sich durch den Handwerker der Lächerlichkeit ausgesetzt sah.

»Wohin wohl?« murmelte Mickelsen und hielt den Stuhl des Silberschmiedes fest, der hintenüberzukippen drohte, nachdem der Ratsherr ihn unachtsam nach hinten gestoßen hatte. Der Silberschmied befand sich bereits auf dem Weg aus dem Saal. Er schwankte, und der Jurist sprach zu seinem Rücken.

»Ich muß mal«, murmelte Klüver.

Seine tölpelhaften Bewegungen entlockten den Ratsherren ein nachsichtiges Lächeln. Es war nicht üblich, daß ein Ratsherr vor der Sitzung über den Durst trank, aber in diesen Tagen war manches ungewöhnlich.

Jacobi schluckte seine Wut hinunter und begann entschlossen seine Rede. »Collegae, Ihr habt es selber gehört, und es bedarf keines juristisch geschulten Verstandes, um zu begreifen, daß die Angeklagte in vollem Umfang gestanden hat. Wir werden im heutigen Protokoll festhalten, daß Jungfer Inken aus Lügum aus freien Stücken, ohne Anwendung der Folter, ja sogar ohne die Prozedur der peinlichen Befragung zwei Dinge zugegeben hat: Erstens hat sie zusammen mit Kapitän Ketel Redlefsen die Stadt Tondern mit einem Fieber überzogen. Zweitens leugnet sie die Existenz von Hexenkünsten.

Mit Punkt eins beweist sie ihre Fähigkeit zu hexen. Mit Punkt zwei leugnet sie die Macht des Teufels. Beides zusammen beweist klar und eindeutig, daß es sich bei dieser Person um eine Hexe handelt.«

Johann Crantz zupfte unschlüssig an seinem dünnen Bärtchen. Er befand sich in der zufriedenstellenden Gewißheit, daß der Ausschuß sich außerordentliche Mühe mit der Angeklagten gegeben hatte. Trotzdem behagte ihm nicht, daß man jetzt gleich die Schuld der Angeklagten feststellen würde. Irgend etwas, fand er, sprach dagegen – möglicherweise die Ernsthaftigkeit, mit der sie ein scheinbares Problem aufgegriffen und mit ihnen diskutiert hatte. Als ob es in solchen Fällen etwas zu diskutieren gäbe!

Zögernd ergriff er das Wort, um die Voruntersuchung formal zu Ende zu bringen. »Danke, Petrus Jacobi, wir können damit unsere Befragung als abgeschlossen betrachten. Wir werden Jungfer Inken dem Niedergericht mit unserem Votum zur endgültigen Aburteilung überstellen.«

»Ich möchte noch einen Vorschlag unterbreiten, bevor Ihr abstimmen laßt«, warf Mickelsen entschlossen ein.

»Ja?« sagte Johann Crantz bereitwillig.

»Es hat den Anschein, als ob Jungfer Inken geständig sei«, erklärte Mickelsen. »Aber ich kenne ihren Vater als vernünftigen und klugen Mann. Ich weiß, daß seine Kinder anders aufwachsen, als es üblich ist. Beispielsweise hat Tade seine Tochter lesen und denken gelehrt, und davon wird sie nicht zur Hexe. Auch Ihr könnt lesen.« Was das Denken betraf, war er sich nicht so sicher.

Blome schnalzte mit der Zunge und schüttelte den Kopf.

Mickelsen konnte nicht anders. »Oder nicht?« fragte er ihn mit einem Seitenblick.

Der Kaufmann preßte beleidigt sein Kinn auf den Kragen.

Arne Mickelsen nahm den Faden wieder auf. »Hansen hat ihr manches beigebracht, wofür andere Leute auf die Universität gehen. Um Teufels- und Hexenkünste handelt es sich nicht. Ich vermute daher, daß Inken im Zusammenhang mit diesem Fieber irgend etwas weiß, das sie uns noch gar nicht mitgeteilt hat. Wenn Ihr Euch ihren genauen Wortlaut in Erinnerung ruft, so hat sie auch nur davon gesprochen, daß das Fieber auf Kapitän Redlefsens Schiff in die Stadt gekommen ist. Und darüber hat sie mit Redlefsen geredet, über nichts anderes. Er kam übrigens, um uns genau dies mitzuteilen, erinnert Ihr Euch?«

Johann Crantz nickte und grübelte nach einem Ausweg. Ihm war bei dem Beschluß, den Kapitän einzusperren, nicht besonders wohl gewesen. Jetzt wußte er, warum. »Stimmt das, Jungfer?«

Inken nickte. Ein Kloß saß ihr im Hals. Und um diesen Hals ging es jetzt gerade.

Crantz entschloß sich zu einer Entscheidung ohne Abstimmung. Die Gesichter von Jacobi, Blome und Kock signalisierten, daß sie auf jeden Fall für das Todesurteil plädieren würden. »Unter diesen Umständen halte ich es für eine vernünftige Lösung, wenn wir die juristische Fakultät in Rostock befragen«, sagte er. »Wir werden, wie früher schon, Christian Nauclerus um Vermittlung bitten. Niemand kann etwas dagegen einzuwenden haben, daß der Jungfer durch die gelehrtesten Köpfe in Rostock Gerechtigkeit widerfährt.«

Arne Mickelsen atmete heimlich auf.

»Ich bin nicht damit einverstan ...«, sagte der Jurist und sah sich zu seinem Erstaunen vom zweiten Bürgermeister unterbrochen.

»Ich muß gestehen, daß ich die Hexenriecherei widerwärtig finde«, sagte Crantz mit Nachdruck. »Ich bin froh, daß die Schweden mit diesem üblen Brauch aufgeräumt haben.«

Petrus Jacobi brauste auf: »Wollt Ihr etwa auch leugnen, daß es Hexen gibt?«

»Nein, Ratsherr Jakob«, erklärte Johann Crantz entschlossen, »aber wir wollen nicht übersehen, daß Frauen häufig nur aus Mißgunst beschuldigt wurden, Hexen zu sein, oder weil die Hexenjäger sich persönlich bereichern wollten. Mit anderen

Worten, es wurde Mißbrauch mit der Rechtsprechung getrieben. Falls sich dies fortsetzt, könnte es leicht sein, daß die Stimmung sich ernstlich einmal gegen Juristen wendet. Daher meine ich, daß die Juristen sich am penibelsten an das Gesetz halten sollten.«

Jacobi schnitt ein Gesicht und entschloß sich, still zu sein.

Crantz zupfte seine Manschetten zurecht und sagte abschließend: »Alles in allem glaube ich, ist die juristische Fakultät in Rostock berufener als wir, wenn es darum geht, echte Hexen von naseweisen Mädchen zu unterscheiden.«

»Ja«, sagte Mickelsen laut und erleichtert und dachte bei sich, daß es unter den gegebenen Umständen noch glimpflich abgelaufen war. Jeder Zeitaufschub war ein kleiner Gewinn in der Sache. Meistens wurde abgeurteilt und das Urteil am gleichen oder nächsten Tag vollstreckt. Schließlich konnte dem Kläger nicht zugemutet werden, das Kostgeld für einen schuldig gesprochenen Verbrecher zu zahlen.

Inken wurde mit weichen Knien in ihr Gefängnis zurückgeführt.

17. Der verschwundene Ratsherr

Mickelsen wartete, bis Crantz seine Sachen zusammengeräumt hatte, und schloß sich ihm dann an, da sie den gleichen Weg nach Hause hatten. »Ich bin sicher, sie ist unschuldig«, sagte er. In der Düsternis des Treppenhauses konnte er das Gesicht des stellvertretenden Bürgermeisters nicht erkennen, doch er sprach forsch weiter. »Man darf nicht vergessen, daß sie ein junges Mädchen vom Lande ist und sich gegenüber gestandenen Männern verteidigen mußte. Ich finde, dafür hat sie es außerordentlich gut gemacht. Sie konnte auch nicht ahnen, daß Petrus Jacobi von ganz anderen Gesichtspunkten als der Suche nach der Wahrheit geleitet wird.«

Crantz verharrte auf der Schwelle des Rathauses und sah den Kaufmann ausdruckslos im schwindenden Licht des Nachmittags an. Über ihren Köpfen war das eintönige Gemurmel der zurückgebliebenen Kollegen zu hören.

Der zweite Bürgermeister hatte offenbar nicht die Absicht, zu widersprechen. Fürs erste war Mickelsen dieser kleine Sieg genug. »Wo ist eigentlich Ratsherr Klüver abgeblieben? Ich habe ihn gar nicht mehr gesehen.«

Crantz zuckte die Schultern. »Wenn er unsere einzige Sorge wäre! Habt Ihr schon gehört...« Alltägliches plaudernd betraten sie den Rathausplatz und bogen gerade in die Mündung der Großen Straße ein, als auf der anderen Seite des Platzes Tade Hansen auftauchte.

Tade Hansen hatte seine Mütze verloren, und sein Gesicht war hochrot und fleckig. Die wenigen Fußgänger, die ihn an der

Wand des Giebelhauses lehnen sahen, machten einen großen Bogen um ihn.

Ein Bettler und Dieb, dachte ein Tonderaner verächtlich und machte demonstrativ einen Bogen um den Mann. Und betrunken obendrein! Mit einem einzigen Blick erfaßte er, daß dieser Fremde mehrmals der Länge nach im Dreck gelegen hatte, seine Kleidung war naß und voller Schlamm. Doch er preßte ein ehemals weißes Kissen wie einen gestohlenen Schatz an sich. Man müßte den Büttel rufen, dachte der Tonderaner verantwortungsbewußt. Aber man kann sich schließlich nicht in alles einmischen.

Hansen hob den Kopf und versuchte das Rathaus ins Auge zu fassen. Zuweilen sah er zwei Rathäuser; dann verschwammen beide ineinander und verschwanden in einem Nebel. Ihm war glühend heiß, aber das war immer noch besser als die Eiseskälte, die er vor kurzem gespürt hatte.

Schließlich ging Tade mit wankenden Schritten voran. Den Eingang in das Rathaus fand er durch Zufall. Stimmen aus dem oberen Stock leiteten ihn zu einer Treppe, die er sich hinaufquälte.

In einem Raum, dessen Tür offenstand, saßen mehrere Männer, doch Tade war nicht sicher, wie viele es wirklich waren. Doch sie waren in die Amtstracht von Ratsleuten gekleidet, und das war entscheidend. Tade sank auf einen Sessel, dessen Lehnen ihn aufrecht hielten, während er zu Atem kam.

Jacobi schoß in die Höhe wie eine gereizte Schlange. »Ratsdiener!« rief er mit schriller Stimme und rannte zur Tür, um Rechenschaft von den nachlässigen Knechten zu fordern. Aber trotz seines Gebrülls rührte sich im Erdgeschoß nichts. Kopfschüttelnd kehrte er zu den anderen zurück, die den Bauern voll Abscheu betrachteten.

»Ein Betrunkener«, mutmaßte Peter Kock naserümpfend. »Tondern gleicht im Augenblick wahrlich einem Tollhaus.«

»Man sollte den Kerl wegen Beleidigung des Rates einsperren«, knurrte Blome.

»Uns werden die Zellen knapp«, widersprach der Jurist und umrundete den Mann, der mit offenem Mund nach Luft schnappte. »Außerdem sind die Knechte nach Hause gegangen. Crantz hat nicht den geringsten Einfluß auf diese Leute. Ich habe es ja schon immer gesagt.«

Tade Hansen richtete seine blutunterlaufenen Augen auf den Mann, der am längsten gesprochen hatte, ohne daß er viel davon verstanden hatte. »Ihr müßt etwas unternehmen«, keuchte er. »Es ist wie bei der *Klebenden Seuche.* Einer steckt sich am anderen an. Ihr müßt den Markt ausläuten und die Stadttore schließen.«

Die Herren wechselten verständnislose Blicke.

»Die *Klebende Seuche?* Erkranken bisweilen nicht Ochsen daran?« Mit gerunzelter Sturn versuchte Blome sich zu erinnern, was man ihm darüber erzählt hatte.

Kock schlug sich mit der flachen Hand an den Kopf. »Jetzt weiß ich, was es mit dem Mann auf sich hat. Das ist bloß ein weiterer Kniff unserer Kollegen von der Ochsenzunft. Kein einziger von ihnen ist anwesend, wenn ich Euch darauf aufmerksam machen darf. Mickelsen hat sich ja sofort aus dem Staub gemacht. Wahrscheinlich wußte er, daß dieser Bauer kommt. Wir sollen hinterher nicht behaupten dürfen, ein Ochsenkaufmann hätte uns beeinflußt.«

»Ich wollte Euch warnen«, murmelte Tade. Er ließ den Kopf an die hohe Lehne sinken und schloß die Augen. Sein Herz schlug wie ein Schmiedehammer, und das Pochen hinter seinen Augen war unerträglich. Sobald der Stadtrat die Tore schließen ließ, war die Gefahr für die Dörfer gebannt. Er mußte ihn überzeugen!

»Genau, Kock!« sagte Blome zustimmend. »Es geht bestimmt um diese Gerüchte wegen der Kaperer.«

Der Jurist Jacobi schüttelte unzufrieden den Kopf. Es war sein Gewerbe, Worte zu verkaufen. Und er hatte den Bauern anders verstanden. Er war nicht betrunken, und es ging nicht um Ochsen. Er verschränkte die Arme und blieb in sicherem Abstand vor ihm stehen. »Was ist mit dir, Mann?« fragte er scharf.

Das Klopfen, welches Tade das Gefühl gab, die Augen würden ihm aus den Höhlen gepreßt, ließ für einen Augenblick nach. Er stöhnte leise, und sein Kinn sank auf die Brust. Er war erleichtert. Der Ratsherr war dürr wie ein Ochse ohne Weide, doch er hatte anscheinend begriffen, um was es ging. »Die Pest«, flüsterte Tade. »Ich habe sie von einer Ratte bekommen.« Er mühte sich zitternd mit seinem Ärmel ab, um ihn hochzukrempeln, gab aber schließlich auf. Er schaffte es nicht.

»So ein Unsinn!« polterte Blome. »Wir setzen den Mann vor die Tür und machen Feierabend. Den haben wir uns redlich verdient, finde ich. Ich muß schon sagen – in diesen Tagen wimmelt die Stadt von unerwünschten Fremden.«

Tade hörte die Ratsherren wie aus weiter Ferne. Inzwischen wußte er gar nicht mehr, was er gesagt und was er nicht gesagt und was er vielleicht nur gedacht hatte. Er hoffte aber, daß die Herren nun besprachen, wie sie die Bevölkerung schützen sollten. Seine Hand kroch langsam zur rechten Achselhöhle hinauf. Da war der Beweis. Die gleiche Art Knoten, wie die Ratte sie gehabt hatte.

Gerade fühlte Tade Hansen sich ausreichend gekräftigt, um den Ratsherren zu erläutern, daß er sich an einer toten Ratte angesteckt hatte, als eine Hand ihn am Kragen packte, emporzerrte und zur Tür hinausstieß.

Tade griff ins Leere, als er Halt suchte, und rutschte eine steile Treppe hinunter. Der Schmerz riß ihn aus seiner Benommenheit, so daß er die Flucht aus diesem Haus antrat.

Blome schlug die Handflächen mit klatschendem Geräusch aneinander und kehrte zurück. »Erledigt«, sagte er zufrieden. »Ich gehe auf einen Schluck in die Hopfenkarre. Wer kommt mit?«

»Ich«, sagte Tobias Kock sofort.

Petrus Jacobi machte ein bedauerndes Gesicht. »Heute habe ich etwas anderes vor«, sagte er hastig und rannte beinahe aus dem Sitzungssaal.

»Was denn?« rief Kock ihm neugierig nach, ohne eine Antwort zu erhalten.

»Was ist denn mit dem los?« Blome sah dem Juristen verwundert nach. Er konnte sich nicht erinnern, daß Jacobi jemals ein geselliges Zusammensein nach einer Ratssitzung ausgeschlagen hätte. Ihn erwartete zu Hause keine Ehefrau, und er hatte stets Zeit, wenn man ihn fragte.

»Ich sage es doch: Tondern ist ein Tollhaus. Und Tollheit macht auch vor dem Rat nicht halt.« Kock keckerte wie ein Häher und wartete darauf, daß Blome endlich mit dem Sitz seines Kragens zufrieden war und mitkam.

Jacobi zog die Klappen seiner Haube über die Ohren und eilte gesenkten Hauptes in sein angemietetes Haus in der Norderstraße. Er verschloß die Haustür sorgfältig, legte alle Fensterläden vor und warf sich endlich in den Sessel am Kamin, in dem das Feuer bereits brannte. Dann leerte er in einem Zug einen Pokal mit starkem Rotwein. Wein war das einzige Mittel gegen die Pest, das er kannte.

»Kacke«, brummte der Schinder, warf seine Schaufel vorweg in das Gelaß, das den Ratsherren während der Sitzungen als Abort diente, und stieg hinterher. Wäre es nach ihm gegangen, hätten sie sich auf dem Kirchhof oder in der Kirche erleichtern können. Andere taten es ja auch. Das Schlimmste waren die Tage, an dem der große Rat tagte, was glücklicherweise nur selten vorkam. Dann war der Bottich voll bis zum Rand, als ob sie alle das Bedürfnis bis zum Sitzungsbeginn aufgespart hätten.

Der Abort war ein hölzerner Anbau im Untergeschoß, fensterlos, düster und voll der Gerüche aus tausend Gedärmen der letzten Jahrhunderte.

Auch an diesem Tag war der Kübel randvoll. Die Brühe

schwappte dem Schinder schon entgegen, als er das Sitzbrett hochgeklappt hatte. Er starrte noch mürrisch hinein, als eine dunkle Gestalt quer durch sein Gesichtsfeld flitzte. »Au!« schrie er, preßte die Hand auf die Nase und fühlte, wie ihm das Blut durch die Finger tropfte. Irgendein Biest hatte ihn gebissen, und er hatte es noch nicht einmal gesehen.

Aber es raschelte in einer Ecke, und winzige teuflische Lichter glühten auf. Da saß der Gottseibeiuns persönlich und versuchte, seine Seele einzufangen.

Der Schinder gab dem Kübel einen Tritt. Als die Flüssigkeit seine Fußlappen durchnäßte, wartete er nicht mehr auf das Geheul des jämmerlich ertrinkenden Teufels, sondern ergriff selbst die Flucht. Mit ihm zusammen drängten noch andere Gestalten durch die Tür.

In seiner Panik rannte der Schinder in die falsche Richtung. Er merkte es erst, als er in etwas Weiches auf dem Boden trat, das sich wie ein geblähter Bauch anfühlte. Die Tracht, die daneben ausgebreitet war, sah wie die eines Ratsherrn aus.

Aber der Schinder dachte gar nicht daran, sich dem Teufelswerk länger als nötig auszuliefern. Mit geschlossenen Augen tastete er so lange nach der Außentür, bis die feuchte Luft und der Wind ihm sagten, daß er entkommen war.

Dritter Tag

18. Auf der Suche

Laurens machte sich Sorgen. Ketel war nicht in den *Weißen Schwan* gekommen, und eine Nachricht hatte er auch nicht hinterlegt. Er fragte hier und da unauffällig, aber niemand kannte Ketel oder hatte ihn gesehen. Laurens hatte das sichere Gefühl, daß der Rat die Nachricht mitsamt dem Kapitän hatte verschwinden lassen.

Entweder war Ketel tot oder eingesperrt.

Am dritten Tag des Michaelismarktes, zwei Tage nach seiner Verabredung mit dem Kapitän, wies Laurens seine Männer wie üblich ein und machte sich auf, Ketel zu suchen. Es kamen nur das Rathaus und die Büttelei am Osttor in Frage. Der Rathausplatz lag am nächsten.

Auf dem Markt war nicht viel los, es gab nur einige wenige Schragen von Bauern aus der Umgebung. Die Kaufleute hatten Unrat gewittert; merkwürdigerweise waren sie nicht da, obwohl an diesem letzten Tag in großen Mengen eingekauft werden durfte. Besonders unzufrieden waren die Hopfenhändler; ihre hochbeladenen Wagen waren immer noch voll mit Ware, und nun diskutierten sie lautstark über die Gründe dafür. Für diese Händler interessierte Laurens sich nicht. Er gesellte sich zu den Männern auf dem Schweinemarkt, Städter, wie er sehen konnte.

»Der Stadtrat ist unfähig, das Fieber zu bekämpfen!« schimpfte einer lautstark. »Früher hätte es das nicht gegeben.«

»Merkwürdig, daß die Hexe sitzt und trotzdem Leute krank werden.«

Das hörte sich sehr vernünftig an und gab Laurens Gelegenheit, sich sachkundig einzumischen. »Eine tüchtige Hexe kann auch aus dem Verlies heraus ihren Zauber wirken«, sagte er. »Jedenfalls, wenn die Wände dünn sind.«

»Aber die sind doch nicht dünn, du einarmiger Quatschkopf.« Der Mann zeigte mit dem Daumen zur Westseite des Rathauses. »Hast du mal durch die Luftöffnung gesehen? *So* tief ist die.« Er breitete die Arme aus, weit genug, um einen Bären zu umfassen.

Laurens trat aus angeborener Vorsicht einen Schritt zurück. »Was du nicht alles weißt«, staunte er. »Sind da unten eigentlich zwei Zellen? Falls es noch eine Hexe gäbe, meine ich...«

»Äh, noch eine? Donnerschlag! Du meinst eine *zweite* Hexe?« Der Mann riß den Mund auf und starrte Laurens entsetzt an. Dann schüttelte er den Kopf. »Es gibt nur ein Loch. Mit mehr Hexen hat der Stadtrat nie gerechnet. Was kann man von dem auch schon erwarten?«

»Na, dann.« Laurens tippte an seine Stirn und entfernte sich. Er wußte jetzt einiges mehr, das vielleicht einmal nützlich sein konnte, nur nicht, wo Ketel steckte. Diese Höllenhunde von Ratsherren!

Das erste Haus auf seinem Weg zur Büttelei war die Neue Apotheke, in der heute ein reges Kommen und Gehen herrschte. Dahinter gab es einige prachtvolle Stavenhäuser, die Laurens mißvergnügt betrachtete, weil er Ratsleute und Großkaufleute grundsätzlich nicht leiden konnte, von wenigen Ausnahmen abgesehen. Er beeilte sich, an ihnen vorbeizukommen. Die Osterstraße wurde schmaler, wo die Häuser der Bürger von denen der Handwerker abgelöst wurden. Hier fühlte Laurens sich aus Prinzip wohler.

Aber irgend etwas war heute hier anders als sonst. Selbst der Betrunkene, der die Straße entlangtaumelte, benahm sich eigenartig.

Am Hospital begriff Laurens, was los war. Das Fieber! Mehrere Kranke wurden während der wenigen Augenblicke, da er das kleine Gebäude beobachtete, hineingetragen. In der Tür stand eine der frommen Frauen, die für die Siechen zu sorgen hatte, und versuchte, die Fieberkranken wegzuschicken. Ihre Gesten besagten, daß sie unmöglich noch jemanden aufnehmen konnten.

Laurens schickte den scheinbar Betrunkenen, der ihn von hinten anrempelte, mit einem Stoß weiter zur Hospitalmutter und nahm die Beine in die Hand. Sieh an, dachte er. Ketel hat ja so recht gehabt. Die Kundschaft für das Hospital nimmt beachtlich zu.

Er begann sich ernsthafte Sorgen um Ketel zu machen. Was hätte näher gelegen als zu vermuten, daß es ihn selbst auch erwischt hatte? Aus einer Zelle würde Laurens ihn schon herausholen, nicht aber aus dem Grab. Seine Gedanken wurden erst wieder hoffnungsvoller, als er den weiten Platz am Ende der Osterstraße erreichte.

Dessen östliche Seite wurde von der Osterbleiche der Färber eingenommen. Da das Wasser gesunken war, waren die Wiesen wieder begehbar. Die Männer mit den blauen Armen wendeten Wollbündel mit langen Stangen, und zwischen den Bottichen hetzten die Lehrjungen hin und her. Zwei Frauen, die Wasser holen wollten, waren in Streit geraten und wechselten vor einem interessierten Publikum saftige Schimpfworte. Während Laurens näher kam, gab es von beiden Seiten schon Kopfnüsse. Mindestens eine Kandidatin für den Kaak, dachte er und fand es tröstlich, daß es noch ein Viertel in Tondern gab, in dem der Alltag wie immer ablief.

Gerade als Laurens zu den Fenstern im oberen Stockwerk des Hospitals hinaufstarrte, starb Tade Hansen, ohne noch einmal zu sich gekommen zu sein. Man hatte ihn zusammengekrümmt in einer Nebenstraße liegend gefunden, und ein mitleidiger Stadtbewohner hatte ihn ins Hospital geschleppt.

Nach einer Weile bemerkte eine der barmherzigen Frauen, daß Tades Atem ausgesetzt hatte. Der Herr nehme deine sündige Seele zu sich, betete sie und winkte dem Knecht des Hospitals. Gottlob, ein Platz frei.

Der Knecht wickelte eine dicke Pferdedecke um den Toten und warf ihn sich bereitwillig über die Schulter. Hinter dem Haus stand der Karren bereit, mit dem er die Toten zum Friedhof fahren würde. Die Hospitalsfrauen hatten ihm versprochen, daß heute noch mehr Tote zu erwarten wären, und für jeden einzelnen bekam er eine Gebühr. Der Knecht hoffte auf reiche Ernte.

Das Haus des Büttels jenseits des Ostertors war alt und hatte Löcher im Reetdach. Aber es war der einzige Ort, an den der Schinder sich wenden konnte – der Mann, der das am meisten verachtete Gewerbe der Stadt ausübte. Der Scharfrichter teilte ihm seine Arbeit ein, er bezahlte ihn, und er hörte sich seine Sorgen an. An diesem Morgen hatte der Schinder nur eine einzige Sorge. Er fühlte, daß er starb.

Am schlimmsten erging es seinem Kopf, in dem eine Kolonne von Steinmetzen saß und sich bemühte, ihn auseinanderzuhauen. Gerade als es ihnen gelang, erreichte der Schinder die Tür der Bodelie und fiel mit ihr ins Haus. »Meister Paye«, brüllte er, doch Paye schien neuerdings taub zu sein. Er rührte sich nicht, sondern starrte ihn mit großen Augen an, glühend wie Feuerräder am Petritag. Sie konnten einen Mann wie den Schinder leicht verzehren.

Paye bückte sich zum Schinder hinunter. »Ich will dein Fieber nicht, verstehst du?« flüsterte er heiser in das verunstaltete Gesicht mit der geschwollenen Nase. »Hier kannst du nicht bleiben.« Er packte seinen Knecht unter den Armen, wuchtete ihn hoch und ließ ihn über seine Schulter gleiten, bis er im Gleichgewicht lag.

Danach griff er sich ein Tau, das im Flur am Haken hing, und brachte ihn hinaus zum Hochgericht an der Landstraße nach Lügumkloster. Dort standen die zwei Dreibeine, an denen noch die stinkenden Reste von halbzerfallenen Leichen hingen, außerdem vier Pfähle, auf denen die Köpfe von Enthaupteten aufgenagelt waren. Das Rad hatte Meister Paye gerade von Leichenteilen gesäubert, um am Tag nach Michaelis den Mann in der Zelle der Bodelie darauf zu flechten.

Er band den Schinder am Rad fest. Niemand würde wagen, sich ihm dort nähern.

Den Schinder überkam tiefe Ruhe, als er im nassen Gras unter dem Rad lag. Sein Kopf hatte einen festen Halt, und die Welt hörte auf, ihn umherzuschleudern. »Danke, Meister Paye«, flüsterte er, aber der hörte ihn nicht mehr.

Der Scharfrichter war bereits mit raumgreifenden Schritten unterwegs zu seiner Bude, wobei er überlegte, was er auf seiner Flucht mitnehmen mußte.

Als Paye wenig später in die Landstraße einbog, sah er einen einarmigen Mann mit Sturmschritten herannahen. Es kam ihm ein wenig merkwürdig vor, daß der Bursche sich bei seinem Anblick plötzlich abwandte und breitbeinig zum Pinkeln hinstellte. Doch Meister Paye schritt entschlossen nach Norden aus und hatte den Mann wenige Augenblicke später schon vergessen.

Laurens hörte aus dem Inneren der Bodelie ein Wimmern und schlich geduckt heran. Der obere Türflügel stand offen. Sein Blick fiel auf den Rücken einer Frau, die sich auf einem ärmlichen Lager wälzte.

Fieber. Laurens gab sich jetzt keine Mühe mehr, leise zu sein. Er rannte um das Haus herum und spähte von einer ehemaligen Stalltür aus in die Gefangenenzellen. Im Düsteren hinter den Latten rührte sich jemand. »Ketel?« fragte er vorsichtig.

Der Gefangene fuhr aus der Ecke in die Höhe. »Ja!« schrie er schrill vor Hoffnung. »Hier ist Ketel! Wer ist da?«

Laurens sah ein grobschlächtiges Bauerngesicht, aber den Mann kannte er nicht. »Tritt zurück«, knurrte er, packte die Axt, die auf dem Hackklotz steckte, und schlug die Verriegelung durch. Bevor der Gefangene sich aus den Resten befreit hatte, war Laurens schon aus der Tür und rannte den Weg zurück, den er gekommen war.

Jetzt war er mit seiner Weisheit am Ende. Es gab nur noch die Möglichkeit, den Ratsherrn zu befragen, den Ketel ihm genannt hatte. Mürrisch verlangsamte er vor den ersten Häusern seine Schritte und schlenderte durch die Nordviertel in den Westen der Stadt.

Wie am Ostertor nahm auch *Hinter den Nördlichen Ställen* das Leben seinen gewohnten Gang. Laurens mußte sich zwischen spielenden Kindern und Haustieren hindurch seinen Weg bahnen, Misthaufen umrunden und über Rinnsale mit Abwässern springen. Alles war wohltuend normal im Vergleich zu den überfluteten Straßen am Hafen mit ihren toten Ratten und kranken Anwohnern. Zu normal – Laurens beschloß, seine Männer am nächsten Tag nach hier auszusenden. Hier mußte noch ein wenig nachgeholfen werden.

Über die Nordstraße erreichte Laurens die Speicher der Stavener, fragte sich bis zu Arne Mickelsens Grundstück durch und betrat dessen Hof selbstsicher wie ein bestellter Handwerker. An der Hintertür zum Haupthaus bat er eine erschrockene Magd, ihn beim Hausherrn zu melden.

»Nein, wahrhaftig nicht!« sagte sie zitternd. »Doch nicht eine solche Vogelscheuche wie dich!«

»Junge Frau, du irrst dich gewaltig. Ich bin ein Paradiesvogel. Derzeit in der Mauser, und die ist bald vorbei. Sieh mich an!« Laurens lehnte sich in den Wintergarten hinein.

Die Magd schaute ihm in die blauen Augen, die so klar waren wie der Sommerhimmel über Tondern, und auf den sauber gestutzten Bart. Ohne es zu wollen, stieß sie einen sehnsüchtigen Seufzer aus.

»Sag ihm, daß es um Kapitän Redlefsen geht«, verlangte Laurens leise.

Mickelsen war schon dabei, Wein in zwei Gläser einzuschenken, als Laurens das Kontor betrat. Er betrachtete ihn mit einigem Erstaunen, denn seine Magd hatte ihm den Eindruck eines Besuchers aus seinen eigenen Kreisen vermittelt. Trotzdem bot er ihm ohne zu zögern einen Stuhl und das Glas an.

»Ratsherr Arne Mickelsen«, sagte Laurens, »ich bedanke mich für Euer Vertrauen, trotz der Hintertür. Ich glaube, es ist in beiderseitigem Interesse, daß mich niemand zu Euch kommen sieht. Ich bin in Tondern nicht gern gelitten.«

Mickelsen nickte knapp und verbarg seine Verwunderung über die gewandte Sprache seines verlotterten Besuchers.

»Ich bin in Sorge um den Kapitän, und da er mir Euren Namen nannte, hoffe ich, daß Ihr möglicherweise wißt, wo er sich aufhält. Sein Ziel war die Ratsversammlung, seitdem ist er spurlos verschwunden.«

»Weshalb sucht Ihr ihn denn?«

»Wir hatten uns im *Weißen Schwan* verabredet, aber er ist weder gekommen, noch habe ich eine Nachricht erhalten. Beides sieht ihm nicht ähnlich, denn er ist sehr zuverlässig in solchen Dingen, wie Ihr wohl selber wißt.«

»Kann es sein, daß Ihr Laurens seid, der einarmige Bettler?« fragte der Ratsherr spöttisch. »Der schon mehrmals aus der Stadt gewiesen wurde? Klärt mich auf, was einen Kapitän mit einem Bettler verbindet!«

»Ich bin kein Bettler«, bekannte Laurens nach kurzem Zögern. »Eine Aufgabe, die ich erfüllen muß, erfordert jedoch, daß ich mich als Bettler ausgebe. Bevor ich meinen Arm verlor, war ich Steuermann und fuhr eine Zeitlang mit Ketel. Er hat mir das Leben gerettet, und ich würde meine Schuld gern begleichen. Ich fürchte, es ist soweit.«

Mickelsen war ein Mann schneller Entschlüsse. Er nickte. »Das wäre möglich. Der Kapitän ist im Gefängnis im Rathaus. Der Rat setzte ihn fest, weil er eine unbequeme Nachricht brachte.«

»Im Rathausloch? Das ist nicht möglich! Dort soll ein junges Mädchen gefangen sein, eine Hexe, wie die Leute sagen.«

»Ihr habt in der falschen Zelle nachgesehen. Das junge Mädchen ist die Tochter meines Handelspartners in Lügum. Sie wurde als Hexe festgesetzt, weil sie etwas Ähnliches wie Ketel aussagte«, erwiderte der Ratsherr mit einem Seufzer.

»Ihr habt ja einen äußerst ungewöhnlichen Umgang«, spottete Laurens. »Einer wird als falscher Bote verhaftet, der andere ist Vater einer Hexe, und schließlich empfangt Ihr noch einen Bettler in Eurem Haus. Ich kann mir nicht vorstellen, daß Ihr ein durchschnittlicher Ratsherr seid.«

»Das ist den anderen auch schon aufgefallen«, entgegnete Mickelsen sarkastisch. »Aber genausowenig wie Ihr ein Bettler seid, treffen die Anschuldigungen bei Ketel und Inken zu. Ich habe derzeit nur noch keine Lösung gefunden, um die beiden auf rechtlichem Weg herauszuholen. Hinzu kommt, daß kein Mensch zu wissen scheint, wo Inkens Vater Tade abgeblieben ist. Er müßte sich um sie kümmern, aber ich weiß nicht, ob er es kann.«

»Wenn Ihr mir sagt, wo Ketel sich befindet, will ich ihn schon auf weniger legalem Weg befreien, und das Mädchen auch, wenn Euch so viel an ihm liegt«, versprach Laurens zuversichtlich.

»Wollt Ihr das wirklich tun?« fragte Arne überrascht. »Und werdet Ihr es allein schaffen? Ketel ist in der Arreststube des Rathauses, dem Bürgergehorsam, oben unter dem Dach am nördlichen Ende.«

»Nördliches Ende«, wiederholte Laurens und stand auf. »Ich schaffe es. Sollte jemand gesehen haben, wie ich Euer Haus betrat, dann stimmt ein Klagelied über Bettler an, die heutzutage immer zudringlicher werden. Mehr solltet Ihr von mir nicht wissen, Ratsherr Arne Mickelsen, Ihr müßt schließlich dem Rat später Rede und Antwort stehen. Seid bedankt.«

Laurens stahl sich lautlos aus dem Zimmer des Hausherrn

und schlich ungesehen nach hinten. Die Magd, welche die kleinen Fensterscheiben des Wintergartens putzte, stieß einen erschrockenen Schrei aus, als Laurens sie von hinten umarmte. Er schloß ihr den Mund mit einem ausgiebigen Kuß. »Du bist ein Schatz, daß du mich nicht hinausgeworfen hast«, flüsterte er. »Wenn du schweigst, komme ich wieder und habe beim nächsten Mal vielleicht mehr Zeit für dich.«

»Pff«, fauchte sie hinter ihm her. Er war ein schöner Mann und konnte es auch mit einem Arm mit anderen Kerlen aufnehmen. Und seine Augen! Und er trug einen Bart wie ein Ratsherr. Versonnen verrieb die Magd den Staub des Sommers auf der Fensterscheibe, während sie Laurens nachsah.

Mickelsen setzte sich und nahm einen Schluck. Bettler als Freunde zu haben, konnte unter Umständen lebensrettend sein. Man wußte nie, wer sich plötzlich zu Beschlüssen aufgerufen fühlte, wenn ein Teil des Rates vom Fieber erfaßt würde. Und sollten die Bierverleger unter Andersen die Oberhand gewinnen, die Entscheidung von Crantz umstoßen und Inken der Hexerei für schuldig erklären, wäre auch Ketel seines Lebens nicht mehr sicher. Den Bierverlegern würde ein plötzliches Ende des Kapitäns gut passen, um einem mißliebigen Ratskollegen eins auszuwischen.

»Skål«, sagte er schon ein wenig beschwipst und trank sich selber zu. Ein Mann aus seinen Kreisen – da hatte die Magd vielleicht gar nicht so unrecht gehabt. Möglicherweise war er es, der nicht in die Kreise des Stadtrates paßte.

19. Fieber in der Stadt

Obwohl es heller Tag war, kamen jetzt immer mehr Ratten aus ihren Verstecken und Löchern. Sie kümmerten sich nicht im geringsten um die Menschen, die auf den Höfen und in den Ställen ihrer Tagesarbeit nachgingen, sondern liefen oder schwankten ins Freie, als wäre es Nacht.

In den Ställen fielen tote Ratten von den Balken herunter und blieben in der Strohschüttung liegen. Die Kühe muhten unruhig, und die Pferde stiegen in ihren Ständen. Die Knechte rannten in die Ställe und versuchten, das Vieh zu beruhigen, aber was kann einer schon gegen den Bocksfüßigen ausrichten?

Sie beschwerten sich bei ihren Herren in den Vorderhäusern und brachten zum Beweis die Kadaver mit. Die Bürgerfrauen betrachteten entrüstet die kleinen Leichen und wiesen die Knechte zurück in den Hof. Während die Männer die toten Tiere auf die Misthaufen in den Straßen warfen, eilten die vornehmen Frauen in die Kirche, um ihr hoffärtiges Leben zu bereuen. Im Zwiegespräch mit dem Herrn versprachen sie, den wider das Gesetz gestreckten Samtstreifen aus dem Rock zu entfernen, wenn Er nicht länger mit Hilfe des ekligen Gewürms in ihren Ställen für Furcht und Aufregung sorgte.

Doch der Herr hörte nicht auf die Bitten. Wenn die Bürgerfrauen nach ihrem ausführlichen Gebet und dem Anhören der Klagen ihrer Nachbarinnen nach Hause kehrten, lagen mitunter ein oder zwei Knechte mit hohem Fieber in ihren Verschlägen.

Apotheker Michel Fenzke rieb sich froh die Hände. Seine Einnahmen waren in den letzten Stunden gewaltig gestiegen. Es war ein kleiner Wermutstropfen für ihn, als er erfuhr, daß drei Leute seines Gesindes zur Zeit nicht arbeitsfähig waren, aber er kam schnell darüber hinweg.

»Ich dulde Unordnung und Unbequemlichkeit in meinem Hause nicht«, tadelte er die einzige gesunde Magd, die ihm das Unglück weinend beichtete, und fegte murrend unansehnliche Reste von Eisenkraut von der Theke in ein Schälchen. »Mach daraus einen Tee und verdünne ihn, damit er für alle reicht. Ich werde ihnen die Kosten vom Lohn abziehen. Branntwein gibt es nicht. Branntwein macht einen schweren Kopf und hindert die Leute daran, ihre Arbeit ordentlich zu verrichten. Bis sie wieder gesund sind, wirst du ihre Pflichten übernehmen.«

Die Magd bedankte sich kleinlaut und wagte nicht zu fragen, wie sie das alles schaffen sollte.

Muhme Agnes, die Kräuterfrau und freie Klöpplerin der Amtsstraßen, hatte schon außerordentlich gute Geschäfte gemacht. Im Gegensatz zum städtischen Apotheker lagen bei ihr die Hauptgeschäftsstunden nachts. Man mußte sich eben den Gewohnheiten der Kunden anpassen. Tagsüber hatte sie Zeit, Sträuße zu binden und Pulver zu mahlen.

Agnes balancierte auf einem wackeligen Hocker und zupfte Kräuter aus den Bündeln, die an Stangen über den Balken aufgehängt waren. Wie der uralte Ritus es vorschrieb, murmelte sie bei der Berührung heilige Worte.

Gegen neun greuliche Gifte
nehm ich neun heilende Säfte
gegen das Gift aus dem Norden und das aus dem Süden,
wie gegen das aus dem Osten und auch aus dem Westen.
Beifuß und Wegerich,
Stune und Attorlathe, Kamille und Wergulu,
Kerbel und Fenchel.

Die Beschwörung war so alt, daß Agnes nicht wußte, was damit gemeint war. Aber sonst wußte sie gut Bescheid. In ihrer umfangreichen Sammlung befanden sich Heckenrosenblüten, Wacholderbeeren, Petersilienwurzel gegen Harnleiden; Kräuter gegen Husten und Brustleiden wie Holunder, Malve, Schlüsselblumenblüten, Wegerich und Quendel; gegen Frauenleiden Schafgarbe, Taubnessel und Mutterkorn, sowie Beschreikräuter und Mittel gegen Durchfall und Blasenleiden.

Mit den Händen voller Kräuter stieg Agnes vorsichtig vom Schemel. Ihre Lippen kräuselten sich verächtlich, als sie an den Dummkopf dachte, der sich Apotheker nannte. Er hatte keine Ahnung von Kräutern. Aber er verkaufte sie mit riesigen Gewinnen, vor allem, wenn er sie aus Italien einführen ließ.

Agnes erstand bei den Händlern nur den besonders kräftigen Knoblauch aus Alsen gegen alle Arten von Fieber, sowie Gnadenkraut, Pimpernell und Pestwurz, die die Hopfenhändler aus Hannover mitbrachten. Und *Omniasanantem* gegen die fallende Sucht, Eichenmistel, die Gott weiß woher kam.

Alles andere grub sie aus, pflückte oder säte sie selbst. Doch für einen Michel Fenzke, diesen himmelschreienden Faulpelz, wäre es undenkbar gewesen, nachts mit nacktem Hintern Kräuter zu säen. Geschweige denn, in der Johannisnacht unsichtbar machenden Farnsamen zu holen oder den Wurzelstock gegen Eingeweidewürmer auszugraben. Oder Johannisblut in der ersten Mittagsstunde in der Hexenkuhle hinter dem Hochgericht und in den Sanddünen bei Lügum zu pflücken.

Agnes' gesunder Haß auf diesen Mann stimmte sie sehr zufrieden. Sie räumte Essensreste vom Tisch und breitete die Kräuter aus. In ihren verschiedenen Abteilungen führte sie getrocknete Wurzelstöcke, getrocknete Kräuter – ganz oder gemahlen –, Früchte und Beeren, ganze Blüten, Samen, Knollen und in Öl eingerührte und haltbar gemachte Pflanzenbestandteile. Und jedes Teil forderte eine andere Behandlung und gesonderte Aufbewahrung.

Im Augenblick benötigte sie ausschließlich Heilmittel gegen Fieber, wie sich herausgestellt hatte. Es war ein vergleichsweise ungefährliches Gebiet, ungefährlicher als beispielsweise herzstärkende Tinkturen. Im Gegensatz zu Fenzke hatte Agnes natürlich kein Wohlwollen seitens des Stadtrates zu erwarten, wenn ihr etwa mit Maiglöckchen und Bilsenkraut ein kleines Versehen passierte und ihr Patient zu schwach für die Behandlung war. Der einzige Mann, den sie derzeit mit Fingerhut behandelte, war sogar Ratsherr, und am liebsten hätte sie die Behandlung verweigert. Aber das wagte sie nicht.

Als Agnes die Ärmel hochkrempelte und sich setzte, dachte sie düster daran, daß der Ehrenwerte Ratsherr Klüver damit drohte, sie als Töwersche anzuzeigen. Bestärkt wurde er bei seiner Schnüffelei nach Zauberkünsten von seinem Schwiegersohn, der Klöppeleien verlegte. Immerhin hatte Agnes diesen beiden Ratsherren bisher erfolgreich die Stirn geboten. Aber vorsichtig mußte sie jede Stunde des Tages sein.

Als sie am Vortag bei den Hopfenhändlern ihre Vorräte ergänzte, hatte sie mit ihnen geschwatzt, wie es unter Gleichgesinnten üblich ist. Sie hatten erzählt, daß weiter im Süden die kirchliche Hexensucherei zunehme. Auch im Holsteinischen häuften sich bereits die Prozesse gegen Hexen. Man brauchte nicht lange zu fragen, auf wen in Tondern die Wahl fallen würde. Aber das hatte Agnes den Hopfenhändlern natürlich verschwiegen.

Doch sie war schlau, schlauer als alle Ratsherren. Sie hatte die Gefahr von sich abgewendet, indem sie die wahre Hexe entdeckt hatte. Eine Agnes ließ sich durch die Finten des Versuchers nicht täuschen. Der Succubus hatte dem Landmädchen bestrickende Schönheit verliehen, jedoch vergessen, ihr ein städtisches Kleid zu geben. Typisch Mann, solche Nachlässigkeit! Jetzt würde sie verurteilt und verbrannt werden, und diese Strafe war für die kleine Hexe genau richtig.

Zufrieden mit sich selbst, beobachtete Agnes die letzten

Tropfen des Öls, die in den breiten Hals eines Glasgefäßes abliefen. Im Durchschlag blieben die ausgelaugten Knoblauchzehen zurück.

»Bist du es, Frieda?« rief sie, als sie ein Geräusch an der Tür hörte. Ihre Nachbarin mußte mit dem Bier ja nun bald zurück sein, das sie aus dem *Löwen* am Hafen holen wollte.

Die Haustür wurde zugedrückt. Durch den Flur näherten sich schleppende Schritte, und die Löwenwirtin selbst erschien im Türausschnitt. »Muhme Agnes«, flüsterte sie heiser, »kannst du mir ein Mittel gegen argen Husten und hohes Fieber geben?«

»Husten hast du?« fragte Agnes streng. »Und Fieber? Dann bleib im Bett liegen, die kalte Luft ist schädlich für dich. Und Frieda war ja längst unterwegs wegen des Bieres. Du hättest nicht zu kommen brauchen. Ich verstehe gar nicht, daß sie noch nicht zurück ist.«

»Wir schenken heute kein Bier aus«, murmelte die Wirtin. »Bei uns ist die Krankheit. Meinem Vater ist sie auf die Lunge geschlagen. Ich glaube, er hält nicht mehr lange durch.« Sie schob sich mit geschlossenen Augen um den Türholm herum und rutschte daran entlang nach unten. Ihr Kopf schlug auf dem durchweichten Lehmboden auf.

»Na, dir geht es aber auch nicht besonders gut«, schimpfte Agnes. Todesfälle in ihrem Haus waren Gift für das Geschäft.

Sie packte die schwergewichtige Löwenwirtin an den Armen, zerrte sie über den Boden zum Fenster und halb auf die lange Bank. Schwer atmend wälzte sie die Beine hinterher. Als sie ihr das Tuch vom Hals gelöst und Jacke und Bluse aufgeschnürt hatte, erschrak sie heftig.

Die Haut der Löwenwirtin war heiß, trocken und an manchen Stellen purpurrot verfärbt. Agnes tastete in die Achselhöhle und fühlte eine harte Beule. Ein furchtbarer Verdacht kam ihr.

Die Knoten in den Leistenbeugen waren noch größer. »Hel

geht um«, flüsterte Agnes entsetzt. »Wir haben die Pest in der Stadt!« Sie trat rückwärts von der Fensterbank fort, sah die Wirtin langsam herumrollen und polternd auf den Boden aufschlagen.

Ohne sie aus den Augen zu lassen, griff Agnes wieder nach dem Hocker, stellte ihn zurecht und stieg erneut hoch. Als ihre Hand die Raute erreicht hatte, wurde ihr leichter ums Herz.

Sie pflückte einen Zweig der Raute, die von den Händlern Gnadenkraut genannt wurde, und die nach Bock stinkende Pimpernellwurzel von der Stange, band die Kräuter mit einer Schnur zusammen und legte sie um ihren Hals. »Ich beschwöre dich bei den heiligen Namen Jaoth, Sabaoth, Adonai, Eloi«, flüsterte sie die rettende Formel, sprang vom Hocker herunter und stürzte zum Salzbehälter, der neben dem Herd hing. Mit weniger Eile und größerer Andacht streute sie schließlich einige Körner Salz auf den Halsschmuck und murmelte den letzten Teil der Beschwörung: »Wie dieses Salz sich nicht vermehrt, so mehre sich auch nicht das Leiden an meiner Person!«

Jetzt erst konnte der Zauber seine Wirkung entfalten. Und das graue, blinde und dreibeinige Pferd, das in den nächsten Nächten durch die Straßen traben würde, war machtlos gegen sie. Agnes stieß ein zufriedenes Lachen aus.

Ein Geräusch machte sie darauf aufmerksam, daß die Löwenwirtin wieder zu sich kam. Sie richtete sich stöhnend auf, lehnte den Nacken an die Bankkante und versuchte sich zu besinnen, wo sie war.

Agnes beugte sich vor, um in das Blickfeld der umherirrenden Augen zu gelangen. »Es ist die Pest«, rief sie. »Du hast die Pest, Löwenwirtin! Verlasse mein Haus! Auf der Stelle!«

»Hilfe, zu Hilfe«, stammelte die Besucherin, »gib mir doch ein Kraut dagegen!«

»Gegen Pest hilft kein Kraut. Du bist verloren«, antwortete Agnes und wies ihr die Tür, ohne sich ihr auch nur um eine Fußlänge zu nähern.

Unter ihren argwöhnischen Augen zog die Löwenwirtin sich mühselig an der Bank empor und schleppte sich Schritt für Schritt nach draußen. Als die Tür zugefallen war, sprang Agnes mit raschelndem Kräuterschmuck in den winzigen Hausflur und warf den Balken in seine Halterungen neben der Haustür. Jetzt erst konnte sie aufatmen.

Sie spähte der Löwenwirtin durch das Guckloch in der Tür nach. Die Pestkranke tastete sich an den gegenüberliegenden Hausmauern entlang zum Hafen. Und ich werde diese Tür in den nächsten Tagen nicht mehr öffnen, dachte Agnes grimmig. Für keinen einzigen Ratsuchenden. Denn sie werden allesamt die Pest haben.

Am Spätnachmittag starb als einer der ersten der Vater der Löwenwirtin am Fieber. Seine schweren Hustenanfälle waren in Erbrechen übergegangen; am ganzen Körper hatte er schwarze Flecken. Niemand half der Löwenwirtin, als sie ihn ans Bett fesselte, denn die Mägde und der Schankknecht waren längst auf und davon.

Die Löwenwirtin legte sich zu Tode erschöpft neben ihren Vater. Mitten in der Nacht starb auch sie.

20. Pest!

Das Südwest- und Südostquartier von Tondern erfuhren in den Morgenstunden einen sprunghaften Anstieg von Fiebererkrankungen. Als die ersten Bürgersfrauen sich hinlegen mußten, begriffen sie endlich, daß der Herr mächtiger zürnte, als sie anfangs angenommen hatten. Den Tripen aus dem Samt zu entfernen und die Töchter wieder schicklicher zu frisieren würde nicht ausreichen, um Ihn gnädig zu stimmen. Statt dessen mußte man über die Höhe einer kleinen Schenkung an die Christkirche nachdenken.

Am frühen Nachmittag kam eines der Mädchen zu Frau Margaretha und beklagte sich. Es war das ihr zugestandene Recht, am dritten Tag des Michaelismarktes für sich selbst Kleinigkeiten einzukaufen. »Aber in diesem Jahr ist alles anders«, sagte das Mädchen betrübt. »Keine will mitgehen, alle sind unpäßlich.«

Margaretha sah von ihrer Näharbeit auf. »In unserem Hause auch, Stine?« fragte sie sanft.

Die Magd schüttelte den Kopf. »Nein. Aber Lisa weint in einem fort. Mit ihr würde es keinen Spaß machen. Frau Margaretha, könnten wir ausnahmsweise an einem anderen Markttag . . . ?«

»Ja, natürlich. Was ist mit den Knechten?«

»Die sind auch so komisch«, antwortete das junge Mädchen und errötete.

»Es ist gut. Du kannst gehen. Bitte schicke mir Per hoch.« Margaretha ließ ihre Näharbeit auf den Schoß sinken. Ihr Ehemann war zweifellos bei Geschäftsfreunden oder auf dem Markt. Aber diese Angelegenheit duldete keinen Aufschub, bis er zu Hause war.

Nach einer Weile stieß Per die Tür auf und schaute herein. »Ja, Frau Margaretha?«

»Du gehst jetzt zum zweiten Bürgermeister Johann Crantz. Bitte richte ihm folgendes aus: Ich, Margaretha Thomsen, Ubbe Thomsens Hausfrau, lasse ihm ausrichten, daß in der Mehrheit Stavener und ihr Hausgesinde am Fieber erkranken. Er möchte sich bitte darum kümmern; es muß einen Grund haben, und ich hoffe zu Gott, daß Er ihn zusammen mit Johann Crantz findet und die Ursache abstellen kann.«

Per kratzte sich am Kinn und sah Frau Margaretha unschlüssig an. »Der Herr braucht keine Gründe, um die Reichen zu bestrafen. Und wenn ich schon gehen soll, wäre wohl der wortführende Bürgermeister besser ... Noch besser wäre allerdings, Ihr würdet die Rückkehr von Herrn Ubbe abwarten.«

»Im Unterschied zum Herrn habe ich immer Gründe, wenn ich Anordnungen treffe«, sagte Margaretha ruhig. »Bei Herrn Andersen führen Krisen zu Atemnot, nicht zu Entscheidungen. Deswegen gehst du auf der Stelle zu Herrn Crantz und richtest ihm wortgetreu alles aus.«

Per zog sein narbiges Gesicht aus dem Türspalt. Margaretha hörte ihn hinunterstiefeln.

Da an diesem Tag nichts war wie sonst, wurde Per vorgelassen, obwohl der Bürgermeister alle Hände voll zu tun hatte. Der Ratsherr hörte zerstreut zu und entließ den Knecht, nachdem er seinen Satz gesagt hatte.

Ein wenig später erst begann Crantz über die Botschaft nachzudenken. Er wischte sich einen Hauch von Angstschweiß von der Stirn, während ihm Jungfer Inken einfiel. Sie hatte erstaunlich gut über Ratten Bescheid gewußt. Seine Entscheidung, sie durch einen erfahrenen Gelehrten befragen zu lassen, würde ihm möglicherweise einst als zögerlich ausgelegt werden. Derzeit sah es ganz danach aus, daß die erbgesessenen Bürger Tonderns mitsamt ihren Haushalten Opfer eines Racheaktes waren.

Der Michaelismarkt wurde wie üblich um sechzehn Uhr am dritten Tag ausgeläutet und mit einem Gottesdienst beendet. Bürgermeister Andersen, der in der Christkirche in der ersten Reihe saß, wie es ihm zukam, hörte den empörend dünnen Gesang hinter sich und ärgerte sich maßlos über die Undankbarkeit der Tonderaner. Er hob das Doppelkinn aus der Halskrause und schmetterte den Choral heraus, so gut sein Atem es zuließ.

Bei der zweiten Strophe wurde es hinter ihm unruhig, und seine Ehefrau stieß ihm behutsam den Ellenbogen in die Seite. »Was ist?« flüsterte er bei nächster Gelegenheit.

»Ihr singt sehr falsch«, wisperte Frau Andersen nervös. »Es wäre möglicherweise besser, Ihr würdet nicht...«

»Unsinn! Ich singe nie falsch. Außerdem muß ich mit gutem Beispiel vorangehen.« Trotz des Gottesdienstes brachte Andersen es fertig, seiner Frau den Kopf zu waschen. Zufrieden sah er, daß sie ihm schließlich recht geben mußte.

»Ja, Thomas«, flüsterte sie beklommen.

»Selbst wenn ich falsch gesungen hätte, wäre der Herr dadurch weniger beleidigt als durch eine Gemeinde, die den Mund nicht aufmacht.« Damit war für ihn die Angelegenheit erledigt, und er machte sich bereit, sich der Rede des Pastors zu widmen, der in diesem Augenblick die Kanzel bestieg. Aber wie üblich mußte sein Eheweib das letzte Wort haben, noch dazu in beleidigender Weise.

»Wer soll denn den Mund aufmachen, Thomas?«

Bürgermeister Andersen beschloß, sie für den Rest des Gottesdienstes zu ignorieren.

Erst als er sich nach dem Segen aus der Bankreihe gequält hatte und der Mittelgang vor ihm lag, sah er, daß außer einigen Ratsleuten mit ihren Ehefrauen und uralten Weibern in der letzten Reihe kaum jemand in der Kirche gewesen war. Und das bei mehr als anderthalbtausend Tonderanern, die sich drei Tage lang auf dem Herbstmarkt amüsiert hatten. Im Namen des

Stadtrates packte Andersen ein gerechter Zorn. Dem Herrn gegenüber schämte er sich für seine Stadt.

Zu Hause angekommen, entschloß sich der Bürgermeister, eine weitere Ratssitzung einzuberufen. Er schickte einen Ratsdiener herum, der die Einladungen mit besonderem Nachdruck zu überbringen hatte.

Der Knecht machte sich verärgert auf den Weg. Er hatte schon Feierabend, doch am Eingang zum *Grünen Aal* hatte der junge Bursche ihn eingeholt, der wußte, wo er ihn suchen mußte. Also zurück ins Rathaus, um die Amtsinsignien zu holen, und dann aufs neue durch die Stadt!

Tondern war dem Knecht an diesem Abend nicht geheuer. Petrus Jacobi legte er den Dingstock vor die Haustür, ohne lange Zeit auf Nachforschungen zu verwenden. Sie war verschlossen, und der Hausbesitzer wußte nicht, wo der Ratsherr war.

Bei Heinrich Blome überzeugte er sich selbst, daß der Ratsherr nicht kommen konnte. Ein Blick auf dessen hochrotes Gesicht und die borkigen Lippen reichte. Die Hausfrau saß wie ein steinerner Klotz an seinem Lager und sprach weder mit dem Gesinde noch mit einem Ratsknecht. Er machte, daß er fortkam.

Er überlegte, ob er aus der Stadt fliehen sollte. Aber da war seine Arbeit – und seine Liebste. Es war ihm ganz recht, daß er im Haus von Arne Mickelsen eine kleine Verschnaufpause bekam. Frau Gunda ließ ihm ausrichten, daß er einen Augenblick warten möge: Johann Crantz sei da, um sich mit dem Ratsherrn zu besprechen, und der Apotheker käme auch gleich. Da die Hausfrau ihm einen Krug Bier vorsetzen ließ, machte er es sich in der Diele gemütlich.

Gunda Mickelsen hatte von den Erkrankungen im südlichen Teil der Stadt gehört. Als ihr Ehemann schwankend ins Bett gegangen war, hatte sie umgehend den Apotheker bestellt. Während sie auf ihn wartete, war Ratsherr Crantz gekommen, und sie hatte ihn bekümmert in das Schlafzimmer geführt.

Der zweite Bürgermeister starrte entgeistert auf den noch jungen Mann hinunter. Er war immer der Meinung gewesen, daß Arne eine große Zukunft vor sich habe und hatte ihn behutsam unterstützt. Und war er auch im Stadtrat oft radikal aufgetreten, so gehörte doch möglicherweise Männern wie ihm die Zukunft. Jetzt sah Arne nicht mehr aus, als ob ihm die Zukunft gehöre. Er lag im Sterben. Crantz seufzte und faltete die Hände.

»Ja«, sagte Frau Gunda gefaßt. »So ist es nun mal. Möge der Herr seiner Seele gnädig sein. Das erste Anzeichen seiner Krankheit war, daß seine Gedanken sich verwirrten. Er machte sich große Sorgen um einen holländischen Schrank, der vor zwei Tagen geliefert worden war. Ich mußte ihm versprechen, ihn gründlich zu reinigen. Die Magd fand zwar eine tote Ratte in dem Schrank, aber sonst war er bemerkenswert sauber, wie ich übrigens an der holländischen Ware nie etwas auszusetzen habe. Ich hätte mir nur gewünscht, daß mein Gemahl sich in diesen letzten Stunden dem Herrn, unserem Gott, wieder mehr zugewandt hätte ...«

»Amen«, sagte Crantz inbrünstig.

»Dieser Kapitän hat ihn zum Schlechteren verleitet, fürchte ich ...« Frau Gunda faltete die Hände und senkte den Kopf zum Gebet.

Eine Magd steckte den Kopf zur Tür herein und kündigte flüsternd den Apotheker an, der gleich darauf hereinmarschierte. »Was für ein Tag!« sagte er munter und legte das Köfferchen ab. »Dauernd muß man die Lehrjungen überwachen, damit sie nicht zu viel vom Branntwein probieren, den sie verkaufen sollen. Was liegt bei Euch an?«

»Fieber«, antwortete Frau Gunda lakonisch.

Fenzke legte die Hände auf den Rücken und betrachtete den Ratsherrn wie ein Huhn ein Korn. »Dann bedarf es keiner Untersuchung. Fieber ist Fieber.«

»Ich bestehe darauf. Möglicherweise entdeckt Ihr mehr als nur Fieber.«

Frau Gunda hielt sich tapfer aufrecht. Aber Crantz sah auch, wieviel Mühe es sie kostete. »Bitte tut, was Frau Gunda wünscht«, befahl er ruhig.

Fenzke machte eine Grimasse des Abscheus, wagte aber nicht, sich dem zweiten Bürgermeister zu widersetzen. Er hockte sich auf die Bettkante und untersuchte den Kranken, wobei er besonders dessen Kopf viel Zeit widmete. Aber die Betrachtung der glühendheißen, trockenen Haut brachte keinen Aufschluß, außer darüber, daß der Mann wirklich Fieber hatte. Eher nebenbei streifte er die Ärmel des ratsherrlichen Gewandes hoch. Die dunkelbläuliche Erhebung in einer Armbeuge konnte sogar Crantz erkennen, der etwas weiter weg stand.

»Das ist ja die Pest!« sagte Fenzke im Ton höchster Aufregung. »Die Pest, Bürgermeister!«

»Das sagte der Kapitän doch«, stellte Crantz verblüfft fest. »Aber Ihr habt es abgestritten!«

»Da war es keine Pest!« erwiderte der Apotheker beleidigt. »Aber für einen Laien ist das schwer zu verstehen. Ich werde es Euch erklären.«

»Nein! Kein Latein mehr«, sagte Crantz in warnendem Tonfall, als er Fenzke zu einer weitschweifigen Abhandlung ausholen sah.

Der Apotheker schlug den Mund mit einem hörbaren Klappen zu und entfernte sich rückwärts vom Bett des Kranken. »Wie Ihr wollt«, murmelte er mit einer so knappen Verbeugung, daß sie beinahe unhöflich wirkte.

»Was kann ich für meinen Gemahl tun?« Frau Gunda sah den Apotheker gefaßt und mit einer Spur von Hoffnung an. Die unbekannte Gefahr war zu einer bekannten geworden, und man hatte schon öfter von Pestkranken gehört, die sich erholt hatten.

»Man kann nur wenig tun«, sagte Fenzke ehrlich. »Versucht, das *Agens pestis* nach außen zu ziehen, indem Ihr heiße Umschläge auf den Beulen macht, und räuchert das Haus aus. Die

Kräuter lasse ich Euch bringen.« Er schnappte mit einer fließenden Bewegung nach seinem Köfferchen, drehte sich auf den Hacken um und tat einen großen Schritt zur Tür.

Der Ratsherr murmelte Frau Gunda eine eilige Entschuldigung zu und blieb dem Apotheker durch die ganze Länge des Hauses dicht auf den Fersen. Auf dem Beischlag legte er Fenzke seine Hand auf die Schulter. »Ihr werdet jetzt mit mir kommen und dem Rat Bericht erstatten. Nachher könnt Ihr meinetwegen tun, was Ihr wollt.«

Fenzke machte ein Gesicht, als ob man ihn erwischt hätte, doch er folgte Crantz widerspruchslos zum Rathaus. Sie platzten mitten in die Sitzung, die schon begonnen hatte.

Thomas Andersen hörte sich den Bericht seines Stellvertreters und Fenzkes Bestätigung mit strenger Miene an, um schließlich verärgert zu bemerken: »Dann hat dieser Lump von Kapitän doch recht gehabt. Gut, daß wir ihn beizeiten festgesetzt haben. Wir werden ihn streng bestrafen.«

Crantz beschäftigte sich in Gedanken mit etwas anderem. »Apotheker Fenzke, haben alle, die an Fieber erkrankt sind, die Pest?«

Michel Fenzke betrachtete den zweiten Bürgermeister voller Abneigung. Dieser Mann hatte es geschafft, ihn bloßzustellen, und das würde er ihm zu gegebener Zeit heimzahlen. »Durch das Fieber sind die Kranken geschwächt und werden anfällig für Pest. Deshalb werden sie ausnahmslos die Pest bekommen. Die *Bubonen* werden früher oder später bei allen in Erscheinung treten.«

»Werden sie alle sterben?«

Fenzke schürzte schon wieder die Lippen auf die alte Weise.

»Ich sehe, Ihr wißt es nicht«, stellte Crantz kühl fest.

»Doch, doch«, beeilte sich Fenzke zu sagen, obwohl der Ratsherr ihn schon wieder beleidigt hatte. »Bei guter Pflege gelingt es manchmal, jemanden zu retten. Wenn man für die Ausräucherung der Krankheitsmaterie sorgt...«

»Mit Kräutern, die Ihr liefert...«

Der Apotheker zuckte gleichmütig die Schultern. »Das ist mein Gewerbe.«

»Gibt es sonst noch etwas, das der Rat tun kann?«

»Was sollte der Rat in einem solchen Fall wohl tun?« fragte Fenzke spitz. »Dies ist eine Prüfung, in der sich Ärzte und Apotheker bewähren müssen.«

»Dann geht Euch bewähren«, knurrte Crantz und winkte ihn mit dem Handrücken aus dem Saal.

Während die Ratsherren ihre Beratung fortsetzten, eilte der Apotheker mit gesenktem Kopf über den Rathausplatz. Mit einem Knall schlug er die Tür zu und verbarrikadierte sie sorgfältig.

»Wir müssen uns vor allem ein System ausdenken, wie wir die an Pest Verstorbenen zügig aus den Häusern holen und bestatten. Die Angehörigen sind vermutlich nicht alle in der Lage, dafür zu sorgen. Der Scharfrichter und der Schinder müssen mit je einem Karren und einem Helfer ausgestattet werden.« Crantz dachte nach, doch er hatte größere Mühe als sonst, sich zu konzentrieren.

»Karren? Ein System?« Andersen schob sein Kinn vor und betrachtete verblüfft seinen Vertreter. »Für ein paar Menschen, die an Fieber sterben?«

»Damit würden wir nur Panik unter den Leuten hervorrufen«, stellte Matthiasen fest, der Crantz sehr wohl verstand, die Maßnahme aber trotzdem ablehnte.

»Seid Ihr Euch nicht darüber klar, wie viele Menschen bereits Fieber haben? Wenn die alle sterben...« Crantz verzog ärgerlich den Mund. Er hatte nicht die geringste Lust, dem Bürgermeister die Gefahren zu erklären, die sich aus einem Massensterben ergeben konnten. Außerdem machte der wortführende Bürgermeister ein seliges Gesicht, das völlig unpassend war.

Thomas Andersen spürte dem Herrn gegenüber große Dankbarkeit. Die Leere der Christkirche an diesem Tag war nicht dem Wirken des Teufels unter den Tonderanern zuzuschreiben, sondern einer Krankheit. Und die befiel nur den sterblichen Leib, während die Gottlosigkeit dem Herrn Jesus Christus die Seelen auf ewig raubte.

Crantz konnte seinen Blick nicht vom in sich gekehrten Bürgermeister wenden, während finstere Gedanken durch seinen Kopf tobten. Wortführend, dachte er. Ja, Seine Gnaden, der Andersen, führt das große lateinische Wort. Wenn es um die kleine deutsche Tat geht, ist er nicht da. Crantz spielte mit dem Gedanken, dem Bürgermeister endlich die Meinung zu sagen. Über manches. Doch er ließ es bleiben. Sein Mund war zu trokken für viele Worte. Mühsam erhob er sich. »Übrigens ließ Frau Margaretha mitteilen, daß hauptsächlich die Stavener und ihr Gesinde von der... Pest... erfaßt werden.« Er ging an den Stuhlreihen entlang und ließ seine Hand auf jedem Stuhl kurz verweilen, während er sich intensiv zu erinnern versuchte, was so wichtig war, daß er es dem Rat hatte mitteilen wollen. Es hatte mit Ratten zu tun. Aber er hatte es vergessen, und letzten Endes war es gleichgültig.

Die Ratsherren sahen ihm sprachlos nach und lauschten den Schritten, die auf der Treppe verklangen.

»Was ist denn mit Crantz? Er kann doch nicht mitten in der Beratung gehen?« fragte jemand.

»Vielleicht muß er auch mal.« Kock kullerte ein Lachen in der Kehle, als er seinen Nachbarn flüsternd erzählte, was bei der Voruntersuchung der Hexe geschehen war.

Beyer hörte von weiter entfernt nur mäßig interessiert zu. Plötzlich fiel ihm etwas ein. Er beugte sich vor, um Kock ins Gesicht blicken zu können. »Man hat Klüver doch heute früh im Flur tot aufgefunden, nicht wahr? Wahrscheinlich war er schon krank, als Ihr ihn für betrunken gehalten habt.«

Kock zog die Schultern hoch und machte eine Grimasse des Widerwillens.

Bernhard Büsing war dem Wortwechsel still gefolgt. Er stieß Beyer sacht in die Seite und machte mit dem Kinn eine Bewegung zur Tür. »Und Crantz?« flüsterte er neben Beyers Ohr.

Beyer nickte sorgenvoll.

Der Bürgermeister achtete nicht auf sie. Crantz hatte etwas sehr Wichtiges von sich gegeben, das ihm zu denken gab: Frau Margaretha hatte sich zu einer Bemerkung hinreißen lassen, die möglicherweise zu den Wurzeln des Übels von Tondern führte. Sehr unvorsichtig von ihr. Oder einfach siegessicher?

Diese Frau Margaretha, die vom Lande zugewandert war, fiel stets durch eine Eleganz auf, die man sich nicht erklären konnte. Nie hatte der Rat sie mit Perlenketten oder amidamgefärbtem Linnen oder gar mit gestrecktem Samtstreifen im Rock ertappt. Aber gerade mit ihrem untadeligen Verhalten war sie den Ratsherrengattinnen immer ein Dorn im Auge gewesen. Es hatte Gerede über Margaretha gegeben, solange Andersen sich erinnern konnte. Sie hatte es gewußt und immer so getan, als ob alles in Ordnung sei.

Verstellung! Es war Verstellung gewesen. Jetzt endlich hatte sie sich etwas entwischen lassen, das man gegen sie verwenden konnte.

Thomas Andersen beendete die Sitzung unverzüglich, um sich mit seiner Frau ausgiebig über die Konsequenzen zu beraten.

21. Die Gefangenen

Stunde um Stunde saß Inken in der Gefängniszelle, ohne daß etwas geschah. Sie hörte durch das Mauerloch, daß der Marktplatz immer stiller wurde. Gab es überhaupt noch Menschen in den Straßen?

Ihr wurde eiskalt vor Furcht. Mit knapper Not war sie der peinlichen Befragung entgangen, aber es konnte trotzdem noch schlimmer kommen – die Vision einer entvölkerten Stadt drängte sich ihr auf. Und niemand wußte, daß sie hier gefangen war.

Ein verstohlenes Kratzen kam aus einer Ecke. Inken hielt den Atem an und griff mit der Hand hinter sich, bis sie einen der Ziegelsteine unter ihren Fingern spürte. Sie schleuderte den Brocken in die Richtung, aus der die Geräusche gekommen waren. »Ihr Satansbraten!« schrie sie. »Verschwindet! Fort mit euch!«

Trippelnde Füße und Scharren. Dann war Stille. Inken zuckte die Schultern. Es war nicht gerade einfach, im Dunkeln zu treffen. Aber es war ihr eine Genugtuung festzustellen, daß sie den Ratten Angst einjagen konnte. Und plötzlich gab es noch einen Lichtblick. Wenn die Juristen von Rostock nämlich wirklich so klug waren, wie der Ratsherr Crantz behauptet hatte, würde es ihnen einleuchten, daß eine Hexe sich als erstes mit Hilfe ihrer Künste befreit haben würde. Sie aber saß noch hier in der Gefängniszelle. Ob das kein Beweis war? Mit einem Stein in der Hand wartete Inken auf die nächste Ratte.

Laurens hatte zwar damit gerechnet, daß die Tür zu Inkens Gefängnis nicht ständig bewacht sein würde, aber nicht, daß dort gar kein Wächter stand. Er führte es auf die außerordentlichen Ereignisse des Tages zurück. Allerdings hielten kräftige Schlösser den Querbalken fest, die er nicht ohne Aufsehen öffnen konnte.

Er beschloß, sich zunächst einmal in der Hopfenkarre umzuhören, die dem Lärm nach voll mit Gästen sein mußte. Am lautesten grölten die Hopfenhändler Lieder, die er nicht kannte.

Laurens schwankte hinein, ließ sich einen Krug Bier geben und lauschte den Gesprächen der Leute aus den Nordvierteln, ohne sich zu beteiligen. Statt dessen betrank er sich ausgiebig mit winzigen Schlucken. Irgendwann wurde ihm schlecht, und er taumelte zur Tür, deren obere Hälfte aufstand, um Luft zu schnappen. Halb verborgen hinter einem Filzvorhang, hörte er die Gäste über ihn lachen und reden.

»Dieser Laurens versäuft vor lauter Angst sein bißchen Geld. An den letzten beiden Tagen habe ich ihn nur sturzbetrunken gesehen.«

»Was soll ihm schon passieren? Er wohnt doch gar nicht dort, wo all die Kranken sind!«

»Wo wohnt er denn? Und was macht er hier überhaupt?«

»Ein Schläger ist er jedenfalls nicht, und auch kein Dieb. Er tut den lieben langen Tag nichts, außer sich herumzutreiben.«

»Wahrscheinlich ist er ein harmloser Narr, den seine Heimatstadt hinausgeworfen hat«, mutmaßte ein anderer.

Laurens grinste zufrieden. Ein harmloser Narr – das gefiel ihm. Er taumelte zum Rathaus hinüber, wo er in den Kellerabgang des Gefangenenloches fiel.

»Ich schlage euch tot, so wahr mir Gott helfe!« schrie drinnen eine wütende Stimme.

»Selbstverständlich, wenn Euch damit gedient ist«, antwortete Laurens verblüfft. »Aber wollen wir damit nicht noch ein Weilchen warten? Vielleicht ändert Ihr ja Eure Meinung.«

»Oh! Ist da keine Ratte?« fragte Inken.

Laurens sah sich um, aber es war fast dunkel. »Nicht, daß ich wüßte. Aber ich weiß, wo welche liegen. Ich könnte Euch eine holen, wenn Ihr Wert darauf legt.«

Inken holte tief Atem. An gewöhnlichen Tagen hätte sie schallend über die ernsthafte Komik des Mannes gelacht. Jetzt hatte sie nur Angst, daß er gehen würde.

»Jungfer Inken?« flüsterte Laurens.

»Ihr kennt mich?«

»Wer nicht?« fragte Laurens galant. »Ihr kennt mich aber nicht. Ich bin Laurens, ein Freund des Ratsherrn Arne Mickelsen und des Kapitäns Ketel.« Kleine Unebenheiten wird der Ratsherr wohl entschuldigen, dachte Laurens, und Zeit für lange Erklärungen hab' ich nicht. »Ich werde Euch hier herausholen.«

»Freund Laurens«, antwortete Inken besonnen, »ich weiß nicht, ob das der richtige Weg ist. Man hat mich unter falscher Anklage hier eingesperrt, aber es kann nicht lange dauern, bis der Rat seinen Irrtum bemerkt und ich in Ehren freigelassen werde. Bestimmt wird mein Vater beim Rat vorstellig.«

»Jungfer, wir wollen lieber nicht darauf vertrauen, daß die Gerechtigkeit ihren Lauf nimmt. Besser lebendig geflohen als widerrechtlich tot, sage ich immer und bin bisher gut damit gefahren. Man darf auch nicht außer acht lassen, daß Euer Vater inzwischen krank sein mag und sich nicht um Euch kümmern kann. Oder daß der Rat womöglich beschließt, sich seiner Gefangenen plötzlich zu entledigen, oder daß er vielleicht wegen Krankheit nicht beschlußfähig ist. Dann bleibt Ihr hier drin, bis die Mäuse an Euch nagen«, sagte Laurens nüchtern. »Beziehungsweise die Ratten, zu denen Ihr ja anscheinend ein besonderes Verhältnis habt.«

»Warum sollte Vater krank sein?« fragte Inken beunruhigt.

»Ach, das könnt Ihr wohl gar nicht wissen. Es geht ein Fieber um. Es sind schon so viele Menschen fieberkrank, daß die Straßen in den südlichen Vierteln wie leergefegt sind. Ihr selbst habt doch das Pech gehabt, da hineinverwickelt zu sein.« Laurens kam aus der Hocke hoch und spähte in die Runde, um nicht überrascht zu werden.

»Nein«, widersprach Inken entschieden. »Oder meint Ihr die Pest, die mit Kapitän Ketels Boot kam?«

»Habt Ihr das etwa so dem Rat gesagt? Dann verstehe ich, daß man Euch eingesperrt hat. Ketel habe ich gewarnt, als er umherlief und munter über die Pest schwatzte. Aber von Euch konnte ich schließlich nichts wissen.« Laurens lauschte einen Augenblick. Er hörte Schritte. Als sie sich entfernten, sprach er besorgt weiter. »Jungfer, unter diesen Umständen ist Euer Leben in Gefahr. Ich werde mich um Euch kümmern, sobald ich kann. Glücklicherweise ist morgen Sonntag, da wird unter keinen Umständen eine Entscheidung im Rat gefällt werden. Aber gegen Übergriffe der Leute seid Ihr nicht sicher.«

Inken ließ vor Schreck ihr Wurfgeschoß fallen. »Was meint Ihr denn damit nun wieder?«

»Tja, wie soll ich es Euch erklären«, antwortete Laurens gedehnt und fuhr behutsam fort: »Es kann sein, daß die Leute so aufgebracht sind über das Fieber, daß sie den Schuldigen bestraft sehen wollen. Dem Stadtrat trauen viele Leute überhaupt nicht mehr. Es könnte sein, daß sie die Aburteilung lieber in die eigene Hand nehmen. Ihr und Ketel seid nun mal diejenigen, die für dieses Verbrechen eingesperrt worden sind. Das macht Euch in den Augen vieler Leute bereits schuldig.«

»Kapitän Ketel ist gefangen?« Inken erschrak. »Könnt Ihr ihn denn auch befreien?«

»Werde es versuchen«, brummte Laurens in Gedanken. »Jungfer, Ihr müßt Euch noch ein paar Stunden gedulden. Schafft Ihr das? Sollte etwas Unerwartetes geschehen, werde ich es durch meine Leute erfahren. Also, keine Angst, einer wird hier in der Nähe wachen, auch wenn Ihr ihn nicht sehen könnt.«

»Sorgt Euch nicht um mich, Freund Laurens. Ich sitze trokken, nur meine Füße werden langsam naß. Die Zeit vertreibe ich mir, indem ich Ratten erschlage.«

»Wie viele habt Ihr denn schon totgeschlagen?«

»Eine, glaube ich. Die anderen trauten sich dann gar nicht mehr herein«, sagte Inken zufrieden.

»Sie sind nicht gewohnt, von jungen Mädchen erlegt zu werden, das ist es. Ich glaube, ich sollte Euch den einen oder anderen Ratsherrn vorbeischicken. Arne Mickelsen würde es Euch danken.«

»Oh«, sagte Inken, und nun klang es eindeutig verlegen. Aber er hatte ihr Zuversicht eingeflößt. Sie lauschte seinem bierseligen Grölen nach, das rasch leiser wurde, als er um die Ecke gebogen war.

Am Haupteingang des Rathauses stolperte Laurens über die Stufe und stützte sich schwer gegen die große Tür. Sie war verschlossen, wie seine unauffällige Überprüfung ergab.

Auf den schrägen Klapptüren zum Keller verließen ihn endgültig die Kräfte. Er nutzte den Lärm einer abziehenden Gruppe von Gästen aus dem Hopfenkarren, um leise und schnell in den Kellerhals zu schlüpfen.

Dumpfe, feuchte Luft hüllte ihn ein, und im Widerschein der Funken, die er schlug, um seine Kerze anzuzünden, leuchteten Augen. Als er Licht gemacht hatte, huschten die Ratten davon.

Laurens fand die Treppe nach oben in der Mitte eines engen Ganges, der von Mauern aus großen Steinquadern gebildet wurde. Im wechselnden Schein des Mondes stieg er die nächste Treppe hoch, die ihn vor den Ratssaal führte, und dann eine schmale Stiege hinauf unter das Dach.

Schon von weitem hörte er Ketel fluchen. Erleichtert lauschte er, während er mit den Händen die schwere Tür aus Bohlen abtastete. Sie war durch zwei lange Riegel aus Eisen und drei Schlösser gesichert. Mit Werkzeug war es zu bewältigen. »Ich muß dich ganz falsch verstanden haben, Kapitän«, meinte Laurens fröhlich. »Ich dachte, wir wollten uns im Schwan treffen. Oder hattest du doch das Rathaus gemeint?«

»Weißt du, der Stadtrat hat mich so nachdrücklich zum kostenlosen Nachtlager eingeladen, daß ich nicht widersprechen mochte«, erwiderte Ketel unbeeindruckt. »Für Essen und Trinken hat man mir noch nichts berechnet.«

»Das kann nur daran liegen, daß du noch nichts bekommen hast, oder?«

»Zugegeben. Aber eine exquisite Speisenfolge erfordert schließlich gründliche Vorbereitung.«

»Na, dann ist es ja gut. Ich gehe dann wieder«, sagte Laurens.

»Mir ist langweilig«, klagte Ketel.

»Wieso? Habe ich dich nicht ausreichend unterhalten? Ich muß schon sagen, Jungfer Inken war unterhaltsamer als du. Dabei sitzt sie sehr viel unbequemer. Zusammen mit einer Menge unfreundlicher Ratten auf einem Steinhaufen, wie sie sagt.«

»Sie ist auch gefangen? Komm schon, Laurens, nun erzähle.« Ketel rüttelte an der Tür.

Laurens grinste, wurde aber gleich wieder ernst. »In Tondern steht es nicht zum besten. Mit dem Fieber hast du vollen Erfolg gehabt; es werden immer mehr Leute krank. Inken wurde eingelocht, ihr Vater ist verschwunden, und du selbst bestehst auf dieser Klausur. Nur auf den Ratsherrn Mickelsen ist Verlaß. Er zählt seit neuestem zu meinen Freunden. Die einzig weitere gute Nachricht: Ich glaube nicht, daß der Stadtrat derzeit viel regiert, will sagen, daß er Zeit hat, sich um Gefangene zu kümmern. So Gott will, hat das Fieber auch den Henker erwischt, so daß ihr nicht einmal mit der Schreckung rechnen müßt.«

Hinter der Tür blieb es still, als Laurens seinen Bericht beendet hatte. »Bist du noch da, Ketel?« fragte er höflich.

»Ich wüßte nicht, wo ich sonst sein sollte«, antwortete der Kapitän unwirsch. »Laß mich nachdenken!«

»Klar doch. Ich habe noch nie jemand am Nachdenken gehindert. Ketel, ich muß mir Werkzeug beschaffen, bevor ich dich herausholen kann. Ich werde auch ein Boot organisieren, und wenn ich es kaufen muß«, sagte Laurens tugendhaft. »Aber stehlen wird genügen.«

»Ja, es wäre nett, dieses Haus zu verlassen«, bestätigte der Kapitän.

»Bestimmt. Und dir ist klar, daß du nicht nur die Stadt, sondern auch das Herzogtum verlassen mußt? Oder willst du versuchen, den Schutz des Herzogs zu erwirken? Beim Amtmann könnte ich dir vielleicht helfen. Bei ihm habe ich einige Eisen im Feuer.«

»Ausgerechnet beim Amtmann!« sagte Ketel. »Dem Kerl traue ich nicht, trotz deiner Eisen. Ich gehe geradewegs zum Herzog. Ich hab' nämlich nicht vor, mich zum gesuchten Verbrecher machen zu lassen. Schließlich will ich auch weiterhin für Kaufleute von Tondern fahren.«

»Wie du meinst. Du mußt sowieso erst einmal draußen sein. Sei so gut und vergiß diesmal unsere Verabredung nicht«, mahnte Laurens. Er verschwand unhörbar.

Vorsichtig schlug er die Luke des Kellerhalses auf und steckte seine Nase in die Nachtluft, bevor er nach oben stieg. Das Wetter war umgeschlagen. Der Wind hatte sich gelegt, und es war totenstill. Aber die Luft knisterte beinahe vor Spannung.

Laurens hetzte voran, seinem Hauptquartier in der Wulfstraße entgegen. Der Sturm war nicht zu Ende, im Gegenteil, es roch nach noch viel mehr Wind. Auf See hätte er sich irgendwo in Lee gelegt und die nächsten Stunden abgewartet. Hier in Tondern gab es derzeit keinen Schutz vor widrigen Winden.

22. Deichbruch

Wegen des hohen Wellengangs draußen auf See konnten die Schleusentore an der Wiedaumündung nicht geöffnet werden. Das Wasser der Wiedau stand innerhalb des Stadtgebietes immer noch hoch, ohne abfließen zu können.

Deichmeister und Deichvogt waren auf den Beinen und inspizierten die Deiche des Stadtkooges. Sie kümmerten sich wenig um das Fieber, damit hatten sie nichts zu tun. Zufrieden beendeten sie ihren Rundgang an den Deichen. Diese waren zwar aufgeweicht, aber nicht durchgebrochen, und es sah so aus, als ob der Sturm vorüber und Tondern wieder einmal mit dem Schrecken davongekommen sei.

Selbst an der Westerbrücke, die bei Hochwasser den kritischen Punkt Tonderns darstellte, waren die Schäden nicht dramatisch. Die Bohlen der Brücke waren im Wasser verschwunden, und im unteren Teil der Westerstraße schlugen kleine Wellen an die Hauswände. In den Schlippen zwischen den Häusern schaukelte Unrat auf dem Wasser.

»Na, dann«, sagte Jens Uwsen, der Deichvogt, knapp. Doch handelte es sich um seine abschließende Beurteilung der Deiche.

Rickert Riggelsen, der Deichmeister, nickte bedächtig zustimmend und schwenkte ein letztes Mal seine Laterne in die Runde. In ihrem Licht blitzten die Hochwassermarken der letzten Jahre auf, die durch eiserne Bänder am Pfahl neben der Westerbrücke markiert waren.

Plötzlich gab es einen Höllenlärm, der vom Marktplatz zu kommen schien. »Herr des Himmels, was war das?« Uwsen packte Riggelsen so fest am Ärmel, daß dieser beinahe die Laterne fallen ließ.

»Da ist etwas eingestürzt.«

»Der Herr straft uns mit harter Hand«, stellte Uwsen düster fest und entspannte sich erst, als kein weiterer Lärm folgte.

»Ich glaube, der Herr ist mit Seiner Bestrafung noch nicht am Ende.« Der Deichmeister zeigte auf den Pegel. »Als wir kamen, reichten die Wellen an die Marke des Jahres 1640 heran. Jetzt ist sie unter Wasser verschwunden.«

»Du hast dich bestimmt geirrt.« Uwsen winkte lässig ab. »Mir ist kalt, und ich bin naß von der Gischt. Du auch. Laß uns auf dem Heimweg nachsehen, was da so gekracht hat. Schlimm kann es nicht sein, sonst würden sie Sturm läuten. Und dann eine heiße Biersuppe! Ach, was sehne ich mich danach. Hoffentlich haben meine Leute nicht inzwischen das Fieber!«

Riggelsen schüttelte ärgerlich die Hand des Deichvogtes von seinem Arm. »Sieh hin, das Wasser steigt vor deinen Augen! Laß uns einige Zeit abwarten, dann wissen wir es genau.«

»Tja«, sagte der Deichvogt nach einigen Minuten widerwillig. »Ganz langsam ...«

»Eben. Die Stadtdeiche sind es nicht. Es muß der Seedeich sein, der gebrochen ist ...«

Sie sahen sich bestürzt an und rannten los.

Laurens hörte das feine Sirren von Sturmböen hoch über der Erde. Bei Tage hätte man jetzt schmale, zerrissene Wolkenfetzen gesehen.

Und dann folgte ein Krachen, das den Boden unter seinen Füßen erschütterte. Er kehrte um. Hoffentlich war nicht das Rathaus über den Gefangenen eingestürzt, ausgelöst von einer tapferen Jungfer, die mit Steinen um sich warf.

Auf dem Rathausplatz liefen schon die Menschen zusammen; ihre Laternen blitzten wilde Bögen in die Nacht und beleuchteten die Trümmer des herabgestürzten Kirchturmhelms. Laurens blieb in der Schwärze der Hauswände stehen, um die Leute zu beobachten.

Vor den strohgedeckten Buden in Lee der Kirche standen die aufgeregten Bewohner und zeigten auf ihre zerrissenen Dächer, die von Dachpfannen durchschlagen worden waren. Durch Zufall war anscheinend niemand verletzt, nur die zänkische Frau war unter den Trümmern begraben worden. Der Pfahl, an dem sie gehangen hatte, war geknickt, und die Kette verschwand unter Dachbalken.

Der Herr hat mächtig viel Wirbel um diese eine Person gemacht, dachte Laurens versonnen. Als er nach den sterblichen Resten des Säufers Ausschau hielt, rieb dieser sich gerade den Schlaf aus den Augen und machte sich laut schimpfend wegen des unverschämten Lärms davon.

Aus der Hauptstraße näherten sich Stimmen, die Mutmaßungen und Erklärungen zum Geschehen abgaben, obwohl die Männer offenbar gar keine Ahnung hatten. Laurens grinste spöttisch. Ratsherren, natürlich.

Der schnaufende Fettkloß mußte der Bürgermeister sein. Um ihn herum scharwenzelten drei andere Herren in Amtstracht. Vor dem Rathaus blieben sie stehen, in sicherer Entfernung von der Kirche. »Nein, gottlob ist es nicht beschädigt«, sagte jemand.

Ja, dachte Laurens zustimmend, wenn, dann hätte es Ketel als ersten erwischt. Er saß praktisch unterhalb des Kirchturms, der aber zur anderen Seite gefallen war. So wie die Dinge lagen, gab es keinen Anlaß für den Rat, den Kapitän herauszuholen. Anscheinend dachte man auch gar nicht an ihn.

Aus der Großen Straße waren eilige Schritte zu hören. »Ist dort der Bürgermeister?« erkundigte sich jemand laut.

»Was ist denn nun schon wieder?« stöhnte Andersen.

Zwei ältere Männer in ölgetränkter Arbeitskleidung keuchten auf den Platz und brachten es irgendwie zustande, die Gruppe der Ratsherren im Laufschritt ehrerbietig zu grüßen. Laurens sah ihnen entgegen wie der Bauer dem Gewitter; die Wahrscheinlichkeit, daß sie üble Nachrichten brachten, war ziemlich hoch. Solche Leute kamen nur, wenn es etwas zu sagen gab.

»Der Seedeich muß gebrochen sein, Bürgermeister. Der Wasserpegel an der Westerbrücke steigt unaufhaltsam.«

Laurens zuckte zusammen. Sein Armstumpf sagte ihm, daß der Sturm möglicherweise immer noch nicht vorbei war. Wenn der Wind wieder aufbriste, würde der Wasserpegel noch schneller steigen.

»Nein, nein, das wird mir alles zu viel«, keuchte Thomas Andersen abwehrend. »Wie soll ich das alles allein regeln? Alle Welt ist krank. Schickt nach Crantz, der soll es in die Hand nehmen!«

»Crantz ist auch erkrankt.«

»Was erlaubt er sich!« schnaubte der Bürgermeister. »Man braucht ihn.«

Der Deichmeister versuchte ihn zu beschwichtigen. »Von ›allein‹ kann auch ohne den ehrenwerten Ratsherrn Crantz gar nicht die Rede sein, Bürgermeister. Wir haben die Bewohner dort unten gewarnt; sie ziehen bereits auf ihre Dachböden um. Allerdings haben viele Angst und kommen mit Sack und Pack herauf. Wenn Ihr vielleicht die Lateinschule und das Rathaus für sie öffnen lassen könntet?«

Das hätte ihm noch gefehlt! Laurens lauschte alarmiert.

»Gut, gut«, sagte Andersen nörgelnd und beruhigte sich wieder. »Meinetwegen die Lateinschule. Aber nicht das Rathaus.«

»Der Rektor ist nicht mehr da«, gab jemand zum besten, der sich darüber zu amüsieren schien. »Er wurde durch dringende Amtsgeschäfte nach Lügumkloster gerufen. Er hat den Schlüssel.«

»Seid Ihr sicher, Beyer? Dann brecht die Tür auf, ihr übrigen!«

Eine andere Stimme mahnte im Dunkeln: »Die Boote! Die Einwohner und Bürger müssen ihre Boote in Sicherheit bringen. Wir brauchen sie, wenn man nicht mehr zu Fuß durch die Straßen kommt.«

Oha, dachte Laurens. Jetzt hatte er es wirklich eilig. Wenn es ein Wettrennen um Boote geben würde, wollte er lieber der erste sein. Er zog sich unbemerkt zurück und setzte sich in einen lautlosen Trab.

Die tiefer gelegenen Straßen der Stadt waren belebt wie bei Tage. Überall schwankten Sturmlaternen; kein Zweifel, die Menschen flohen in die höher gelegenen Bezirke.

Unbeachtet erreichte Laurens sein winziges Zimmer in einem kleinen Haus in der Wulfstraße. »Ragna, bist du da?« rief er im Flur nach seiner Hauswirtin. Sie antwortete nicht, und er begann mit seinen Vorbereitungen.

Zuerst das Werkzeug. Um die schweren Schlösser an den Türen zu Ketels und Inkens Gefangenenlöchern aufzubrechen, benötigte er vor allem eine kräftige Stange. Sie fand sich im Schuppen, ebenso wie ein Brecheisen, ein Hammer und eine Zange. Auch ein dünnes, aber starkes Seil ließ er mitgehen, wikkelte alles in eine alte Decke und schob das Paket in das Kartoffelloch unter seinem Alkovenbett.

Jetzt erst nahm er wahr, daß es nicht nur unter dem Bett, sondern im ganzen Haus muffig roch. Das Wasser. Es stieg draußen in den Straßen und schob erdigen Geruch vor sich her.

Laurens löschte sorgfältig das Licht und sah sich einen Augenblick vor dem Eingang des Hauses um. Draußen trugen die Flüchtenden Kranke und schlafende Kinder über den Schultern und schleppten ihre wertvollsten Besitztümer davon. Ihre Aufgeregtheit galt ihnen selbst. Niemand beachtete Laurens.

Bevor er hinausschlüpfte, vergewisserte er sich, daß sein langes Messer im Stiefelschaft steckte. Es war frisch geschärft.

Dann machte er sich auf den Weg zum Schloß.

23. Im Schloß

Laurens hatte Ketel eine Menge verschwiegen, vor allem das Wichtigste. Er stand in den Diensten des Amtmanns Hestorf auf dem Schloß und war für die ständige und lückenlose Übermittlung von städtischen Neuigkeiten zuständig, die an den Herzog weitergereicht wurden. Der Herzog wollte sich nicht auf die Mitteilungen durch den Stadtrat verlassen, denn die selbstherrlichen Großkaufleute filterten, beschönigten und interpretierten die Ereignisse nach Gutdünken.

Von Zeit zu Zeit mußte Laurens zur Berichterstattung im Schloß erscheinen; er war verantwortlich für seine Männer, die er sich selbst ausgesucht hatte, und ebenso für die Richtigkeit der Nachrichten. Alles in allem war Hestorf ein unangenehmer Dienstherr, mißtrauisch und übelnehmerisch, doch Laurens war es immer gelungen, mit Hilfe seiner guten Laune sämtliche Klippen zu umschiffen. Das größte Problem war, daß der Amtmann nicht lesen konnte und Boten nicht traute.

Deshalb mußte Laurens immer persönlich erscheinen.

Pech für ihn, daß der Amtmann ausgerechnet jetzt nach ihm geschickt hatte. Während Laurens sich im knöchelhohen Wasser, mit den Füßen nach tiefen Löchern tastend, dem Schloßdamm näherte, ging ihm das unerwartete Zusammentreffen mit Ketel durch den Kopf. Von allen Männern, die er kannte, war der Kapitän der einzige, der aus Ehrenhaftigkeit darauf bestehen würde, eine brisante Nachricht zu überbringen, selbst wenn man ihn dafür einlochte. Doch Laurens hatte das Gefühl, daß in Zukunft möglicherweise dieses Bauernmädchen auf Ketel aufpassen würde. Laurens lachte leise, als er an Inkens handfeste Lösung der Rattenfrage dachte. Sie hatte ihm selbst gut gefallen.

Er sicherte kurz, bevor er sich über den unbebauten Schloßgrund wagte. Aber hier war niemand zu sehen; der Schlagbaum an der Zollstelle war heruntergelassen und das Pförtnerhäuschen unbesetzt. Das Wasser plätscherte unter seinen Füßen, als er sich seinen Weg über den Damm suchte, der die Stadt mit dem Schloß verband.

Zu seiner Erleichterung war die Zugbrücke heruntergelassen. Die Schloßpforte dagegen war zu, wie immer nach Sonnenuntergang. Als Laurens die kleine Tür in der großen Pforte öffnen wollte, war sie ebenfalls verschlossen. Er pfiff sein eigentümliches Signal. Der Pförtner öffnete sofort. Man erwartete ihn.

Der Pförtner, ein feister kleiner Mann mit großem Maul und dünnen Ohrmuscheln, begleitete Laurens über den Platz vor dem Ostflügel. Er war naß und matschig, und ihre Füße sanken bis zu den Knöcheln in die Erde.

»Ihr habt wohl euren Ententeich erweitert«, meinte Laurens spöttisch.

»Genau. Wer wird denn dauernd Ochsen-, Lamm- und Kalbfleisch essen wollen! Seine Gnaden, der Amtmann, sorgt gut für seine Leute«, prahlte der Pförtner.

»Dann stimmt es also, daß in den Kellern sehr große Vorräte gelagert werden?« fragte Laurens harmlos. Die Erzählungen der Tonderaner über die angeblichen Nahrungsmittelmengen im Schloß stiegen stets ins Gigantische, wenn der Herzog die Steuern erhöhte.

»Klar stimmt es! Der Herzog und sein Gefolge müssen doch etwas zu beißen haben, wenn er hier Gericht hält.«

»Aber er legt doch auch Leute in die Stadt!«

»Das Gefolge ist groß. Und der Herzog ist nicht von allen Leuten so angetan, daß er sie um sich haben mag. Sollen die Bürger sie ruhig verköstigen.«

»Hmm«, brummelte Laurens. Er konnte den anmaßenden Burschen nicht leiden, hielt sich aber im Zaum. Der Kerl war es nicht wert, daß man sich über ihn ärgerte.

»Heutzutage bekommen ja nur der Hausvogt, der Kornschreiber und ich Lebensmittel«, fügte der kurzbeinige Wächter eitel hinzu, »früher wurden alle Leute beköstigt. Heute bekommen sie statt dessen Kostgeld, und das ist schmal. Der Herzog ist geizig geworden.«

»Geizig? Jeden Tag Fleisch und Wein für euch. Das haben nicht mal die hohen Ratsherren in der Stadt. Und die Leute hungern häufig. Weiß das niemand von euch?«

»Wer gut arbeitet, soll auch gut essen, sagt man ja«, bemerkte der Pförtner selbstzufrieden.

»Glaubst du nicht, daß es Männer gibt, die mehr arbeiten als du, aber fast nichts zu essen haben?« fragte Laurens und verzichtete auf eine Antwort. »Was ist mit den Lebensmitteln, die ihr drei nicht auffressen könnt?«

»Mit dem Amtmann sind wir vier. Und was die Lebensmittel angeht – die kaufen die Händler von Tondern auf.«

»Und sie bekommen die Ware preiswert, weil sie schon älter ist?«

Der Pförtner machte eine vage Bewegung mit der Hand. Sein Gesicht war plötzlich verschlossen.

Laurens begriff. »Ach, sie haben Verträge und müssen kaufen?«

Der Mann zuckte die Schultern.

Ob der herzogliche Hof überhaupt etwas von den eingenommenen Geldern sah? Nach der Einschätzung ehrlicher Leute, die Laurens in Tondern gesprochen hatte, war es wahrscheinlicher, daß sich der Amtmann mit dem Verkauf eine goldene Nase verdiente. Und die drei Männer des Schlosses, die mit Geldern zu tun hatten oder in der Lage waren, sich ein Urteil zu bilden, wurden mit den besten Nahrungsmitteln des Herzogtums gekauft. Laurens konnte den Zorn der Leute auf den Amtmann gut verstehen. Auch er brachte jetzt nicht mehr die Energie auf, weiter zu fragen und ärgerliche Antworten zu hören.

Schweigend stapften sie am Gebäude mit den fünf Giebeln

vorbei, das die Zimmer für den Herzog und sein Gefolge beherbergte. Die Wohnräume des Amtmanns im neuen Eckhaus waren nur vom inneren Hof aus zugänglich, den man durch die Pforte in der Nordmauer erreichte.

An der Nordostecke des Schlosses wurden Laurens und der Pförtner von Böen erfaßt, die ihnen Wasserschleier ins Gesicht wehten. Laurens spähte mit zusammengekniffenen Augen in die Dunkelheit. Erkennen konnte er nichts, doch es war nicht zu leugnen, daß der Wind schon wieder auffrischte.

Der Pförtner stemmte sich gegen die Pforte, um sie zu schließen, und begleitete Laurens noch einige Schritte in den inneren Hof des Schlosses. Die plötzliche Stille war geradezu betäubend, aber sie sprachen nicht mehr miteinander. Laurens wußte, welche Tür er nehmen mußte. Aber er sah sehr wohl, daß der Pförtner stehenblieb, um zu überwachen, daß er sie auch nahm.

Der Amtmann saß im kleinen Saal mit einigen Männern beisammen und trank. Er winkte sie fort, noch bevor Laurens ganz heran war, und sie entfernten sich wortlos durch eine unscheinbare Seitentür.

»Also, Laurens, was hast du zu berichten? Gutes sicher nicht!« Der Amtmann betrachtete seinen Spion von oben herab über seine lange Nase hinweg, wie es seine Art war.

»Ihr habt recht – und auch wieder nicht«, sagte Laurens. Er wischte sich Wassertropfen aus dem Gesicht und streifte Lehmklumpen von den Füßen.

»Wie das? Mach es kurz, ich habe heute keine Zeit für Rätselraten!«

»Dann will ich Euch erst die guten Nachrichten mitteilen.« Unbeeindruckt zog Laurens sich einen Stuhl heran und setzte sich. »Wie Ihr angeordnet habt, haben wir Unruhe in die Stadt gebracht. Es gärt an allen Ecken. Der Magistrat ist schon so durcheinander und hilflos, daß er dauernd Sondersitzungen anberaumt, um zu beratschlagen, wie man die Ruhe wiederherstellen kann.«

»Das höre ich gern!« Hestorf nahm einen tiefen Schluck Wein aus einem kostbaren Glas und tupfte sich mit einem weißen Tüchlein Tropfen von den Lippen, bevor er Laurens mit einer Handbewegung aufforderte weiterzusprechen.

»Es war nicht viel Nachhilfe nötig. Ihr wißt ja selbst, die strengen Anordnungen des Herzogs...«

»Ja, ja«, unterbrach ihn der Amtmann ungeduldig. »Spar dir das. Weiter.«

»Sie schmoren im eigenen Saft. Bürgermeister Andersen weiß nicht, wie er die Leute beschwichtigen könnte und versteckt sich hinter seiner Krankheit. Dabei ist es nur das Bier, das ihn wie eine Tonne aufbläht. Die Leute rotten sich jedenfalls schon zusammen.«

Der Amtmann rieb sich erfreut die Hände. »Ich bin sehr zufrieden, Laurens. Du kannst dir deinen Lohn vom Kornschreiber auszahlen lassen. Gibt es noch weitere Neuigkeiten?«

»Bevor wir darauf zu sprechen kommen, Amtmann, möchte ich noch wissen, wie weit wir gehen sollen. Das Faß könnte bald überlaufen.«

»Das darf nicht geschehen. Die Grenzen dürft ihr nicht überschreiten; gehenkte Aufwiegler sind nicht in meinem Interesse. Außerdem brauche ich euch später vielleicht noch.«

»Was ist überhaupt Euer Interesse?« erkundigte sich Laurens kühn. »Legt Ihr es darauf an, größere Vollmachten vom Herzog zu erhalten, um den selbstherrlichen Stadtvätern ein paar Nasenstüber zu verpassen? Oder sie gar in die Hand zu bekommen?«

»Das geht dich gar nichts an, Laurens«, erwiderte der Amtmann kalt. »Das sind staatspolitische Erwägungen, die du nicht verstehst.«

Dann treffen sie ins Schwarze, dachte Laurens und zuckte mit den Schultern. »Es gibt noch mehrere schlechte Nachrichten. Die eine ist das Hochwasser, davon seid Ihr ja selbst betroffen. Aber es wird weiter steigen, denn ein Seedeich ist gebrochen.«

Der Amtmann räkelte sich in seinem Sessel. »Dann haben wir die Gefangenen wenigstens nicht unnütz aus den Verliesen geholt. Der Hufschmied mußte sogar das Beschlagen unserer Pferde unterbrechen, um ihnen die Ketten zu öffnen. Bis zum Nabel hockten sie schon im Wasser.« Er lachte hämisch. »Es lohnte zwar den Aufwand nicht, denn sie kommen doch aufs Rad, aber wir wollen uns vom Herzog nicht nachsagen lassen, daß wir unser Amt schlecht versehen.«

»Wer sind sie denn?« fragte Laurens neugierig. Diese Rücksichtnahme mußte seinen Grund haben; wahrscheinlich waren es Männer von hohem Wert.

»Du bist zu neugierig, Laurens. Nimm dich in acht. Du bist nicht unentbehrlich.« Der Amtmann trommelte mit den Fingerspitzen auf die Tischplatte.

»Das nicht, aber so leicht findet Ihr niemanden, der dem Stadtrat auf die richtige Art Pfeffer unter den Hintern streut«, sagte Laurens sorglos. Völlig unerwartet begegnete ihm die Wut in den Augen des Amtmanns. Er beschloß, ihn nicht mehr zu provozieren. »Dann ist da noch ein Fieber in der Stadt. Habt Ihr schon davon gehört?«

»Es ist mir berichtet worden. Ist etwas Ungewöhnliches daran?«

»Nun ja«, sagte Laurens vorsichtig. »Ich habe zuverlässige Nachrichten, daß es kein bloßes Fieber ist, sondern die Pest. Die Anzeichen bei den Kranken deuten jedenfalls darauf hin.«

Der Amtmann saß einen Augenblick erstarrt. »Die Pest«, wiederholte er. »Das ist in der Tat eine schlechte Nachricht. Mit einer Pestwelle ändert sich alles ... die Leute, die Kontakte, eingefahrene Wege, bewährte Beziehungen ...«

Laurens beobachtete den Amtmann verstohlen und versuchte, sich selbst seinen Reim zu machen. Aber wie bei vielen genußsüchtigen Männern war aus den aufgeschwemmten Zügen nichts Besonderes herauszulesen. Nur die braunen Augen spiegelten Betroffenheit wider. Aber eins war sicher: Hestorf war nicht wegen der zu erwartenden Todesfälle beunruhigt.

»Wir werden nicht drum herum kommen, den Herzog zu benachrichtigen«, fuhr der Amtmann fort. »Und dann müssen wir die Stadt sperren lassen. Niemand heraus, niemand hinein. Der ganze Aufwand vergeblich.«

»Das ist wahr, ein Amtssitz ohne Amt taugt wenig«, bestätigte Laurens schon wieder vorwitzig. Ihm war jedoch immer noch nicht ganz klar, was der Amtmann meinte.

»Wie viele sind bereits gestorben?«

»Ich weiß nur von zwei Fischern oder Seeleuten, aber normalerweise sterben ja die meisten, die krank werden«, sagte Laurens leichthin.

»Und wie viele sind das?«

»Tja, das ist für mich schwer zu erfahren. Das weiß höchstens der Rat, wenn überhaupt jemand. Ich glaube eher, daß sie den Kopf in den Sand stecken und so tun, als gäbe es die Pest nicht. Na, im Moment muß man zu ihrer Ehrenrettung sagen, daß das Hochwasser noch dringendere Probleme schafft.«

Der Amtmann lehnte seinen Kopf an die gepolsterte Sessellehne und betrachtete Laurens eingehend aus schmalen Augen. »Hoffentlich sterben nicht zu viele.«

Herrje, dachte Laurens, hoffentlich glaubt er nicht, daß ich die Pest habe. Er grinste kumpelhaft. »Ja, mit der Pest ist nicht zu spaßen. Der Verlust an Steuern kann gewaltig sein. Aber nicht so schlimm wie bei der Pferdeseuche.«

Der Amtmann erblaßte vor Wut. So durfte niemand zu ihm sprechen! Was hier nur Frechheit war, war außerhalb seiner Hörweite Verrat. Er klingelte.

Die Tür öffnete sich, und ein livrierter Diener trat ein. »Ja, Euer Gnaden?«

Hestorf machte eine knappe Bewegung mit dem Kinn. »Der

Mann kommt für einige Tage in den Kerker. Er braucht eine Lektion«, sagte er mürrisch.

Laurens bekam es mit der Angst zu tun. Er war zu impulsiv; das war sein größter Fehler. Eine Inhaftierung würde alle seine Pläne durchkreuzen. »Amtmann«, rief er reuig, »Ihr kennt mich doch inzwischen, ich bin zuverlässig! Nur unter Freunden kann ich manchmal meine Zunge nicht im Zaum halten.«

»Ich kann mir kaum vorstellen, daß du gelegentlich unter Freunden bist«, sagte der Amtmann kühl. »In meinem Dienst mußt du den Mund zur rechten Zeit halten können. Sei froh, daß das Herausschneiden der Zunge nicht mehr üblich ist.«

Die Wut brannte mit Laurens durch. Die Kastanien durfte er aus dem Feuer holen, aber daß er sich im Schloß unter Freunden fühlte, dagegen verwahrte der Amtmann sich. »Bei Leuten, die schreiben können, ist es sowieso sinnlos, die Zunge herauszuschneiden«, erwiderte er anzüglich.

Der Diener, der immer noch auf seine Befehle wartete, sog erschrocken den Atem ein. Es war nicht nur gefährlich, sich über den Mangel des Herrn zu äußern, sondern auch, davon zu hören.

Der Amtmann beherrschte mühsam seine Wut. »Schaff mir den Hausvogt her!« knurrte er.

Der Diener verbeugte sich und verließ eilig den Saal. Er wunderte sich nicht, daß der Burgvogt ihm bereits entgegenkam. Wenn der Amtmann vor Zorn rauchte, sprach es sich schnell herum. Er öffnete ihm rasch die Tür und spähte ihm durch den Türspalt nach. Der Hausvogt marschierte mit knarrenden Stiefeln über den gepflegten Holzfußboden und hielt dabei den Hirschfänger fest, der an seinem Gürtel baumelte.

»Ins Gewölbe mit ihm!« donnerte der Amtmann.

Der Burgvogt blickte ihn verwirrt an. »Aber die anderen haben wir doch gerade ...«

»Das ist mir ganz egal! Wirf diesen Kerl rein!« brüllte der Amtmann und ließ für einen Augenblick die gewählte Sprache und das höfische Benehmen außer acht, die er sich in jahrelangem Bemühen angeeignet hatte.

Oha, dachte Laurens und fühlte Schweißtropfen an seinem Rücken herabrinnen. Die Flut mußte ungefähr um Mitternacht einsetzen, und dann würde das Wasser weiter steigen. In einem Gewölbe, aus dem man die wertvolleren Gefangenen schon vor einigen Stunden herausgeholt hatte. Und sein kurzes Messer war nicht gerade die Waffe, mit der man einem Hirschfänger begegnen konnte.

Er überschlug blitzschnell alle Möglichkeiten, die ihm blieben. Dann sank er stöhnend auf den Boden.

»Was hat der Kerl, Amtmann?« rief der Burgvogt. »Soll ich ihn in den Kerker schleppen?« Er faßte Laurens am Arm und schüttelte ihn derb.

Laurens bäumte sich auf, schlug um sich und fiel auf den Rükken, der sich wie eine Bogensehne spannte. Er keuchte unverständliche Worte.

»Hornochse! Sprich so, daß ein Christenmensch dich verstehen kann!« Der Burgvogt bückte sich und starrte dem Mann am Boden auf die Lippen.

Laurens brachte mit unendlicher Mühe einige Sätze hervor.

»Bring den Kerl endlich weg«, befahl der Amtmann ungeduldig.

Der Burgvogt richtete sich auf und schüttelte verständnislos den Kopf. »Jetzt ist er vor Angst übergeschnappt«, sagte er. »Warum sollte er die Pest haben?«

Der Amtmann federte hoch und wich an die Wand des Saals zurück. Er gebot dem Burgvogt Einhalt, bevor er Laurens aufheben konnte. »Warte. Was hat er zu dir gesagt?«

»Ich konnte ihn schlecht verstehen«, antwortete der Burgvogt mißmutig. »Was ich hörte, war: *Ich habe keine Pest, ich bin nur entkräftet.* Na, um so besser, dann macht er keine Schwierigkeiten.« Er rollte Laurens, der schlaff dalag, mit dem Fuß auf die Seite.

»Halt!« rief der Amtmann. »Rühr ihn nicht an. Weißt du, was in der Stadt los ist?«

»Ich weiß vom Hochwasser«, antwortete der Hausvogt zögernd.

»Ja, genau! Also wirf ihn in den Schloßgraben. Dort ertrinkt er, und wir haben keine Scherereien mit seiner Leiche«, befahl der Amtmann.

»Warum soll er denn dann nicht in den Kerker? Dort ertrinkt er ebensogut, und er ist sicherer. Im Burggraben schwimmt er womöglich noch an Land.«

»Ich will ihn nicht im Haus haben!« schnauzte der Amtmann. »Du tust, was ich dir sage, und zwar folgendermaßen.« Er winkte den Hausvogt zu sich heran.

Laurens spitzte die Ohren, konnte das Flüstern der beiden Männer an der Wand aber nicht verstehen. Als nach einer Weile die beiden Fußknechte kamen, um ihn davonzutragen, befand Laurens sich scheinbar in tiefer Ohnmacht.

»Los, Beeilung!« drängte der Hausvogt.

Die Knechte, zwischen denen Laurens hing, nahmen keine Rücksicht. Unbarmherzig schleiften sie ihn auf einer Wendeltreppe abwärts; sein Kopf schlug an die Steinsäule, und seine Beine wurden unnatürlich abgewinkelt. Er preßte die Lippen zusammen, um keinen Laut von sich zu geben.

Im Erdgeschoß bogen die Knechte in einen langen Gang ein, der so dunkel war, daß Laurens unbesorgt die Augen öffnen konnte, um sich zu orientieren. Sie befanden sich im Wirtschaftsflügel mit endlos vielen türlosen Räumen und schwenkten dann in den Küchengang. Er hörte das Klirren von Schlüsseln und das Quietschen einer schweren Tür und spürte Kälte auf der Haut.

Der Wind riß heftig an Laurens' Kleidung, als die Männer den Waschsteg außerhalb des Gebäudes betraten. Gleich darauf hörte er das Trampeln ihrer Füße auf dem Bohlensteg unterhalb der Außenmauer. Hier brauchte er nur seine Ohren, um sich orientieren zu können; das Außengelände des Schlosses kannte er wie kaum einer der Bediensteten: Fluchtwege lernte er immer beizeiten auswendig.

Der Steg endete auf einer Plattform über dem Burggraben, die der Rest eines stabilen Laufgangs für die früheren Verteidiger der Burg zu sein schien. Heutzutage wurde sie nur als Waschplatz und Anlegestelle für die Boote des Schlosses genutzt. In gewöhnlichen Zeiten lagen dort die zwei Prähme des Hausvogtes und die sechs kleineren Boote des Schloßfischers vertäut.

Laurens seufzte vor Erleichterung, als er erkannte, wohin er gebracht wurde. Alles in allem war es ein sehr günstiger Platz, um ertränkt zu werden. Er machte sich schlaff und schwer und rutschte den Fußknechten auf dem steilen Treppchen zur Plattform aus den Händen. Der Schwung trug ihn über die Plattform hinweg, die schon vom Wasser überspült wurde, und in den Schloßsee hinein.

»Verflucht«, rief einer der Knechte und wollte ihm nach.

»Laß ihn. Es ist völlig gleichgültig, wo er ertrinkt«, sagte der Hausvogt.

Der Knecht stampfte gehorsam wieder nach oben, auch angelockt vom Klingen der Münzen, die der Hausvogt hörbar in seiner Hand schüttelte.

»Der Amtmann befiehlt, daß ihr euch einen lustigen Abend in der Kneipe macht«, sagte er. »Seine Gnaden ist heute großzügig. Verschwindet, bevor es ihm leid tut.«

Die Knechte nahmen ungläubig so viel Geld entgegen, daß sie sich sinnlos betrinken konnten.

»Und laßt euch heute nacht hier nicht mehr sehen, das ist der ausdrückliche Befehl des Amtmanns. Habt ihr verstanden?«

»Klar«, murmelten die Knechte und nahmen die Beine in die Hand. Sie liefen am Fuß der Schloßmauer bis zum Damm, der noch begehbar war, und steuerten auf den *Löwen* zu.

Der Burgvogt folgte ihnen langsamer. An der Pforte klopfte er herrisch, bis der Pförtner ihn einließ. »Hier wird in den nächsten Tagen keiner ins Schloß gelassen. Und wenn's der Herzog ist«, sagte er drohend. »Du kannst jetzt ins Bett gehen.«

24. Befreiung

Immer noch kümmerte sich niemand um Inken. Sie war hungrig, naß und verschmutzt und fragte sich sogar schon, wie rohes Rattenfleisch wohl schmeckte. Eigentlich stand einer verdächtigen Hexe Essen zu, damit sie die peinliche Befragung überstand, ohne vor Hunger in Ohnmacht zu fallen.

Ihre Umgebung stank vor Moder und Urin. Und wo blieb Laurens? Ob er wirklich einen Mann draußen als Wache aufgestellt hatte? Und was passierte, wenn auch er das Fieber bekam? Laurens hatte solche Abweichungen seiner Planung anscheinend nicht in Betracht gezogen. Und dann die Sorge um den Vater! Er hätte sie nie im Stich gelassen...

Ach, Inken wünschte sich weit weg.

Diese zweite Nacht war unheimlicher als die erste. Immer wieder kamen Leute zwischen dem Rathaus und der Hopfenkarre durch, und gelegentlich konnte Inken sogar einige Wortfetzen auffangen. Betrunkene waren auch dabei. Einmal fiel einer die Treppe zum Gefangenenloch herunter, und dieser war echt. Inken reimte sich die Sache so zusammen, daß inzwischen viele Menschen an der Pest erkrankten und noch mehr Angst davor hatten.

Nach dem gewaltigen Krach, unter dem das Haus erbebt war, hörte sie das Rattern von Karren, das Muhen von Kühen und aufgeregte Stimmen. Offenbar flohen jetzt Tonderaner mitsamt Besitz und Vieh aus der Stadt.

Dann ebbte die Betriebsamkeit allmählich ab. Es mußte gegen Morgen sein. Inken nickte ein, obwohl sie schrecklich fror.

Plötzlich fuhr sie hoch. Die Stimme war so laut, als würde jemand in das Kellerloch hineinrufen.

»Aufs Rathaus!«

Weiter weg nahmen andere den Ruf auf.

Herr, schick den Ratsherrn Mickelsen vorbei, dachte Inken alarmiert.

»Im großen Saal muß die Lade stehen!«

»Quatsch nicht! Die hält der Bürgermeister unter Verschluß. Er zählt jeden Tag durch.«

»Was soll's, wir durchsuchen alles«, brüllte eine rauhe Stimme. »Bei den Geldern, die sie uns jeden Tag abnehmen, müssen sie sowieso mehr als eine Truhe haben.«

»Da muß doch auch die kleine Hexe noch irgendwo sein!« rief jemand. »Die hat das ganze Elend über uns gebracht. Das wird sie büßen!«

Inken preßte sich an die Mauer unterhalb des Luftloches und lauschte atemlos.

»Erst das Geld! Die kleine Schlampe holen wir uns später.«

Schritte entfernten sich. Und die Stimmen. Inken wunderte sich, daß diese Plünderer sich gar keine Mühe mehr gaben, leise zu sein. In der Stadt mußte es inzwischen drunter und drüber gehen. Dann hörte sie Schläge wie von Äxten und das Splittern von Holz im Haus.

Aber sie kam nicht zur Ruhe. Von der Hopfenkarre her näherte sich wieder ein Betrunkener, der lauthals sang. Sein Lied endete in einem heiseren Krächzen, als er zu Boden fiel. Augenscheinlich hatte er es sich in den Kopf gesetzt, sich an der Wand des Rathauses aufzurichten. Er machte mehrere vergebliche Versuche und fiel immer wieder hin.

»Nur Mut, Jungfer Inken«, flüsterte er in das Loch und stimmte danach erneut einen schaurigen Gesang an, den er plötzlich abbrach. »Laurens muß bald kommen. Ich wache über Euch. Keine Sorge!«

Inken konnte nur nicken. Ihr wurden die Knie weich vor

Erleichterung. Noch nie hatte sie das Lied eines Betrunkenen so schön gefunden.

Aber lange hielt Inkens Zuversicht nicht an. Sie lauschte nach oben. Über ihr trampelten Holzschuhe auf die Dielen, und schwere Gegenstände fielen um. Die Männer waren jetzt dabei, Türen und Möbel zu zerschlagen. Und wenn sie das Geld nicht fanden, würden sie sich an ihr rächen.

Hoffentlich beeilte sich Laurens!

Nach einer Ewigkeit kratzte es verstohlen an der Kellerluke. »Jungfer Inken, seid Ihr da drin?«

»Ja, ja«, flüsterte sie atemlos zurück. »Wer ist da?«

»Redlefsen, Ketel«, und spöttisch dann: »Erinnert Ihr Euch?«

»Ich bin doch nicht schwach im Kopf«, murmelte Inken. »Daß Ihr gekommen seid, Kapitän!«

»Selbstverständlich, Jungfer! Ihr glaubt doch nicht etwa, daß ich Euch erst durch meine Schuld ins Unglück laufen lasse und dann davonsegele? Aber wir müssen es kurz machen. Zieht Euch an die Seitenwand zurück!«

Redlefsen hob die Axt und schlug auf die Tür ein. Nachdem die plündernde Horde die Tür zu seinem Gefängnis geöffnet hatte, war es ihm nicht schwergefallen, sie zu überzeugen, daß er dringend eine Axt brauchte.

Draußen auf dem Marktplatz hatte er über den Windstößen gehört, daß in der ganzen Stadt Äxte benutzt wurden; offenbar gab es mehrere einsturzgefährdete oder brennende Häuser. Während er am Rathaus entlanggerannt war, hatte er den Schein von Flammen in der Hafengegend gesehen; Hochwasser ging oft mit Bränden einher.

Ketel reichte Inken die Hand und half ihr durch die Reste der gesplitterten Tür hindurch. Sie umarmte ihn, und er schaute verdutzt drein. »Der Tag graut. Wir müssen uns sputen«, drängte er.

»Wahrhaftig, da hast du ziemlich recht«, bestätigte eine dunkle, nässetriefende Gestalt, die oberhalb der Treppe aufgetaucht war. Laurens schaute mißbilligend herab, neben sich einen jungen Mann. »Ich schleppe mein Einbruchswerkzeug durch die ganze Stadt, und du bist schon wieder nicht da, wo wir uns verabredet haben«, nörgelte er. »Auf dich ist anscheinend gar kein Verlaß mehr, seit du nicht mehr bei mir Kapitän bist.«

»Ja, man verwildert leicht«, pflichtete Ketel bei. »Es soll auch Steuerleute geben, die plötzlich zu Bettlern werden.«

»In der heutigen Zeit ist alles möglich. Man hat auch schon davon erzählen hören, wie Städte gesperrt wurden und Kapitäne mitsamt ihrem Gefolge, zu dem Hexen und Bettler gehörten, gegen ihren Willen festsaßen ...«

»Ist sie schon gesperrt?« fragte Ketel ernsthaft und zog Inken nach oben auf die Straße.

Der junge Mann neben Laurens ließ Inken nicht aus den Augen. Sie dachte sich, daß er wahrscheinlich der wachsame Betrunkene gewesen war. Ihren Dank erwiderte er mit ernstem Nicken.

»Noch ist Tondern nicht gesperrt«, sagte Laurens. »Aber der Amtmann ist fest dazu entschlossen. Er hat eine höllische Angst vor der Pest. Ich schlage vor, wir ziehen uns in angemessenem Tempo zurück, will sagen, in gestrecktem Galopp. Das Klima hier ist sowieso scheußlich! Da lob' ich mir Frankreich.« Er schüttelte sich, daß die Tropfen flogen.

Aus dem Rathaus trudelten Männer mit Äxten und Kisten heraus. Inken sah die Plünderer jetzt zum ersten Mal und war froh, daß sie ihnen nicht in die Hand gefallen war. Redlefsen legte sich die Axt demonstrativ über die Schulter und schob Inken in ihre Mitte.

»He, wir wollten doch noch die Hexe ...«

»Ach, laß sie«, sagte jemand uninteressiert. »Soll sich doch der Rat um sie kümmern.« Die Plünderer schulterten die Beute und verschwanden über den Schweinemarkt.

Als sie fort waren, nahm Ketel den Faden wieder auf. »Ich

denke, dich halten gewaltige politische Aufgaben in Tondern fest?«

»Nein, die sind abgeschlossen«, sagte Laurens betrübt. »Mit meinem bedauerlichen Tod.«

»Aha. Und da du jetzt tot bist, möchtest du dein früheres Leben mit mir bestimmt fortsetzen!«

»Aber ganz und gar nicht!« Laurens sah empört aus. »Ich bin doch kein Seeräuber und Halsabschneider, der die Kaufleute von Tondern ausplündert. Man hat schließlich die schrecklichen Gerüchte über die für Tondern fahrenden Kapitäne überall hören können.«

Inken sah verwundert von einem zum anderen. »Kapitän Ketel ...«, sagte sie zaghaft.

Er lächelte auf sie hinunter. »Nicht erschrecken! Wir streiten nie. Wir sind nur froh, daß wir alle heil und munter sind, das ist alles. Aber wie Ihr ganz richtig bemerken wolltet, müssen wir weg von hier. Welche Richtung?« fragte er zu Laurens gewandt.

»Gegenüber der Wassermühle habe ich ein Boot versteckt. Wir haben gar keine andere Möglichkeit, als geradewegs die Süderstraße entlangzugehen. Am unteren Ende wird es allerdings naß.«

»Geht Ihr nur«, sagte Inken entschieden. »Ich muß erst zu meinem Vater und zu meiner Tante. Sie wissen doch gar nicht, wo ich war. Wahrscheinlich sind sie in heller Aufregung!«

»Das ist wahr, Laurens«, sagte Ketel. »Abgesehen davon, daß sie gewiß darüber informiert sind, daß die Jungfer eingesperrt wurde.«

»Euch beiden fehlen ein paar Stunden in Tondern, die sehr unterhaltsam waren. Sonst ist es so eine langweilige kleine Stadt! Aber ausgerechnet jetzt laßt ihr euch festsetzen. Um es kurz zu machen: Als erstes wird die Jungfer herausfinden müssen, ob ihre Leute überhaupt noch leben«, sagte Laurens nüchtern.

»Für Dramatik hattest du schon immer einen sechsten Sinn«, stellte Ketel fest. »Was hast du jetzt wieder angerichtet?«

Laurens warf ihm einen schiefen Blick zu und gab eine kurze Zusammenfassung der Ereignisse. Er verschwieg auch seine Begegnung mit dem Amtmann nicht.

Redlefsen und Inken starrten ihn stumm an.

»Jedenfalls«, endete er, »gibt es in den letzten Stunden nicht nur Fieberkranke in der Stadt, sondern auch Tote. Diese Pest geht um und beutelt alle. Wenn der Stadtrat nicht so kopflos wäre, wüßten die Leute es längst. Wir haben den Vorteil, daß wir mehr wissen als sie. Wir sollten machen, daß wir fortkommen.«

»Aber ...«, begann Inken.

Laurens unterbrach sie: »Selbstverständlich erst, wenn wir wissen, was mit Euren Leuten los ist.«

Die Häuser der Osterstraße lagen unbeleuchtet und still, selbst die Neue Apotheke, in der man wirbelnde Geschäftigkeit hätte erwarten müssen.

Und ich hätte in dieser Nacht mein Haus durch Knechte bewachen lassen, dachte Ketel, als er die mit Schnitzereien verzierte Tür zum Haus von Inkens Verwandten aufstieß. Sie war nicht einmal verriegelt.

Vierter Tag

25. Flucht

Frau Margaretha saß am Bett ihres Ehemanns und wachte, den Kopf voll von Sorgen. Sie hielt seine glühendheiße Hand und versuchte die Hitze in seinem Körper mit nassen Tüchern zu lindern. Ihr Bruder Tade und seine Tochter Inken waren nicht wie vereinbart zurückgekommen, was ihnen gar nicht ähnlich sah.

Nachdem ihr Knecht Per vom stellvertretenden Bürgermeister zurückgekommen war, hatte sie ihn zu Arne Mickelsen geschickt und ihn schriftlich um Hilfe gebeten. Er war der einzige, der sowohl die Möglichkeit als auch das Interesse daran hatte, herauszufinden, was mit beiden geschehen war. Gunda hatte ihn mit der Auskunft zurückgeschickt, Arne sei auf den Tod erkrankt. Dann war Per mit mürrischem Gesicht gegangen und seither verschwunden; Margaretha hatte den stillen Verdacht, daß er ihr den Dienst aufgekündigt hatte.

Aber sie konnte sich um ihn und das übrige Gesinde nicht kümmern. Ihr Ehemann war kurz vor dem Ausläuten des Marktes vom Frost geschüttelt in sein Bett gefallen. Ungeheure Kopfschmerzen marterten ihn, und seine Zunge war schwarz und geschwollen und paßte kaum mehr in seinen Mund. »Das Haus brennt«, keuchte er heiser.

»Wir werden den Brand löschen«, versprach Margaretha und schob ihm einen nassen Lappen zwischen die Lippen. Sie erkannte, daß er innerlich verbrannte.

Viel Hilfe hatte sie bei der Pflege nicht. Eins ihrer Mädchen war ebenfalls krank, die anderen blieben in ihren Kammern und beteten. Nur die Küche war noch in Betrieb, die alte dicke Köchin ließ sich weder durch die Pest noch durch Hochwasser erschüttern. Ihre einzige Sorge war der Torf für den Herd, der aufgebraucht war.

Anna hatte der Hausfrau schon immer ein gesundes Mißtrauen entgegengebracht, weil sie nicht aus Tondern gebürtig war; eine gute Familie konnte sie schon gar nicht vorweisen. Aber jetzt, wo der Herr schwer krank war, schlug Frau Margaretha wirklich über die Stränge, verlangte beständig heißes Wasser und wusch sich ausdauernd wie eine Katze.

»Marotten vom Lande«, murmelte Anna geringschätzig, »und das ausgerechnet jetzt, wo niemand Wasser besorgen kann. Dabei haben wir doch schon in normalen Zeiten kaum gutes Wasser genug. Stine!« rief sie laut.

Doch Stine kam nicht, und sie mühte sich die Treppe hinauf zur Großstube, wo sie der Hausfrau in Handschuhen begegnete. Sie wollte doch wohl jetzt nicht ausgehen? Anna rollte die Augen vor Überdruß. »Frau Margaretha«, sagte sie erbost, »ich brauche Wasser und Feuerung. Wo sind denn die Mädchen, und wo ist Per?«

»Sie verstecken sich wahrscheinlich alle vor der Pest«, sagte die Hausfrau bekümmert.

»Pest!« schnaubte Anna. »Wer wahrhaft fromm ist, dem hilft der Herr. Ich bin wieder gesund geworden, damals.«

»Ja. Aber ich glaube nicht, daß alle Menschen so fromm sind wie du«, entgegnete Margaretha friedfertig. »Sei so gut und sieh selbst nach, ob einer von den anderen Knechten noch im Stall ist. Er soll dir helfen. Ich kann vom Krankenbett nicht fort.«

Anna mümmelte mit den Lippen über den Kiefern, die nur noch wenige Zähne aufwiesen, und entschloß sich dann, dem Ratschlag zu folgen.

Über Annas bedächtigen Fußtritten auf der Treppe hörte Frau Margaretha, daß die Haustür geöffnet wurde. Inkens junge Stimme rief: »Tante Margaretha?«

»Daß du lebst, mein Kind«, sagte Frau Margaretha und konnte ein Schluchzen der Erleichterung kaum unterdrücken. »Niemand konnte mir eine Auskunft über dich oder Tade geben.«

Inken wollte sich in ihre Arme stürzen, doch Margaretha wich zurück und schüttelte den Kopf. »Ich pflege deinen Onkel. Ich weiß nicht, ob ich die Krankheit auch schon in mir habe.«

Kapitän Redlefsen nahm seinen Hut ab und blickte die Hausfrau voller Hochachtung an.

»Aber wie soll ich vermeiden, dir oder dem Onkel nahe zu kommen?« fragte Inken entsetzt.

Margaretha schaute sie ruhig an. »Indem du dieses Haus verläßt. Die Gefahr ist zu groß für dich in Tondern.«

»Wo ist mein Vater?« fragte Inken plötzlich.

»Er ist vermißt.«

»Aber Tondern hat er nicht verlassen«, sagte Inken in eigensinnigem Tonfall. »Das würde sich mit seinen Gedanken über die teilbaren Krankheiten nicht vereinbaren lassen.«

Margaretha seufzte. »Ja, das stimmt. Deshalb fürchte ich, daß er krank ist und nicht in dieses Haus zurückkehren will, um uns nicht zu gefährden. Aber du mußt nach Hause.«

»Das würde Vater ebenfalls nicht wollen!«

»Ich bin nicht so unbeugsam wie dein Vater, Inken. Wenn du noch keine Zeichen einer Krankheit spürst, darfst du nicht in Tondern bleiben. Auch andere Leute werden flüchten – als erste die Ratsleute, die eigentlich ein Vorbild sein sollten. Ich werde versuchen, eine zuverlässige Begleitung für dich zu finden.«

Der Kapitän schwenkte seinen Hut und verbeugte sich. »Ich bin die zuverlässige Begleitung. Mein Name ist Ketel Redlefsen.«

Margaretha betrachtete ihn forschend und mit gewisser Erleichterung, während der einarmige nasse Bettler in seiner Begleitung ihr kein Vertrauen einflößte. »Ihr seid der Kapitän, der für Arne Mickelsen fährt?«

»Ja, und so Gott will, auch für Tade Hansen im Frühjahr.«

Margaretha lächelte ein wenig. »Das sieht ihm ähnlich. Ja, ich gebe Euch Inken mit. Ihr seid der einzige Ausweg.«

»Das kleinere Übel«, sagten Ketel und Inken wie aus einem Munde und lachten sich an.

Inken senkte verlegen den Blick. Der Onkel war todkrank, ihr Vater möglicherweise tot, und sie benahm sich höchst unpassend.

»Ihr solltet jetzt gehen.« Frau Margaretha hatte Angst, ihre wagemutige Entscheidung könnte ihr bald leid tun. Zwischen dem Kapitän und ihrer Nichte schien sich ohnehin etwas abzuspielen, mit dem sie nicht einverstanden sein konnte. »Und geht mit Gott!«

»Das werden wir«, antwortete Ketel Redlefsen zuversichtlich, nahm Inken sanft bei der Schulter und schob sie vor sich her. An der Tür drehte er sich nochmals um. »Frau Margaretha! Ihr solltet alle Türen verriegeln. Man weiß nicht, was den Menschen heute nacht einfällt.«

Margaretha folgte ihnen sofort. Redlefsen hatte recht – wie recht, konnte er gar nicht ahnen.

Verzweifelt sah Inken die Tür ins Schloß fallen. Sie wußte nicht, ob sie ihre Tante jemals wiedersehen würde.

Inken zwischen sich, eilten die zwei Männer in diesen frühen Morgenstunden des Sonntags zum Müllergraben, so schnell sie konnten. Im Vorübergehen sahen sie, daß Tondern übel zugerichtet war. Von einem Haus in der Süderstraße waren nur verkohlte Reste übrig, die in der Feuchtigkeit dampften.

Menschen waren kaum unterwegs. Die meisten waren vermutlich erschöpft in ihre Betten gekrochen. Immerhin konnte man hoffen, daß das Hochwasser überstanden war und allmählich ablaufen würde. Noch wehte der Wind frisch aus Nordost, doch es klarte jetzt auf, und der Wind würde endgültig nachlassen.

Ketel witterte in die Luft. »Der Wind wird ausreichen, um das Wasser mit Nachdruck aus Tondern hinauszublasen.«

»Ja, aber die Prüfungen sind damit noch nicht vorbei«, meinte Laurens seufzend. »Wer weiß, wie viele Leute hier noch sterben müssen.«

»Merkwürdig, es ist genau das eingetreten, wovor der Zöllner und der Fischer, der mich von Ruttebüll hersegelte, Angst hatten. Sie waren sicher, daß in Tondern in nächster Zeit irgend etwas passieren würde«, erklärte Ketel. »Ich hielt es für bloßen Aberglauben. Wie hätten sie es denn auch ahnen können?«

»Das konnten sie nicht. Aber es fügte sich alles so schön. Es begann mit den Sternen, die im passenden Moment vom Himmel fielen, und danach ging alles wie geschmiert.«

»Wie meinst du das?« fragte Ketel irritiert. »Hast du da die Hände im Spiel gehabt?«

Laurens kicherte und nieste. »Bei den Sternen nicht. Aber wenn der Amtmann den Himmel in seine Pläne mit einbeziehen konnte, dann hat er's getan.«

»Du willst damit doch nicht sagen, daß du und der Amtmann den Aufruhr hier angezettelt habt!« rief Ketel entgeistert.

»Na ja«, sagte Laurens. »Der Boden war bereitet, aber den Rest haben wir gemacht. Wir haben schon tüchtig geschürt. Mir ging erst nach und nach auf, daß der Amtmann die Ratsherren unter Druck setzen und die Stadt in die Hand bekommen wollte. Anfangs dachte ich noch, ich stünde in des Herzogs Diensten, denn Hestorf hatte es so gesagt.«

»Und du solltest den Aufruhr schüren, um dem Amtmann mit herzoglicher Billigung die Stadt in die Hand zu spielen?« Ketel schüttelte entrüstet den Kopf.

»Ja, so war es wohl. Die Kaufleute tragen die Köpfe sehr hoch, und das paßt keinem.«

»Und dir war am Anfang noch nicht klar, daß der Amtmann dich und deine Helfer dann leicht loswerden konnte, indem er euch alle als Rädelsführer an den Galgen brachte?« fragte Ketel.

Laurens blieb unvermutet stehen. »Wieso am Anfang? Das ist

mir jetzt noch nicht klar. Meinst du, er hatte das von Anfang an so geplant?«

»Das liegt doch auf der Hand! Nach allem, was ich bisher von dem Schurken gehört habe, ist das selbstverständlich. Dann hätte er zwei Fliegen mit einer Klappe geschlagen. Er hätte seinen Aufruhr gehabt und wäre die Mitwisser losgeworden. Dazu kommt, daß die Sympathien der Leute in der Stadt auf seiner Seite gewesen wären, hätte er acht stadtfremde Männer dingfest gemacht, welche die Schuld an den Gewalttätigkeiten trugen, zu denen es ohne Zweifel gekommen wäre. Ich kann in eurer Hinrichtung zur passenden Zeit nur Vorteile sehen, und der Amtmann bestimmt auch.«

»Du bist in diesen Dingen gar nicht so einfältig, wie ich immer dachte«, sagte Laurens bedächtig. »So ein Schurke! Ich glaubte, ich hätte hier eine Aufgabe als Spion auf Lebenszeit.«

»Du mußt zugeben, daß du an deiner Hinrichtung nicht ganz unschuldig gewesen wärst«, meinte Ketel gleichmütig.

»Vielleicht«, gab Laurens zu. »Jetzt ist mir auch klar, warum er mich gestern unbedingt einsperren wollte. Meine Aufgabe hatte ich erfüllt, und die Pest machte seiner ganzen Planung sowieso ein Ende.«

»Wie bist du eigentlich entkommen?« erkundigte sich Ketel neugierig.

»Ach, ich hatte vorübergehend die Pest, und da ließ er mich ertränken.«

»Oh, gewiß doch«, sagte Ketel. »Hattet ihr eigentlich dieses merkwürdige Gerücht von den Seeräubern verbreitet?«

Laurens schaute ihn fragend an.

»Daß der Ochsenhandel von Tondern aus gefährdet sein soll, weil mehr Kaperer als je auf der Lauer liegen, um die Transporte abzufangen«, erklärte Ketel.

»Ach so. Ja, das waren wir. Meine Idee«, sagte Laurens stolz und lachte. »Was meinst du, wie das bei den Kaufleuten einschlug! Da wurden selbst die Ochsen nervös.«

Ketel schüttelte den Kopf. »So lustig finde ich das gar nicht. Und es war ein ziemlicher Blödsinn, das weißt du wohl selbst.«

»Es wirkte aber, und nur darauf kam es an«, verteidigte sich Laurens.

»Na ja, wenn du es so siehst«, brummte Ketel.

»Aber jetzt geht es wieder zur See!« sagte Laurens entschlossen. »Dieser Kleinkrieg zwischen Herzog, Amtmann und Stadtrat war mir schon lange zuwider. Keiner wußte von den Intrigen des anderen, nur ich, und ich war immer zwischen den Fronten, mal hier, mal da, stets die Ohren offen und dabei die Nase im Dreck. Auf die Dauer war das nichts für mich! Erfüllte auch meine Ansprüche auf Heldentaten nicht.«

»Die Heldentaten lassen wir mal beiseite. Waren die Ratsherren eigentlich auch beteiligt?« fragte Ketel hellhörig.

»Natürlich, wußtest du das denn nicht? Einmal mußte ich dem Amtmann einen versiegelten Beutel von Erland Kalf bringen. Ich denke, es waren Münzen darin. Irgendwie hatte das alles auch mit Machtkämpfen zwischen den Kaufleuten zu tun. Ich glaube, Bier gegen Ochsen, so ungefähr. So ganz durchschaubar war es nicht. Das meiste mußte ich mir selber zusammenreimen.«

»Einen Mitwisser wollte der Amtmann wohl nicht gerade haben, das ist klar. Und jetzt etwas anderes! Wo hast du das Boot festgemacht?«

»An einem Baum in der Nähe der Müllerkuhle. Wir sind gleich da«, sagte Laurens und zeigte nach vorn.

Ketel half Inken über die angeschwemmten Trümmer, durch tiefen Matsch und um Kuhlen mit Wasser herum. Das Schwemmgut bildete einen Saum oberhalb des Wassers. »Wenigstens sinkt das Wasser schon.«

»Ist das gut für uns?« wollte Inken wissen.

»Uns ist es gleich. Aber für die Stadt bedeutet es, daß die Leute bald aufräumen können. Ich vermute sogar, daß wir die ganze Strecke bis Lügum gar nicht segeln können.«

Laurens räusperte sich. »Also, von Segeln kann ohnehin nicht die Rede sein, ich konnte nur ein Ruderboot des Schloßfischers klauen«, sagte er kleinlaut.

»Ach, du Ärmster«, rief Ketel mitfühlend. »Und du meinst, du schaffst die Strecke bis Lügum?«

»Ich?« fragte Laurens ungläubig. »Bin ich etwa Rudergast? Das glaubst du doch wohl selber nicht! Laurens, Navigator und Steuermann auf der *Hoffnung* rudert nicht ohne Not. Und solange ein junger, kräftiger Mann an Bord ist, gibt es keine Not.«

»Na, ja«, murmelte Ketel wenig überzeugt. »Wie die Prophetin Heertje von Friesland voraussagte: Es werden kommen schlechte Zeiten, da wird dienen der Herr dem Knecht und wird rudern der Kapitän den Seemann …«

Laurens kicherte. »Was, die hat das schon gewußt? Siehst du, Ketel, auf alte Prophezeiungen ist doch Verlaß.« Und mit einem Blick auf Inken, die traurig und mutlos neben Ketel stand, während er das Tau vom Baum löste: »Sagte sie nicht auch: … und wider die Natur werden fahren die Mädchen mit ihren Kapitänen auf den großen Seeschiffen?«

Redlefsen schüttelte entschieden den Kopf. »Nein, das hat sie bestimmt nicht gesagt. Die Mädchen werden zu Hause auf ihre Kapitäne warten, wie es sich gehört, und dann werden die Kapitäne in aller Form um ihre Hand anhalten.«

»Meint Ihr etwa mich, Kapitän?« fragte Inken widerborstig. »Glaubt Ihr, Ihr könnt über mich verfügen, wie über einen Schiffsjungen?«

»Wollt Ihr mich denn nicht heiraten?« Ketel war äußerst verblüfft.

»Doch, Kapitän, ich werde Euch heiraten. Aber erst, wenn Ihr mich gefragt habt.«

Laurens grinste und schob das Boot vollends ins Wasser. »Recht so. Ganz leicht wird er es Euch nicht machen, Jungfer, aber man kann ihn erziehen.«

Ketel nahm mit dem Rücken zur Fahrtrichtung quer über die

Müllerkuhle Kurs auf den Kanal, der aus Tondern hinausführte. Laurens schaute sich argwöhnisch nach allen Seiten um. Sie hatten nur sein Messer zur Verteidigung. »Wir sind in guter Gesellschaft«, meinte er plötzlich. »Ganz Tondern zieht aufs Land.«

Ketel sah sich um und erhöhte trotzdem die Schlagzahl. Überall waren Leute damit beschäftigt, Gepäck und Kinder in Boote zu laden.

Inken folgte seinen Blicken. »Man kann niemandem vorwerfen, daß er die Pest aufs Land trägt«, sagte sie niedergeschlagen. »Außer uns. *Sie* wissen nicht, was sie tun.«

Noch viel weniger wußten es die Ratten. Die großen grauen hatten zwar den Krieg gegen die schwarzen Vettern gewonnen und ihre Wohngegenden besetzt; aber dann ging es für ihren Geschmack in den Stavenhäusern mit den dazugehörigen Buden und Ställen zu laut und hektisch zu. Überall waren Menschen, die fluchend und brüllend Karren und Wagen anspannten, Rinder und Ziegen aus den Ställen scheuchten; und dazwischen machten Katzen Jagd auf Mäuse und Ratten.

Eigentlich waren sie die Stille der Flußufer gewohnt, das feine Rauschen des Windes im Reet und das leise Plätschern von Wasser.

Die ruhigeren Kornböden dagegen waren zu trocken und lockten nicht gerade angesichts des fetten Nahrungsangebots von regungslosen Menschen, eingesperrten Gänsen und ungemolkenen Kühen.

In der Nacht machten die grauen Ratten sich erneut auf, neue Wohngebiete außerhalb der Tonderharde zu suchen, entlang der Wiedau, dem Galgenstrom und der Grünau.

Hinter sich ließen sie die gesamte schwarze Sippschaft, die tot war, genau wie viele graue. Doch wer von den übrigen noch auf den Beinen war, kam mit. Ebenso wie die Pest.

26. Kursänderung

»Aber dem Land würde es nichts nützen, wenn wir in Tondern blieben. Man kann die Pest nicht einsperren! In Holland...« Ketel seufzte. In Holland war manches anders.

»Wollten wir nach Lügum, sagtest du?« fragte Laurens, der sein Messer aus dem Stiefel gezogen hatte und mit dem Griff gegen seine Zähne klopfte. »Nach Lügum, das zum Amt dieses Hestorf gehört?«

Ketel runzelte die Stirn und blickte ihn aufmerksam an.

»Glaubst du denn nicht, daß er als erstes nach der Hexe suchen wird, die ihm all diesen Ärger eingebrockt hat? Ihr Vater ist namentlich bekannt, sie ist namentlich bekannt und beider Wohnort auch. Und die ehrenwerte Tante genießt das uneingeschränkte Mißtrauen des Stadtrates. Da haben wir einen Unruhestifter, eine Hexe und eine widersetzliche Frau aus der gleichen Familie beisammen. Das sollte doch wohl ausreichen, daß der Amtmann ein wenig böse auf das Mädchen ist.« Laurens zielte kurz und versenkte die Messerspitze im Sitzbrett zwischen Ketels Beinen. »Oder?«

Der Kapitän starrte unangenehm berührt auf die Waffe.

»Vor allem, wenn er einen Sündenbock braucht. Und ich nicht mehr da bin.«

Ketel ließ das eine Ruder ruhen und das andere heftig arbeiten. Die Bootsnase schwenkte herum. »Ich glaube, wir müssen den Kurs ändern«, sagte er.

»Wie hast du eigentlich ohne mich überlebt?« fragte Laurens. »Nur durch Zufall?«

Inken sah wie erstarrt, daß sie am Schloß vorbeifuhren, statt über die Felder nach Lügum. »Wohin bringt Ihr mich jetzt?« fragte sie unruhig. Genau davor hatte die Tante Angst gehabt.

Ketel sah heftig atmend auf. Er ruderte in scharfem Tempo. Erst jetzt bemerkte er Inkens Angst. »Beunruhigt Euch nicht«, sagte er schnell. »Ihr müßt aus dem Amt hinaus. Da fällt mir als einzige Möglichkeit List auf Sylt ein. Meine Eltern leben dort und auch andere Verwandte. Ich werde Euch in allen Ehren bei jemandem von ihnen einquartieren. Eure Mutter werden wir benachrichtigen, sobald es möglich ist. Euren Vater . . .?«

»List, ja«, sagte Inken erleichtert und wich dem Gedanken an ihren Vater aus. List gehörte zum Königreich Dänemark und nicht zum Amt des Herzogs von Schleswig.

»Der König würde dem Herzog schwer auf die Finger klopfen, wenn die sich nach List hineinstehlen würden, Jungfer Inken.«

Inken lächelte angesichts der Begeisterung, die Laurens bei diesem Gedanken erfaßte. »Und wie kommen wir dorthin? Rudern wäre wohl nicht . . .«

Laurens kicherte. »Nein, Jungfer. Ehetauglich wäre er dann nicht mehr. Zu erschöpfend. Aber gottlob haben wir unsere Schiffe liegen, wo wir sie benötigen. Die *Hoffnung* wartet auf der Reede vor Ruttebüll.«

Hoffentlich, dachte Ketel und schnaubte: »Ich glaube, die Erörterung meiner Ehetauglichkeit ersparen wir der Jungfer. Sie ist das Geschwätz von Bettlern und Spionen nicht gewohnt.« Er hätte dem grinsenden Laurens den Kopf noch viel ausgiebiger gewaschen, wenn er nicht durch einen Mann unterbrochen worden wäre, der sie aus dem Schilfgürtel heraus mit zum Trichter gelegten Händen anpreite.

»Käpt'n Redlefsen!«

Ketel drehte sich um. Ein Lächeln ging über sein Gesicht, während er seinen Hut abnahm und grüßend im Kreis schwenkte. »Wie üblich, stimmt die Hälfte von dem, was Laurens sagt, wenigstens so ungefähr.«

Laurens nickte zustimmend und betrachtete wohlwollend den stabilen Prahm mit dem stämmigen Mast. »Die Hälfte mit den Schiffen, zum Verständnis der Jungfer. Er ist etwas scheu, unser Käpt'n, wenn es um Persönliches geht«, sagte er zu Inken und fragte Ketel: »Müssen wir das Bötchen erobern, oder gibt er es freiwillig?«

»Weder noch. Wir werden ihn kaufen«, antwortete Ketel.

»Mein Gott, welche Verschwendung! Ich wollte noch nie einen Prahm besitzen!«

»Den Mann kaufen, nicht den Prahm«, sagte Ketel und nahm energisch Kurs auf den Schilfgürtel. »Ich habe sowieso Rechte, die ich geltend machen werde. Und er ist Friese, also ein Mann von Ehre.«

»Vorsicht, Jungfer, der Käpt'n hat sogar Rechte an einem Mann. An Eurer Stelle würde ich mir überlegen, was ich tue. Ich wußte gar nicht, daß die Friesen sich Sklaven halten. Und die Frauen sind allemal die ersten, die dran glauben müssen.«

Inken lachte so sehr, daß ihr Tränen über die Wangen kullerten.

»Er treibt es manchmal zu toll, mein Freund«, sagte Ketel in weichem Tonfall zu ihr.

Inken war dankbar, daß die Aufmerksamkeit der beiden Männer jetzt dem Ruderboot galt. Mit einem einzelnen Ruderschlag gab Ketel seinem Boot eine andere Richtung. Es legte sanft längsseits des Prahms an, nach dessen Freibord Ketel und Laurens griffen, um sich daran festzuhalten.

Ketel sah sich im Prahm um. »Das Fliesentableau des Kaufmanns Arne Mickelsen«, sagte er anerkennend. »Sieh einer an. Sollte es sich nicht längst im Haus des Kaufmanns befinden? Bezahlt habe ich für das Anliefern, ich erinnere mich gut.«

Der alte Fischer sah mit stiller Wut auf Redlefsen hinunter. »Es blieb keine Zeit mehr. Ich hatte Angst, daß sie mich totschlagen würden wegen der Pest, die Ihr ins Land gebracht habt. Daran erinnere ich mich nun wieder.«

»Ein gutes Gedächtnis kann man gar nicht hoch genug einschätzen«, lobte Laurens.

»Mein Sohn, der Euren Bootsmann in seinem Boot hatte, starb noch im *Löwen.* Warum seid Ihr nicht gestorben? Oder ich?« Die Bitterkeit des alten Mannes war nicht zu überhören.

Ja, dachte Inken, das wüßte ich auch gern. Aber natürlich wollte der Fischer es eigentlich nicht wissen, sondern er haderte mit seinem Schicksal, während Inken nach wirklichen Begründungen suchte.

Redlefsen seufzte. »Ja, es stimmt alles. Und doch war es unvorhersehbar. Ich verspreche dir, daß ich mit Arne Mickelsen wegen einer Entschädigung reden werde, wenn ich aus List zurückkomme und wir die Ladung der *Hoffnung* löschen. Aber erst muß ich nach List.«

Der Fischer setzte sich auf die Ruderbank und verschränkte die Arme ineinander. »Dann rudert mit Gott. Wie stehen die Dinge in Tondern? Das wenige, das ich von den Vorbeifahrenden erfahren konnte, war sehr verworren. Glaubt Ihr, ich könnte mich jetzt um das Begräbnis meines Sohnes kümmern?«

Der Kapitän schüttelte den Kopf. »Auf gar keinen Fall. In der Stadt herrschen Chaos und Tod.«

Der Friese sah ihn ungläubig an.

»Hast du nicht gemerkt, daß das Frühläuten ausgeblieben ist?« fragte Laurens mit frommem Augenaufschlag. »Der Herr hat den Tonderanern sogar die Kirchenglocke fortgenommen, damit sie wissen, daß er es ernst meint. Ich würde mich im Augenblick nicht in Seine Angelegenheiten mischen.«

»Wenn es so steht ...«, murmelte der Fischer ratlos und drehte das Gesicht zur Stadt, die hinter dem Schilf kaum zu sehen war.

Der Wind rauschte in den Reethalmen, die sich in der Brise bogen. Vereinzelte Rufe von Menschen am Ufer oder in Booten drangen durch die Stille, doch Tondern schien eine tote Stadt zu sein.

»Ich fasse zusammen.« Ratsherr Thomas Andersen ließ sich vom Ratssekretär die Mitschrift herüberreichen und blickte hinein. Er saß am langen Schenkel des U und ignorierte nach Kräften die Lücken in den Reihen der Ratsherren. »Gestorben sind bisher sechsundfünfzig Bürger beziehungsweise Einwohner, dazu dreizehn im Amt wohnende Subjekte. Von den unseren Herzen am nächsten liegenden Ratsmitgliedern und Ratsverwandten beklagen wir den Tod von Carsten Klüver, Johann Crantz und Arne Mickelsen sowie von sieben Ratsverwandten. Bernhard Büsing liegt krank darnieder, Petrus Jacobi ist vermißt.« Er stieß einen tiefen Seufzer aus. »So stehen die Dinge nun am vierten Tag der Prüfung des Herrn.«

Dieser vierte Tag war der Morgen des Sonntags, den die Ratsherren im Rathaus verbrachten. Unaufschiebbare Beschlüsse mußten gefaßt werden; außerdem war der Hauptgottesdienst in deutscher Sprache auf einen späteren Zeitpunkt verschoben worden. Der dänische Frühgottesdienst war ganz ausgefallen.

»Nicht zu vergessen die Rattenplage, die Überschwemmung, die Brände und die zerstörte Kirche«, ergänzte Andreas Beyer.

»Leider ist die Hexe, die das ganze Unglück heraufbeschworen hat, aus dem Rathausloch verschwunden«, fuhr Andersen fort. »Dem Rat ist hieraus kein Vorwurf zu machen, denn selbstverständlich sind Mauern und Schlösser den Künsten einer derart tückischen Person nicht gewachsen.«

»Meint Ihr wirklich?« Andreas Beyer verzog kaum merklich die Mundwinkel. »Ich finde, die Tür sieht auffällig nach Axthieben von außen aus; die Splitter liegen innen.«

Andersen winkte ungeduldig ab. »Hexen verstehen es, alles sehr natürlich herzurichten. Zeitverschwendung, sich damit zu befassen!«

»Sehr richtig«, fiel Tobias Kock ein. »Wir sollten uns jetzt darum kümmern, mit der ganzen Sippschaft aufzuräumen. Die eine Hexe ist uns entkommen, aber wir haben ja noch ihre Verwandte, Margaretha Thomsen.«

»Auch meine Meinung. Ein Kirchturm reicht, finde ich. Wir sollten nicht warten, bis unser Gottvater es für nötig hält, uns zur Mahnung die übrige Kirche umzuwerfen.«

In Beyers Stirn grub sich eine tiefe Falte. Der Bürgermeister war heute ungewöhnlich energisch.

Andersen stieß mit dem Zeigefinger auf das Protokollbuch nieder wie ein Turmfalke auf die Taube. »Ich ordne an, daß der Scharfrichter, Meister Paye, sich zur scharfen Befragung von Margaretha Thomsen bereitmachen soll.«

Andersen ist nicht nur energisch, er ist auch tatkräftig, dachte Beyer beunruhigt. Und aus des Bürgermeisters seltener Tatkraft war noch nie etwas Gutes erwachsen. Deshalb hatte man ihm Crantz an die Seite gegeben.

»Die scharfe Befragung ist aus juristischen Gründen notwendig«, fuhr Andersen fort, der sich an diesem Tage in Vertretung der Abwesenden für alles zuständig fühlte und obendrein erfreulich viel Luft für sämtliche Zuständigkeiten besaß. »Im übrigen hat sie so gut wie zugegeben, daß sie die Häuser der Stavener mit Pest belegt hat. Es muß ihre Rache an uns gewesen sein.« So hatte jedenfalls sein Weib gemeint und ihm dabei zufrieden erzählt, daß die Ratsfrauen die Bestrafung von Margaretha längst in die Hand genommen hatten, indem sie das Weib schnitten, wo sie konnten.

»Recht so. Aber wenn schon, denn schon.« Alle Blicke richteten sich auf Erland Kalf. »Mein seliger Schwiegervater, Carsten Klüver, hat immer, wie wir alle wissen, Muhme Agnes aus der Wulfstraße der Hexerei verdächtigt. Die Gründe wollte er mir nie näher nennen...«

»Aber daß ein Verwandter von ihm Verleger von Klöppelspitzen ist – wie heißt er noch gleich? –, ist Euch vermutlich bekannt. Und auch, daß freie Klöpplerinnen den Verlegern ein Dorn im Auge sind...« Beyer ließ seinem Spott ungewohnt freien Lauf. Auf seiner Seite lachte man unterdrückt, während Kalf ihm einen eisigen Blick zuwarf.

»Ich glaube, mein Schwiegervater hatte guten Grund, Agnes' Hexenkünste zu fürchten.«

»Oder zu mißtrauen, weil sie ihn mit einem unberechenbaren Kraut gegen die Beschwerden des Herzens behandelte? Soviel ich weiß, setzte er sie unter Druck, ihm das Kraut zu geben, obwohl sie nicht wollte . . .«

Erland Kalf bekam in seinem Zorn Spuckebläschen in die Mundwinkel, wußte aber nichts zu entgegnen. Woher dieser Beyer wohl immer seine Informationen bezog? Es stimmte aufs Tüpfelchen. Kalf gab dem Bürgermeister einen resignierenden Wink.

Thomas Andersen gab jovial zu erkennen, daß er das Hilfegesuch akzeptierte. »Gegen Agnes hegen viele vernünftige Menschen ein berechtigtes Mißtrauen. Wir werden auch sie vorladen lassen und intensiv befragen. Wer an diesem schrecklichen Unglück Schuld hat, soll an Hals und Hand büßen!« Zufrieden mit sich selbst, begann der Bürgermeister im Protokollbuch zu blättern, das immer noch vor ihm lag.

Die Ratsherren begannen zunächst zu schwatzen, bis einer fragte: »Vertagen wir uns auf morgen?«

Der Kopf des Bürgermeisters fuhr in die Höhe. »Nichts wird vertagt. Der Amtmann lauert ja nur darauf, uns säumiges Verhalten nachzuweisen. Wir werden eine Pause einlegen, während wir auf die zwei Frauen und den Scharfrichter warten.«

»In der Hopfenkarre. Ihr könnt uns rufen, wenn es soweit ist.« Matthiasen erhob sich unter großer Geräuschentwicklung, und mehrere Ratsherren schlossen sich ihm an, als er hinausging.

»Man sieht daran«, sagte der Bürgermeister hinter ihnen her, »daß es nur Verdruß bringt, wenn ein Stavener eine Auswärtige heiratet. Das habe ich schon immer gesagt.«

Truel, dessen Sohn Lago in Rostock in ein warmgepolstertes Nest gefallen und bereits Ratsmitglied war, zog es vor, diese

Bemerkung zu ignorieren. Lachend und schwatzend trampelten die Herren die Treppe hinunter und freuten sich auf ihren Frühschoppen.

Beyer grinste still vor sich hin und versuchte sich im übrigen unsichtbar zu machen. Crantz hatte offensichtlich nicht nur eine ordnende Hand besessen, sondern den Bürgermeister auch am Schwatzen gehindert. Jetzt fing Andersen an, aus sich herauszugehen. Zukünftige Sitzungen konnten, so gesehen, sehr aufschlußreich werden. Selbst er durchschaute nicht alle Verflechtungen innerhalb der erbgesessenen Familien von Tondern.

Margaretha Thomsen pflegte ihren Ehemann aufopfernd. Doch sie konnte nicht verhindern, daß sein Körper sich im Fieber letzten Endes selbst verzehrte. Er starb still, während sie einen kurzen Schlaf der Erschöpfung schlief.

Frau Margaretha faltete seine Hände, drückte ihm die Augen zu und band sein Kinn auf. Bevor sie das Totenzimmer verließ, küßte sie ihn zärtlich auf die Stirn. Er war ihr Leben gewesen.

Aber dieses Leben war nun zu Ende. Ohne seinen Schutz war sie ihren Feinden ausgeliefert. Dreißig Jahre lang war sie an der Seite ihres Mannes eine ehrbare Bürgerin Tonderns gewesen, doch man hatte sie stets spüren lassen, daß sie die siebzehn Jahre davor nicht in Tondern gelebt hatte.

Im Haus war es sehr still. Vermutlich saßen die Mägde, sofern sie nicht davongelaufen waren, betend in ihrer Kammer. Margaretha hatte keine Zeit für Gebete. Sie schlug die Truhe auf, die ihre persönlichen Sachen enthielt, und begann zu pakken.

Die Kleidung war schnell in einem ledernen Packsack untergebracht. Viel wichtiger war, was ihr Liebster längst für den Notfall bereitgestellt hatte: Goldmünzen, kleine Goldbarren und Perlenketten. Margaretha liefen die Tränen über die Wangen, als sie daran dachte, daß sie ihn wegen dieser merkwürdigen

Fürsorge ausgelacht hatte. »Bin ich eine Elster, die funkelndes Gerät sammelt?« hatte sie ihn gefragt.

»Nein. Ihr seid eine kluge Eule im wunderbaren Gefieder eines Kranichs. Ich bin nur eine einfache Krähe, aber ich weiß, daß andere Krähen über Euch herfallen werden, sobald ich tot bin.« Damals hatte Ubbe sie so zärtlich geküßt, als ob er bereits Abschied von ihr nähme, und ihr war ganz sonderbar ums Herz geworden.

Sie hätte etwas darum gegeben, jetzt ebenfalls eine Krähe zu sein. Aber sie durfte ihn nicht enttäuschen. Die Eule mußte klug genug sein, von einem sicheren Ort aus um die Ehre, den Namen und das Besitztum des Großkaufmanns Thomsen von Tondern zu kämpfen. Es kamen nur List auf Sylt und Mögeltondern gleich in der Nachbarschaft von Tondern in Frage, die als königlich dänische Enklaven Schutz vor einem deutschen Herzog bieten würden.

Als Margaretha das kleine Türchen am Ende des Stavengrundstückes leise hinter sich schloß, donnerte vorn am Portal ein Spieß fordernd an die geschnitzten Kassetten.

27. Aussichten

Die Knechte trampelten mit schweren Schritten die Rathaustreppe hoch. Der Bürgermeister zupfte seine Halskrause zurecht und rückte die Haube gerade, die eng an seinem Kopf anlag, aber zu verrutschen pflegte, was ihm ein säuglingshaftes Aussehen verlieh.

Während er mit gefalteten Händen auf die Bediensteten wartete, fand er Zeit, seinen Ratskollegen mächtig zu zürnen. Völlig eigenmächtig hatten sie getan, was sie wollten; die einen waren drüben in der Hopfenkarre, die anderen waren nach Hause geeilt, um kurz nach dem Rechten zu sehen. Die Welt war mit diesem kleinen Pestzug völlig aus den Fugen geraten, wie er seufzend feststellen mußte.

»Zu Crantz' Zeiten war alles anders«, bemerkte Andreas Beyer süffisant.

Andersen schenkte ihm nicht einmal einen Blick. Diesen Ochsenhändler fand er seit jeher unerträglich. »Was ist?« knurrte er die beiden Knechte schlechtgelaunt an, die vor ihm aufmarschierten.

Beyer schnupperte behutsam in die Luft. Die Knechte hatten sich vor oder nach ihrer Arbeit gestärkt. Oder hatten sie sich statt der Arbeit gestärkt?

»Meister Paye ist nicht in seiner Bude«, sagte der Knecht zögernd, die Mütze in der Hand.

»Aber?«

»Sein Weib liegt im Bett und atmet kaum noch.«

»Habt ihr am Hochgericht nachgesehen? Wahrscheinlich macht er das Rad für morgen bereit.«

Der ältere Mann schüttelte verängstigt den Kopf. »Das Rad

ist bereit. Aber der Schinder ist daran gebunden, und der ist tot. Seit Stunden schon; er ist eiskalt.«

Der Bürgermeister lief vor Wut rot an und zerrte sich die Kappe vom Kopf, um den Schweiß auf seinem kahlen Schädel zu trocknen. »Warum haben ihn die Totenträger dann nicht abgeholt? Funktioniert denn gar nichts mehr in dieser Stadt?«

»Ihr wolltet von einem organisierten Abholen nichts wissen. Crantz schlug es vor, erinnert Ihr Euch?« Beyer amüsierte sich köstlich.

»Zu dem Zeitpunkt war der Vorschlag blühender Unsinn! Paye muß irgendwo sein, vielleicht in einer Schenke. Sucht ihn.«

»In den Krügen ist er nicht. Wir haben schon nachgesehen. Außerdem hat er selbst das Schankrecht«, erinnerte der Knecht den Bürgermeister treuherzig. »Ich glaube nicht, daß er noch in Tondern ist. Sein Zweihänder hing nicht mehr an der Wand; das Beil und sein lederner Packsack fehlten auch.«

»Er hat sich aus dem Staub gemacht, Bürgermeister. Mit der Schreckung ist es nichts mehr.« Beyer stellte es mit Genugtuung fest. »Ihr müßt darauf vertrauen, daß Frau Thomsen die Wahrheit sagt, auch ohne eingeschüchtert zu werden.«

»Die wird nie zugeben, eine Hexe zu sein. Die nicht«, knurrte Andersen böse und klatschte mit der Hand auf den Tisch. »Wo ist sie, Knecht?«

Dem Mann fehlte der Mut für die zweite Hiobsbotschaft. Er zog die Schultern in die Höhe und blieb stumm.

»Mit Verlaub, Gnaden«, sagte der Jüngere kläglich, »die Anna von den Thomsens hat Margaretha Thomsen zur Hintertür hinausschleichen sehen.«

»Warum habt ihr denn nicht versucht, sie einzufangen?« fragte Andersen entgeistert. »Sie hätte ja noch in der Nähe sein können.«

»Wir mußten doch Bericht erstatten...« Der Knecht verschwieg, daß sie vor der Frau Angst gehabt und gekniffen hatten.

»Und Agnes?«

Die Knechte zogen sich bereits rückwärts in die Nähe der Tür zurück. Der Ältere knetete den Mützenrand und bewegte stumm die Lippen. Endlich faßte er sich. »Als städtische Knechte haben wir im Amtsbereich des Amtmanns nichts zu suchen. Wir dürfen Agnes Kräuterfrau nicht holen.«

Andreas Beyer lachte aus tiefstem Herzen. Daran hatte er nicht gedacht. Niemand hatte daran gedacht. Ein Knecht mußte dem Bürgermeister sagen, daß er seine Amtsbefugnis überschritt, wenn er sie in die Wulfstraße sandte.

Der Teufel war wohl mit allen im Bunde. Andersen war so aufgebracht, daß ihm wieder die Luft knapp wurde, obwohl sich dies seit dem Verschwinden von Crantz ausgesprochen gebessert hatte. »Aber Frau Margaretha bringt her«, flüsterte er heiser, bevor er die Knechte gehen ließ.

»Nutzt Eure guten Beziehungen zum Amtmann, und laßt die Agnes ausliefern«, schlug Beyer leichthin vor.

»Gute Beziehungen«, schnaubte Andersen. »Da müßt ihr Herren wohl erst Erland Kalf zu meinem Vertreter wählen, wenn ihr gute Beziehungen zum Amtmann haben wollt.«

Beyer gab vor Überraschung einen Pfiff von sich. Kalf also! Crantz war immer der Meinung gewesen, daß es einen Zuträger aus dem Rat geben müßte, weil der Amtmann stets sehr gut über städtische Beschlüsse informiert war. Die Klöppelhändler waren im Hinblick auf Steuern bisher auch bemerkenswert ungeschoren davongekommen, während um die Ochsenhändler stets ein scharfer Wind pfiff. Die Bauern trieben wesentlich weniger Vieh auf den Markt von Tondern, seitdem der große Zoll so stark angezogen hatte. Statt dessen warteten sie auf die Aufkäufer des Amtmanns, die ihnen im Herbst auf dem Hof den Zuschlag gaben und die Ochsen persönlich im Frühjahr abholten. Und für die Ochsenhändler von Tondern wurde es immer schwieriger, genügend Tiere aufzukaufen. Jetzt wurde ihm auch klar, warum der Amtmann ihre Beschwerden wegen Tade Hansen so zögerlich behandelt hatte. Erland Kalf hatte alles hintertrieben, was ihnen den Ochsenhandel erleichtert hätte.

Während Beyer stumm grübelte, begannen die Ratsleute einzutrudeln, die in der Hopfenkarre gesessen und die Knechte gehen gesehen hatten. Sie waren guter Dinge, da sie die Ärgernisse nach einigen Krügen Rostocker wieder rosiger betrachten konnten.

Andersen rief zur Abstimmung auf. Durchweg fanden die Ratsleute es nicht berechtigt, daß alle am Unglück Schuldigen ungestraft davonkommen sollten. Bei einer Enthaltung beschlossen sie einstimmig, Erland Kalfs Vorschlag zu folgen, sich mit Amtshilfe von Hestorf wenigstens der Lügumer Familie dieser Hexe Inken zu bemächtigen.

»Und Ihr?« fragte Andersen ungläubig.

»Ich bin befangen«, erklärte Beyer knurrig. »Ich bin Ochsenhändler wie Tade Hansen.«

Nanu, das waren ja ganz neue Töne. Die Herren schauten sich an. Was ich sage, dachte Thomas Andersen verstimmt. Die Pest ändert alles!

Wo immer sie auch hinkamen, wußte man schon, daß in Tondern ein Fieber umging. In den Dörfern und Anlegestellen entlang der Wiedau standen bewaffnete Männer bereit, die den Flüchtigen das Anlegen verwehrten; auch um Christi willen durfte niemand außer Verwandten und Bekannten oder Leuten mit gutem Leumund aussteigen.

Der Fischer aus Ruttebüll blieb unbehelligt; man kannte ihn überall. Sie fuhren weiter bis zur Zollstelle und machten dort fest. Iwen war für den Kapitän nicht zu sprechen, aber seine Frau kam immerhin aus dem Haus. Sie wußte zu berichten, daß die *Hoffnung* sich nach List verlegt habe, aber nicht, ob und wann sie wiederkommen würde.

»Natürlich wird sie wiederkommen«, sagte Ketel Redlefsen zuversichtlich.

Dennoch saßen sie jetzt erst einmal fest. Der Fischer band das kleine Ruderboot vom Prahm los, hängte die Leine wortlos über einen Poller und verließ sie. Die beiden Männer und die junge Frau saßen auf der Zollbrücke und sahen ihm nach, als er mit kräftigen Ruderschlägen in die Bucht von Ruttebüll zurückruderte.

»Der Herr gibt, und der Herr nimmt«, sagte Frau Margaretha mit einem Seufzer.

»Ich weiß, Ihr habt schweren Verlust erlitten. Aber es ist auch hart, wenn man den Tod eines jungen Verwandten erlebt.« Der alte Herr aus Wismar klammerte sich an die Bootswand, als das Boot sich in einer Bö schräg legte, und bemühte sich, seine Angst und Aufregung zu verbergen. Die letzten Tage hatten ihn an die Grenze des Erträglichen gebracht, und dann war es immer noch ein Stückchen schlimmer geworden. Der einzige Lichtblick war diese beherzte Bürgerin, auf die er im Stadthafen gestoßen war.

»Könntest du nicht aufrechter segeln, Bursche? Wir sind keine Möwen und vertragen diese Ausschläge nach rechts und links nicht.«

»Ich tue, was ich kann, Frau Bürgerin«, beteuerte der Mann am Ruder. »Aber ich bin den Umgang mit so großen Booten nicht gewohnt, wie ich es Euch im Hafen sagte. Ich wäre schon froh, wenn wir nicht aufliefen. Die Wiedau ist nicht einfach zu besegeln, und ich bin nur Schustergeselle.«

»Schon gut«, sagte Frau Margaretha milde. »Wir verlangen ja nichts Unmögliches von dir. Werde einfach nur langsamer. Das kannst du bestimmt.«

Der junge Mann sah sie zweifelnd an, dann ließ er das Tau, das zum äußersten Ende des Segels führte, ein wenig nach. Das Boot richtete sich auf; das Rauschen des Wassers an den Bordwänden verstummte bis auf ein leises Gluckern.

»Siehst du? Und welch ein friedlicher Tag plötzlich.« Die

Boote mit Flüchtigen aus Tondern waren in der Ferne zu sehen, aber hier am Rand des weiten Gewässers waren sie mit sich allein. Margaretha vergaß für einen Augenblick die Ungewißheit und die Gefahren der Flucht.

Dünner Nebel lag über dem Land, doch er hob sich unter den Sonnenstrahlen, die noch letzte herbstliche Wärme abgaben. Die Ufer waren schilfbewachsen. Enten und andere Wasservögel tummelten sich zwischen den Halmen, und ein aufgegebenes Schwanennest schaukelte in den Wellen, die sanft dagegenstießen.

Der Wismaraner lächelte schmerzlich. »Ich glaube, Ihr gehört zu den Menschen, die allem etwas Gutes abgewinnen können. Eine seltene Eigenschaft. Meine verstorbene Ehefrau war auch so.«

»Starb sie im Kindbett?« fragte Margaretha voll Mitgefühl.

»Nein, viel später, an der Pest. Seltsamerweise wollte Gott der Herr mich auch damals nicht zu sich nehmen, obwohl ich sie bis zu ihrem Tod pflegte. Meine beiden Söhne schickte ich zu Verwandten aufs Land, als ein kluger Arzt mir dazu riet. Die wenigsten Kinder erholen sich von der Pest, wenn diese erst einmal nach ihnen gegriffen hat. Ich war eines der wenigen.«

Margaretha starrte ihn überrascht an. Sie hatte am Krankenbett ihres Ehemannes Zeit gehabt nachzudenken, und dabei waren ihr auch ganz absonderliche Dinge durch den Kopf geschossen. »Dann seid Ihr schon der dritte, von dem ich höre, daß er irgendwann die Pest hatte und der jetzt gesund geblieben ist. Die jungen Leute sind immer die ersten Opfer.«

»Die Phantasie geht sicherlich gern mit Euch durch, Frau Margaretha«, sagte der Wismaraner nachsichtig. Sein Herz hörte in der Gegenwart dieser feinen Frau auf zu schmerzen, und wäre nicht der Tod von Gerhard gewesen, hätte er die Fahrt genießen können.

Auf Margarethas Gesicht legte sich ein leises, überraschtes Lächeln. »Aber Ihr habt verstanden, was ich damit sagen wollte.

Im übrigen, was die Phantasie angeht: Die Welt braucht uns, auch wenn sie es nicht weiß. Es gäbe sonst keinen Fortschritt. Ohne Phantasie würden die Menschen noch in Strohhütten wohnen. In Holland...« Margaretha verstummte, als sie sah, daß der Bug des Prahms auf das Ufer gerichtet war und sie langsam darauf zutrieben, obwohl der junge Mann die Pinne und mit ihm das Ruder so weit nach außen drückte, wie es möglich war.

»Soviel ich weiß, verhindert das Schwert das Abtreiben. Aber ich weiß nicht, wie man es benutzt«, murmelte der Schustergeselle verlegen.

»Wir probieren es aus«, sagte Margaretha sofort. »Daß man die Leinen durch irgendwelche Löcher und um Holzhaken tüdeln muß, versteht sich bei einem Boot von selbst. Es handelt sich nur darum, die richtigen Löcher und Holzteile zu finden.«

»Öre und Klampen«, verbesserte der Geselle verschämt und löste gehorsam die Leinen, mit denen das Schwert an der Innenseite der Bordwand angelascht war.

Während der Kaufmann sie neugierig und verwundert beobachtete, die Hand an der Ruderpinne, wie der junge Mann es ihm gezeigt hatte, versuchten der Schustergeselle und die mutige Bürgerin von Tondern, das Schwert zu befestigen. In Luv, also dort, wo der Wind herkam, schlug und hüpfte es, aber in Lee benahm es sich anständig. Gerade als sie herausgefunden hatten, wie sie es bedienen mußten, stieß es fühlbar auf dem schlickigen Grund auf.

Der Prahm holperte ein wenig und nahm dann gehorsam Kurs auf die Mitte des Flusses.

»Ihr seid ein Teufelsweib«, sagte der Kaufmann bewundernd.

Margaretha schrak zusammen. »Das höre ich nicht gern, wirklich nicht, ehrenwerter Kaufmann. Sofern man es anders betont, kann es für eine Frau tödlich sein, so genannt zu werden. In Holland...«

»Ja, richtig, Ihr erwähntet es schon. Was ist mit Holland?«

»Ich glaube, in Holland sind sie sehr viel weiter als bei uns. In Holland gibt es viel Phantasie und kaum mehr Hexen. Ich könnte mir gut vorstellen, dort zu leben.«

»Die Hexen sollen schuld sein an dem, was hier in Tondern geschehen ist«, warf der Schuster ein. »In der Hölle sollen sie dafür schmoren!«

Margaretha warf ihm einen strafenden Blick zu. »Je mehr ich darüber nachdenke, desto ernsthafter befasse ich mich mit dem Gedanken an Holland.«

Die hellbraunen Augen des Wismaraners blitzten auf. Daß eine wohlhabende Ehefrau eines Großkaufmanns aus einer Stadt floh, in der sie eingebunden sein mußte in ein Netz von Verwandtschaft und Bekanntschaften innerhalb der Bürgerelite, war ihm von Anfang an sonderbar erschienen. »Sagtet Ihr nicht, Euer Ehemann habe hauptsächlich mit Tuchen gehandelt?« erkundigte er sich.

Margaretha nickte.

»Die Verbindungen, die Euer Ehemann mit den Tuchhändlern in Flandern hatte, wüßte man in der Stadt Wismar ganz sicher sehr zu schätzen. Die Schweden haben übrigens einen starken Einfluß im Stadtrat, genauer gesagt, sie bestimmen das Leben von Wismar. Wo die Schweden sind, kommen Hexen nicht mehr vor.«

»Ihr meint...?«

Der Kaufmann nickte. »Ich meine zweierlei. Bei Eurer Tatkraft sollte es Euch nicht schwerfallen, die Geschäfte Eures verstorbenen Ehemanns weiterzuführen. Ich will Euch gern behilflich sein. Sehr gern sogar. Mein Haus ist leer. Mein Sohn ist geschäftlich in Italien. Er hat kein Interesse an Bier.«

Frau Margaretha schaute über die Ufer. Aventoft lag schon lange hinter ihnen. Sie näherten sich Ruttebüll. Hinter der Schleuse begann das Meer. »Wenn es so ist...«

»So ist es. Habt Ihr eigentlich Kinder, Frau Margaretha?«

Margaretha schüttelte den Kopf. »Nein, aber eine sehr liebe Nichte, die meinem Herzen besonders nahe steht. Sie befand sich mit ihrem Vater gerade in Tondern, als die Pest ausbrach, und bis heute wissen wir nicht, ob ihr Vater Tade in den Wirren umgekommen ist. Glücklicherweise war es mir möglich, das Mädchen mit zuverlässiger männlicher Begleitung zu ihrer Mutter nach Lügum zurückzuschicken.« Sie legte die Hand über die Augen und spähte gegen die Sonne ans Ufer.

Der Kaufmann wandte sich um. Auf einem kleinen Steg vor einer ärmlichen Hütte standen ein gutgekleideter junger Mann, eine einarmige Vogelscheuche und ein junges Mädchen vom Land.

»Allerdings scheint es nicht, als ob es mir gelungen wäre«, bemerkte Margaretha säuerlich und wies den Schustergesellen an, zum Steg zu steuern.

28. In Sicherheit

»Inken«, rief Margaretha aufgebracht. »Was machst du hier?« Es kümmerte sie nicht, daß der Prahm mit rauschender Fahrt auf den Steg zufuhr.

Der Schustergeselle hielt tapfer den Kurs. Seine andere Hand klammerte die Schot fest wie einen Faden, den er nicht aus der Ahle lassen durfte, und seine Augen füllten sich mit Furcht vor dem Aufprall. Im letzten Augenblick ließ er alles fahren, was er in den Händen hatte, und sprang mit dem Kopf voran über Bord.

Ketel und Laurens packten die dicken geteerten Taue des stehenden Gutes am Bug und an der Seite. Sie stemmten sich dem immer noch schnellen Boot mit allen Körperkräften entgegen. Kurz bevor sich der Bug des Prahms in das Ufer bohren konnte, bekamen sie ihn zum Stehen.

Stehend herrschte Frau Margaretha auch den Kapitän an, ohne ihn ganz direkt anzugehen. »Du bist hier in der Anwesenheit von Männern, die mir weitgehend unbekannt sind, statt in Lügum! Von Männern, Inken«, wiederholte sie mit besonderer Betonung.

»Ja, Tante«, sagte Inken, »aber es ging nicht anders.«

»Laurens hier neben mir, der die Gedankengänge des Amtmanns durch seine Bekanntschaft mit ihm leicht nachvollziehen kann«, holte Redlefsen unbeeindruckt aus, »machte uns darauf aufmerksam, daß Inken gegenwärtig die im Amt gesuchteste Person sein muß. Sie vermindert die Einnahmen des Amtmanns beträchtlich. Immerhin hat sie mit ihren Hexenkünsten eine Rattenplage, eine Pest und eine Überschwemmung über Tondern gebracht.«

Ein Glucksen von unterdrücktem Gelächter kam vom Wismaraner Kaufmann, der immer noch im Boot saß, während die Kauffrau vom bereitwilligen Laurens auf den Steg gezogen wurde, damit sie mit dem Kapitän auf gleicher Höhe schimpfen konnte.

»Ich verstehe jetzt, daß Ihr es eilig hattet, Frau Margaretha. Als Verwandte einer Hexe ...«

»Wer seid Ihr denn?« fragte der Kapitän.

»Ich war zufällig in dem Hafenkrug anwesend, in dem die Pest ihren Anfang nahm«, erklärte der Kaufmann, und sein Gesicht überschattete sich wieder.

Inken und Ketel sahen sich an.

Redlefsen räusperte sich. »Nehmt es mir nicht übel, wenn ich es unverblümt sage: Ihr seid der Hexer, nach dem das Volk am Hafen suchte. Ihr aber verschwandet für diese Leute hinter der Kimm, und dann nahmen sie Inken aufs Korn. Ich aber brachte die Pest nach Tondern. Wahrscheinlich mit einer Seemannskiste.«

Der Kaufmann war abgeklärt genug, um nicht zu erschrekken. »So hängt das also zusammen«, sagte er bedächtig und sah von einem zum anderen. »Irgendwie haben wir wohl alle mit dieser Pest zu tun.«

»Das stimmt. Und Ihr habt die Seemannskiste ja nun wieder herausgebracht.«

Die Augen aller richteten sich auf die Kiste, auf der der Kaufmann saß. Nur der Schustergeselle, der inzwischen watend das Ufer erreicht hatte und hinaufgekrabbelt war, warf die Arme in die Höhe und rannte schreiend davon.

»Die Kiste ist keine Kuh. Ich glaube nicht, daß sie die Pest hat«, sagte Inken nachdenklich. »Wahrscheinlich verhält es sich mit ihr wie mit den Wänden unseres Stalles. Denn Regen und Wind sind über sie hinweggegangen.«

»In meinem Bootsmann steckte schon die Pest. Vielleicht teilt sie sich anderen Menschen nur über einen Menschen mit.«

Frau Margaretha hatte sich inzwischen beruhigt und hörte interessiert zu. Sie schüttelte den Kopf. »Nein, das allein ist es nicht. Eine Bemerkung von Anna, meiner Köchin, machte mir klar, daß viele Menschen erkrankten, die mit den Ratten in Berührung kamen. In sämtlichen Straßen hinter den Ställen räumten die Knechte die toten Ratten weg. Sie und die Mägde starben als erste, und von ihren Buden wanderte die Krankheit in die Vorderhäuser. Ich versuchte, Crantz zu warnen, aber da dachte ich noch, es hätte mit Ausdünstungen in diesen Straßen zu tun ...«

Redlefsen öffnete den Mund und starrte die Kauffrau entgeistert an, bevor er sich auf seine Manieren besann. »Ihr habt völlig recht. Bootsmann Larsen kam auf See mit einer toten Ratte aus dem Laderaum. Er zeigte sie mir, weil er diese Art nicht kannte, die kleine schwarze. Sie sind in den letzten Jahren in manchen Gegenden selten geworden. Wahrscheinlich hatte vorher der Segelmacher sie vorher angefaßt.«

Margaretha nickte zustimmend. Der Kapitän wurde ihr allmählich sehr sympathisch.

Laurens lachte schallend. »Wenn das stimmt, ist es völliger Blödsinn, die Stadt abzusperren. Aber der Amtmann war fest dazu entschlossen. Die Truppen sind bestimmt schon unterwegs.«

Der Kaufmann, der beharrlich im Prahm saß und das Gespräch genoß, räusperte sich. »In Eurer Nähe, Frau Margaretha, ist es anscheinend immer kurzweilig. Ihr habt auch sehr interessante Freunde.«

»Freunde«, schnaubte Margaretha und ließ ihre Blicke an Laurens hinuntergleiten, der inzwischen zwar trocken war, aber keineswegs vertrauenerweckend wirkte.

Laurens begriff. »Was das betrifft, Frau Margaretha, so solltet Ihr mich an Bord der *Hoffnung* sehen! In sauberer Kleidung bin ich ein sehr ansehnliches Mannsbild; ich kann schreiben und spreche fünf Sprachen und bin bei Frauen beliebt.«

»Na ja«, sagte Margaretha merklich zahmer. »Das ist ein wenig mehr, als man vom Amtmann des Herzogs hört. Er kann nicht einmal Dänisch, obwohl er unter Dänen lebt, und bei Frauen ist er, soviel ich weiß, auch nicht beliebt.«

»Seht Ihr. Übrigens bin ich im Augenblick in meiner derzeitigen Berufskleidung – wie der Pastor im Talar.«

»... welcher im Augenblick keine große Empfehlung wäre«, fiel der Wismaraner mit plötzlicher Wut ein. »In meinen Augen jedenfalls nicht. Der Pastor hat sich geweigert, meinen Neffen Gerhard zu Grabe zu tragen. Er wolle am Altar ein Gebet für ihn sprechen, versprach er mir durch die verschlossene Tür hindurch. Wenn ich fort sei ...«

»Die Pest ändert die Menschen«, stellte Frau Margaretha fest. »Wer weiß, was hier noch geschehen wird? Ich hatte deshalb gehofft, hier ein großes Boot zu finden, das mich mitnehmen würde. Nach Holland.«

»Oder anderswohin«, ergänzte der Kaufmann listig. »Die Pest ändert auch die Fahrtziele.«

»Ich hoffe, mit List auf Sylt ist Euch zunächst gedient, Frau Margaretha. Die *Hoffnung* liegt dort, und ich bin sicher, daß wir bald nach Holland fahren werden. Oder anderswohin.« Der Kapitän machte eine einladende Handbewegung.

»Was? Mit diesem kleinen Boot über See?« Frau Margaretha betrachtete den Prahm mit mißtrauischen Blicken. Auf der Wiedau war er ein großes Boot, aber auf der offenen Nordsee mit Ebbe und Flut, mit Prielen und Stürmen? Sie hatte Schreckliches gehört.

»Der beste Steuermann der Welt wird Euch hinbringen. Ihr werdet Euch sicher wie in der Wiege eines Säuglings fühlen.«

»Er?« fragte Frau Margaretha erschüttert, doch es war nicht zu verkennen, daß Laurens allmählich in ihrer Achtung stieg.

»Oh, ja«, bestätigte der Kapitän heiter. »Uns und meine kostbaren Waren. Ich freue mich, daß Ihr so freundlich wart, sie mitzubringen ...« Er bot Frau Margaretha den Arm und brachte sie zum Heck des Prahms, das etwas erhöht war und auf das sie leichter hinuntersteigen konnte.

Bei leichtem Rückenwind erreichten sie nach einigen Stunden List, wo die *Hoffnung* vor Anker gegangen war.

Epilog

Die Pest hielt sich einige Wochen in Tondern, bis sie sich ausgetobt hatte. Von den ungefähr eintausendsechshundertsiebzig in Tondern lebenden Menschen starben dreihundertzwanzig, dazu noch sechsundsechzig aus der Wulfstraße und den übrigen zum Amt gehörenden Straßen. Es waren immerhin weniger als während des Seuchenzuges von 1604, der fünfhundertfünfunddreißig Menschenleben gekostet hatte.

Trotz der Sperrkette, die man vier Tage später erfolgreich um die Stadt legte, wurde die Krankheit in die angrenzenden Harden getragen, wo sie sich ausbreitete und viele Tote zu beklagen waren.

Kaike und ihre Tochter Petrine wurden mit Amtshilfe vor den Rat von Tondern geladen. Jedoch kam das Niedergericht zu dem Schluß, daß die beiden kaum von den Umtrieben Tade Hansens und seiner älteren Tochter Inken gewußt haben konnten, zumal der Pastor von Lügum ihre Frömmigkeit und Gottesgläubigkeit bestätigte.

Doch die Dörfler mieden von nun an ihre Nähe, und Kaike mußte das Haus verkaufen, um sich über Wasser zu halten. Sie fand Unterschlupf bei einer Verwandten, die in einer winzigen Kate im Wald lebte.

Inken und Ketel Redlefsen lebten unbehelligt im königlich dänischen List auf Sylt, während die Hexenriecherei auch in den deutschen Ländern allmählich endete. Gelegentlich besuchten sie zu Schiff die Tante Margaretha, die in Wismar den Bierkaufmann geheiratet und überlebt hatte, aber auch ohne die Erbschaft bestens hätte leben können, da ihr Geschäft florierte.

Mit ihrer Mutter Kaike verstand Inken sich anfänglich weniger gut; diese kam erst anläßlich der Taufe des dritten Kindes nach List, um sich mit der Tochter und ihrem Schwiegersohn zu versöhnen.

Das Wort des Müllers Nes bekam gewaltiges Gewicht, als man sich darüber klar wurde, daß er das Unglück völlig richtig vorhergesagt hatte. Die Bewohner der Dörfer atmeten auf, als das Jahr 1651 anbrach, ohne daß der Müller Kometenschweife sah. Überhaupt prophezeite er ein glückliches Jahr.

Das Ansehen des Stadtrates von Tondern stieg wieder, nachdem sich herumgesprochen hatte, wie zügig er die Ursache für die Pest erkannt und sofort geeignete Maßnahmen ergriffen hatte. Wäre es mit rechten Dingen zugegangen, hätte die Hexe wenige Wochen später verurteilt und verbrannt sein müssen. Doch jedermann sah ein, daß der Rat machtlos gewesen war gegenüber den Fähigkeiten einer Hexe, durch Mauern und geschlossene Tore zu entweichen. So war es nicht mehr als ein kleiner Nadelstich gegen den Teufel, daß man seine geringste Helferin, die Agnes aus der Wulfstraße, mit Amtshilfe auf den Feuerstuhl setzte.